BLUTWAPPEN

Dr. Ralf Siepmann, geboren 1945 in Neustrelitz. Kindheit in Rietberg in Blickweite der früheren Kaunitz-Residenz, heute Tenge-Rietberg. Absolvent des Ratsgymnasiums Wiedenbrück. Journalist, Autor, Kommunikationsberater. Lebt heute in Hilden nahe Düsseldorf und in Hamburg.

Redakteur in der Tages- und Zeitschriftenpresse. Studium der Sozialwissenschaften an der Ruhr-Universität Bochum. Promotion an der Freien Universität Berlin. Nach Tätigkeit als Referent im Presse- und Informationsamt der Bundesregierung Leiter Presse und Öffentlichkeitsarbeit des Deutschlandfunks. Von 1993 bis 2002 Leiter Kommunikation des deutschen Auslandsrundfunk Deutsche Welle. Von 2008 bis 2015 geschäftsführender Gesellschafter der eigenen Indikativ GmbH in Bonn. Derzeit Autor von Kulturmagazinen und Berater in Kommunikationsprojekten. Liebhaber der Oper, des ehrlichen Fußballs und guter Geschichten.

ralf.siepmann@logemedia.de

ALLES, was man gemeinhin Vergangenheit nennt, ist im Grunde nur eine leiser und dunkler gewordene Art von Gegenwart.

Gertrud von le Fort
(Wiedenbrück Abiturientia 8.–12. Februar 1965)

Devise der Karte mit den Unterschriften der Abiturienten und Abiturientinnen

Prolog

13,5 Millionen. Als er gerade wie gebannt auf diese Zahl vor sich schaut, braucht sein Gehirn 100 Millisekunden, um den Schmerz wahrzunehmen, den ein brutaler Faustschlag gegen seinen Kopf auslöst. Diese Zeiteinheit entspricht der Frequenz, die ein Impuls benötigt, um das Gehirn zu erreichen. Der Kopf des Mannes wird durch die Wucht des Angriffs ein Stück seitlich gegen das Fenster des D-Zuges *Westfalen* gedrückt, der von Bielefeld aus nach Hamburg-Dammtor unterwegs ist.

Sein Blick fällt – jetzt nur noch verschwommen – durch die schlierige Scheibe auf gefrorene Wiesen und freundliche Getreidefelder, die von Zäunen und offenen Waldstücken begrenzt werden. Die Landschaft zieht an diesem 13. Januar 1965 mit der Geschwindigkeit eines Schnellzuges im Nachkriegsdeutschland vorbei. Die Szene täuscht Eindrücke einer normalen Reise vor. Seit wenigen Sekunden ist sie dies nicht mehr. Nicht mehr für den Menschen, dem ein roher Überfall gilt.

Während der Hinterkopf des Mannes eine knappe Handbreit Richtung Fenster schwingt, entsteht etwas Surreales. Eine winzige Spanne der Stille und ein eigentümlicher Kontrast zu der Gewaltszene vor wenigen Augenblicken. Deren Brisanz steigert der Angreifer noch mit einem Wutanfall. Zentrum der Attacke ist ein vierschrötiger, deutlich übergewichtiger Mann, wahrscheinlich in seinen späten 60ern. Mit einem starren Blick, wie aus Granit gemeißelt, geröteter Nase, Doppelkinn und der Erscheinung eines Menschen vom Lande. Vielleicht Bauer oder Viehzüchter. Womöglich Jäger, worauf der olivgrüne Janker hinweist.

Drohend über seinem Opfer stehend, startet der Wütende einen verbalen Feldzug. «Diese Papiere da bei Ihnen sind allesamt gelogen. Vom Ausland zugespielt. Von üblen Leuten, die sich noch immer an unserem Land vergreifen. Werfen Sie dieses Dreckszeugs weg! Nach draußen damit!»

Der Angegriffene, Anfang 40, fast 1,90 groß, Typ eleganter Herr, denkt nicht im mindesten daran, der Aufforderung zu folgen. Er trägt einen Kamelhaar-Mantel, einen bordeauxroten Seidenschal, einen dunkelgrauen Flanellanzug. Sein schwarzer Homburger mit hellgrauer Krempe liegt auf der Gepäckablage über ihm. Die grauschwarzen Handschuhe aus glattem Leder – die Temperaturen im Abteil der ersten Klasse sind kaum angenehm zu nennen – hat er griffbereit auf dem Schoß. Am linken Unterarm ist ein silbriges Amulett erkennbar. Mit einem eingebrannten Davidstern.

Mit einigem Kraftaufwand und einer Dosis Adrenalin, das mit dem Tempo eines Fahrstuhls im Schacht einer Kohlengrube in ihm aufsteigt, gelingt es, den nächsten Angriff abzuwehren. Und, wichtiger noch, das Dossier auf seinem Schoß zu schützen.

Zwangsarbeit in NS-Deutschland. Zur Empirie eines Jahrhundertverbrechens. Zahlen, Orte, Schicksale. So lautet der Titel des Konvoluts auf dem Pult vor ihm, das heruntergeklappt ist. Darüber ein Schriftzug. Ein Logo, die Darstellung der *Justitia* mit der Waage.

Weiter unten auf dem Deckblatt ist auch die Zahl dokumentiert, die die Fokussierung des Mannes vor wenigen Sekunden ausgelöst hat. *13,5 Millionen.* Es ist die Zahl der ermittelten Menschen, vornehmlich Zivilisten, die zwischen 1939 und 1945 gezwungen werden, für den NS-Staat und seine Kriegswirtschaft zu schuften. 13,5 Millionen. Menschen aus Polen, Frankreich, Belgien, den Niederlanden, der Sowjetunion und zahlreichen weiteren Ländern. 13,5 Millionen Schicksale, geprägt von Ohnmacht, Leid und Erniedrigung. 13,5 Millionen Fälle, von denen die meisten weder gesühnt noch entschädigt sind.

Funken spritzen auf. Stahl reibt auf Stahl. Das Kreischen der Zugbremsen zeigt den nächsten Halt an. Bahnhof Uelzen. Durch die blitzschnell geöffnete Waggontür verschwindet der Angreifer wie ein Phantom. Als hätte er nie existiert. Macht der Überfallene Anstalten, dem Unhold nachzusetzen? Die Polizei zu rufen? Den Schaffner? Mit stoischer Ruhe ordnet der elegante Herr seine Unterlagen. Darunter so etwas wie Laufzettel, die seine nächsten Ziele aufführen. *Langer Morgen,* Hamburg-Wilhelmsburg. *Moortwiete,* Hamburg-Altona. Die Namen erinnern an winzige Stecknadelköpfe auf einer Karte Deutschlands vor 1945, in die Hunderte Haupt- und Nebenlager der NS-Zwangsarbeit eingetragen sind. Die Kartographie eines Menschheitsverbrechens.

Der elegante Herr hebt den Kopf, mit einem fast unmerklichen Schütteln. Erlaubt sich wieder einen Blick nach draußen. Beobachtet auf dem Bahnsteig zwei junge Leute, die sich verliebt anschauen, einander umarmen. Dabei strahlt der elegante Herr eine Gelassenheit aus, die – je nach Standpunkt – verlegen oder neidisch macht.

Die Zeit, scheint er zu wissen, läuft für ihn. Für Menschen wie seinesgleichen, die Spuren von Verbrechen sichern. Anklagen gegen Täter verfolgen, die sich in der vergeblichen Hoffnung wähnen, unentdeckt zu bleiben. Es wird, ist sich dieser Mann sicher, eine neue Generation geben. Junge Menschen, die ausscheren aus dem Schweigekartell ihrer Väter und Mütter. Die heute vielleicht Abschied von der Schule nehmen. Und sich morgen entschließen zu handeln.

1.

Freitag, 19.2.1965
Münster/Westfalen

Das Muster in der zerfetzten Haut oder Vom Sehen und Nichtsehen

Wie eine Skulptur liegt der Körper da. Ausgestreckt auf dem mit Kunststoffauflage gepolsterten Edelstahl. Dem für die Forensik gebauten Spezialtisch der Gerichtsmedizin Münster. Ein nahezu unmerkliches Vibrieren der Luftabsaugung erfüllt den Raum. Sie wird mit einem Elektromotor betrieben. Das grüne Abdecktuch verhüllt den unteren Teil einer Männerleiche. Vom Bauchnabel bis zu den Fersen. Ende 50, Anfang 60. So lässt sich das ungefähre Alter des Toten angeben. Der Mann, circa 1,75 Meter groß, ist glatt rasiert. Haut und Erscheinung wirken gepflegt. Offensichtlich niemand aus der Unterschicht der Gesellschaft.

Am oberen Teil des Körpers fällt eine Besonderheit auf. Die Augen sind quasi doppelt gegen unbefugte Blicke geschützt. Von den geschlossenen Lidern und darüber einer schmalen Binde aus weißem Tuch. Hier und da von Blut durchdrungen. Was es damit auf sich hat, könnte sich in diesem Raum aufklären. Nicht sicher, aber möglich.

Über den großen Zeh am rechten Fuß ist ein Tütchen gestreift. Mit Plastikhülle und Kordel festgemacht.

Kein Name. Lediglich eine Nummer: 097/1965. Datum und Fundort: *17.2.1965 Wiedenbrück*.

Fahl schimmert die Haut des Toten im Neon-Licht. Es erinnert an einen OP-Saal. Tageslicht hat hier keine Chance. Im Raum UG-2 sind Obduktionsbestecke das hervorstechende Inventar. Instrumente, vor allem Skalpelle in verschiedenen Größen. Dazu Schalen und Mulden. Auf weißen Leinentüchern ausgebreitet. Die Mulden dienen zur Lagerung gekühlter Leichenzellen. Chemische Flüssigkeiten in medizinischen Gläsern mit Aufdrucken quer durch die Farbskala werden in Wandschränken aufbewahrt. Sie wirken wie ein Expertenkommentar zur Allgegenwart und Vielfältigkeit des Todes. Eine Waage fungiert als stumme Zeugin. Eine Autopsiesäge ist an einer Vorrichtung an der Wand angebracht. Selbst der Laie versteht, wofür sie gebraucht wird.

Im schmalen Bücherregal fällt der *Pschyrembel* auf. Und *Allgemeine und spezielle Pathologie*, eines der Standardwerke in der Gerichtsmedizin. Die Fachliteratur teilt sich ihren Platz mit einem in Bronze gegossenen Adler auf einem Marmorsockel, der auch als Buchstütze dient. Die weit reichenden Schwingen stehen in einem merkwürdigen Kontrast zu dem wuchtigen Sockelmassiv. Die Figur eines Adlers in einer Gerichtsmedizin? Eines Greifvogels, der seine scharfen Krallen unmittelbar in den Kopf seiner Beute schlägt?

Den Eindruck der Inszenierung einer Werkstatt des Todes verhindert einzig ein gerahmtes Schwarz-Weiß-Bild. Es zeigt die Familie des Gerichtsmediziners. Dr. Siegfried Kreyssig hat es auf dem Schreibtisch an der Seitenwand schräg gegenüber dem Seziertisch aufgestellt. Das Foto zeigt ihn mit Ehefrau und den beiden Söhnen. Der Musterfall einer Familie in der späten Phase der deutschen Restauration nach 1945. Kreyssig fühlt sich seiner «Gattin», wie er Elke in Kollegenkreisen zu nennen pflegt, «verbunden».

Diese Kreise sind nach außen fest geschlossen. Sie fußen auf gemeinsamen Erfahrungen. Speziell aus den Jahren vor 1945. Mediziner für ein Deutschland, das tausend Jahre stabil bleiben sollte. Die Loyalität nach innen teilt auch Kreyssigs Ehefrau. «Ich schätze sie sehr», lautet seine Standardformulierung. Eine Art Generalabsolution ihr gegenüber. Absolution, weil er sich an Frauen eigentlich versündigt, die er auf Heim, Herd und Kindererziehung begrenzt.

In der Pathologie, geschweige der Gerichtsmedizin sind Frauen als Kolleginnen für ihn undenkbar. Heute und auf ewig. Für das Gros in seinem Metier ohnehin. In der Medizinerszene des Jahres 1965 erntet eine solche Ansicht keinen Widerspruch. Nichts deutet auf neues Denken. Auf eine neue Zeit. Die *Neue Zeit* ist der Titel der CDU-Zeitung in der DDR. Über beide wird in diesem Hause nicht gesprochen. Die Zeitung ist im Westen unbekannt. Der andere Teil Deutschlands knapp vier Jahre nach dem Mauerbau kein Thema.

Zwei Telefone mit Wählscheibe sind neben der Standardlampe installiert, wie sie in den Büros des öffentlichen Dienstes gemeinhin anzutreffen sind. Auf dem Schreibtisch wirken sie wie Leuchttürme im Meer der Bürokratie. Ein weißes für die dienstlichen Mitteilungen. «Die Annahme vom Todeszeitpunkt, Herr Kriminalrat, muss noch einmal korrigiert werden.» Ein schwarzes für die seltenen privaten. «Schatz, es wird heute später!»

Kreyssigs Vorgehen folgt dem erprobten Schema jeder Obduktion. Der Pathologe arbeitet rasch und routiniert. Er erfasst die Einstiche. Einen auf dem Rücken unterhalb des rechten Schulterblatts. Einen zweiten vorn links in den Brustkorb auf Höhe des Herzens, zwischen der dritten und vierten Rippe, den *Costae verae*. Einen dritten in der linken Armbeuge. Einen vierten im linken Auge. Genauer: in die *Palpebra superior perculsus*, die Spalte über dem Oberlid des Auges. Zu sehen ist sie, wenn das Auge geschlossen ist.

Wichtig ist dieses Detail für die Erkundung von Art und Richtung des Stichkanals. Es lässt Rückschlüsse auf den Ablauf des Tötungsgeschehens zu. Vielleicht auch auf den oder die Täter. Mutmaßlich wurde das Opfer von hinten angegriffen, nach dem ersten Stich leicht gedreht und dann von vorn getroffen. Ein körperlich unterlegener, ein schwacher Mensch käme demnach als Täter kaum in Frage.

Kreyssig lokalisiert die Hämatome. Die Einrisse in die Haut, die vermutlich bei einem kurzen Handgemenge entstanden sind. Fasern von Stoffen unter den Fingernägeln, Spuren eines möglichen Kampfes. Eine Reihe unregelmäßiger Einstiche in Venen des linken Unterarms sowie in die Armbeuge darüber fallen auf. Kleine blau unterlaufene Punkte, wie sie bei medizinischen Injektionen zu entstehen pflegen. Oder beim Spritzen von Rauschgiften.

Weniger gut zu erkennen einige weitere Einstichnarben offenbar schon älteren Datums. Jedenfalls eine ziemlich auffällige Anzahl. «Litt der Tote an einer nicht alltäglichen Krankheit? War der Tote drogenabhängig?» Kreyssigs Gedanken nehmen Fahrt auf. «Vielleicht doch kein Routinefall?»

Der Pathologe beschreibt akribisch den Einstich in das Oberlid des linken Auges. Dafür löst er das schmale Tuch über der Augenpartie für einige Momente. Das Organ ist unter dem Druck der Klinge zur Hälfte aus der Augenhöhe gequollen. «Ein Ausrutschen der Tatwaffe im Kampf? Eine Blendung? Bewusst herbeigeführt, um ein Zeichen zu hinterlassen?» Kreyssig kann seine eigenen Fragen nur stellen. Nicht aber beantworten. Dokumentiert werden seine Befunde per Diktiergerät, was sich mit einem schnarrenden Geräusch vor- und zurückspulen lässt. Immer wenn die Stenorette dieses Schnarren von sich gibt, durchfährt Kreyssig ein leichtes Zucken. Natürlich unbewusst. Schlusspunkt jeder Autopsie ist der Bericht, der den ermittelnden und anklagenden Instanzen übermittelt wird. «Keine große Sache heute», resümiert der Gerichtsmediziner. «Keine Rätsel, die noch gelöst werden müssten.»

Als das Skalpell die Haut in der *Axilla*, der Achsel des linken Arms, vorsichtig öffnet, durchdringt eine kurze Tonschwingung den Raum. Wie das Klirren des Flügelschlags eines Schreiadlers in der Weite von West-Polen. Schreiadler, auch Pommernadler genannt, sind die heimlichen Lieblingsgeschöpfe Kreyssigs. Er fühlt sich durch die eigentümliche Brutbiologie der Art besonders angezogen, seitdem er als Truppenarzt der Wehrmacht beim Rückzug von der Ostfront erstmals auf sie gestoßen ist. Werden zwei Eier gelegt – in der Mehrzahl der Fälle –, tötet das primär geschlüpfte Junge sein jüngeres Geschwister. So beansprucht es die Ressourcen allein.

Natürlich hat Kreyssig nicht die mindeste Ahnung, wie sehr er mit seiner Passion für Raubvögel gerade symbolisch dem Hintergrund des tödlichen Geschehens nahegekommen ist, dessen Opfer der Mann auf dem Seziertisch ist. Und wie sehr ein genauer Beobachter daraus auf Kreyssigs dunkle Vergangenheit schließen könnte, an die der Pathologe ungern erinnert wird.

Wer ahnt überhaupt etwas schon zu dieser Stunde?

Das Seziermesser verweilt kurz an der Stichwunde in der Armbeuge. Arbeitet sich dann in schnellen professionellen Schritten in Richtung der *Axilla* vor. Klar, die Tatwaffe hat das Gewebe bis hin zur Schulterkapsel sowie die umliegenden Sehnen durchtrennt und eine starke Blutung ausgelöst.

Offenkundig ist aber die Wucht des Stiches durch irgendetwas abgebremst worden. So ist von der Struktur des Gewebes einiges unversehrt geblieben. Von der vielleicht fünf Mark großen Stichwunde leicht abgesetzt sind zwei in die Haut geritzte Linien zu erkennen, eingefasst von blau angelaufenen Hämatomen. Mit etwas Phantasie rufen sie die Vorstellung von gekreuzten Blättern hervor. Ein Muster?

Es ließe sich genügend Scheinwerferlicht im Raum mobilisieren, um der Sache nachzugehen. Doch der Pathologe übersieht, was er sehen, was er wahrnehmen könnte. Schaut kurz zum schwarzen Telefon. Geht weiter zügig vor. «Den Bericht müsste ich noch heute schaffen.»

Kreyssig sieht etwas Signifikantes, ein Phänomen, erkennt aber nicht, was es bedeuten könnte.

Anscheinend unabsichtlich gleitet das Skalpell wie das Paddel eines Kajakfahrers auf einem See durch das «Muster», das so seine Gestalt, seine Konturen verliert. Zerfließt zu einem Wulst aus Haut, Gewebe, Faszien, Lymphflüssigkeit und geronnenem Blut. Was eben noch als etwas Visuelles erfassbar war, ist jetzt nur noch Brei. Ein Knäuel aus Gewebe. Anonyme Masse.

Anonymität, der größte Feind des Gerichtsmediziners! Hat er es doch mit Wesen zu tun, die nicht kommunizieren.

Folglich muss es folgenreich sein, Zeichen, Spuren, «Muster» nicht zu sehen, die so vieles erzählen könnten. Ganze Geschichten für Ermittler und Kriminologen auf der Jagd nach dem Täter. Häufig die letzte Chance von Getöteten, zur Überführung des Täters beizutragen. Gleichsam in eigener Sache.

Im UG-2 wird die intensive Stille lediglich vom Diktatfluss Kreyssigs durchbrochen. *Das Opfer hat vier Stiche erlitten, die mit einem schweren Stichwerkzeug ausgeführt worden sind. Der Tod ist offenkundig durch den Einstich in die linke Herzkammer herbeigeführt worden.*

Und weiter, nach einem kurzen Stopp des Diktiergeräts: *Die tödliche Wunde ist aus unmittelbarer Nähe zugefügt worden. Vermutlich von oben, wie der Stichkanal ausweist. Dieser Umstand lässt Rückschlüsse auf einen Täter von mehr als durchschnittlicher Größe zu. Die drei weiteren Stiche lassen auf ein Handgemenge schließen, das ein vermutlich stärkerer Beteiligter für sich entschieden hat. Wahrscheinlich ist der Tote in diesem Handgemenge von hinten angefallen und nach und nach in einer nach rechts rotierenden Bewegung in Richtung des Angreifers gedreht worden. Es ist anzunehmen, dass das Opfer in der letzten Sekunde seines Lebens dem Täter in die Augen geschaut hat, soweit ihm dies infolge der Stichverletzung in das Oberlid noch möglich gewesen war.*

Kreyssig stutzt, wie von einem Bild, einem Erinnerungsfetzen aus seinem früheren Medizinerleben überfallen. Er meint, Blut zu sehen. Ein vom Schmerz zerstörtes Gesicht. Eine scharfe Klinge. Ein abruptes Zucken des Kopfes reicht dem Pathologen, die Irritation abzuschütteln und seinen Bericht zu beenden. *Die Verletzung des linken Auges ist atypisch, für die Klärung der Todesursache aber nicht entscheidend.*

Todeszeitpunkt zwischen 20 und 23 Uhr. Keine Hinweise, die auf den Tatort schließen lassen.

Kreyssig zieht das grüne Abdeckleinen komplett über den Körper. Über ein Geheimnis, das wohl eines bleiben wird. Er entledigt sich seines weißen Kittels, wäscht sich mit einem Blick auf die Uhr die Hände. 48 Stunden später landet der Obduktionsbericht in drei Kopien auf den Schreibtischen der zuständigen Behörden. In Düsseldorf beim Landeskriminalamt (LKA), in Wiedenbrück bei der Kriminalpolizei und der Staatsanwaltschaft. Die Post hat zügig zugestellt.

Bald, sehr bald wird der scheinbare Routinefall Kreyssig noch einmal persönlich einholen. Sehr viel massiver, als es ihm lieb sein kann.

2.

Mittwoch, 17.2.1965
Wiedenbrück / Westfalen

Die magnetische Wirkung der Neugier und der Tote auf dem Kirchplatz

Angenehme, eklige Geräusche. Schöne, zerstörerische, verführerische. Geheimnisvolle, Angst machende, betörende. Schier unendlich ist das Spektrum der Geräusche, die uns umgeben. Was das Mädchen im Dunkel der Nacht auf dem Kirchplatz der ostwestfälischen Kleinstadt vernimmt, ist ganz sicher weder angenehm noch verführerisch. Bei strömendem kaltem Regen, der wohlige sinnliche Wahrnehmung erstickt. Eher ist es ein schleimiges Schleifen, wie es aus einem Schlachtbetrieb gelegentlich zu vernehmen ist. Davon gibt es in der Gegend eine ganze Reihe.

Entstanden ist das Geräusch durch einen Kontakt des rechten Schuhs mit irgendetwas, das unmerklich aus dem Boden ragt. Eigentlich schwach, ist es jedoch vernehmlich genug, sich gegen das Trommeln des Regens auf dem gepflasterten Boden zu behaupten. Das Geräusch springt Lia nur kurz an, um sofort wieder zurückzuploppen.

Der Moment reicht jedoch, um die Gefühlswelt des Mädchens in das Innere eines Atommeilers zu verwandeln.

Furcht steigt in Millisekunden hoch. Angst so abgrundtief, als sähe es sich mit beißwütigen Kampfhunden konfrontiert. Von einem Monster gegen einen elektrischen Zaun gepresst. Oder von einem Unbekannten an den gitterlosen Rand eines Flachdachs aus Beton gedrängt, über dem obersten Stockwerk eines Hochhauses.

Jäh stoppt die 17-Jährige ihre Schritte. «War da was?», flüstert sie in sich hinein. Eigentlich hat sie sich für den Abstecher über den Kirchplatz nur als Abkürzung entschieden. Froh, in wenigen Minuten daheim eintreffen zu können. Lia ist die Kurzform von Lisbeth alias Elsbeth, eine auch von ihren Freundinnen gern verwandte Form. Lia also. Wohnhaft Lange Straße, im Kern der kleinen Kreisstadt mit ihrem Fachwerkhausgepräge. Eine von Lebenslust erfüllte junge Frau in spe. Kurz geschnittenes blondes Haar, ein ebenmäßiges Gesicht, das die Schönheit der Erscheinung von morgen ahnen lässt. Lippen, die eine pragmatische Grundhaltung verraten. Ein Mädchen, das sich stürmisch verliebt, sich dabei aber nicht aufgibt. Die DNA der Region, wenn man so will.

Die fahle Laterne an der gegenüberliegenden Kirche St. Aegidius gestattet nur wenig Licht. Die in die Schwärze der Nacht getauchten Häuser, die das Geviert des Kirchplatzes umsäumen, bieten keine Zuflucht. Auch von der Kirche – ganz abstrakt betrachtet – ist nichts an Unterstützung zu erwarten. «Keine neue Erfahrung», denkt Lia. Wie in sich hinein. Dann dieser immer dichter werdende scheußliche Regen. Dieses usselige Wetter. «Was mache ich hier? Ausgerechnet heute. Und in dieser Nacht!»

Unwillkürlich beugt Lia sich in ihrem totalen Schrecken zum Boden. «Wahrscheinlich rege ich mich grundlos auf», versucht sie einen raschen Tröstungsversuch. Doch überzeugend ist der nicht. Lia kann gar nicht anders, als nach der Ursache ihres Stolperns zu tasten. Die magnetische Wirkung der Neugier ist stärker als ihre Vorsicht.

Was sie dann spürt, ist kein Kieselstein, keine Glasscherbe. Nichts Materielles. Kein weggeworfenes Stück, das sowieso im Müll landen müsste. Nein, nichts Banales, das einfach beruhigen würde. Was sie da ertastet, scheint die Konturen einer menschlichen Hand aufzuweisen. Lia wähnt sich in einem irrwitzigen Traum, den sie nicht verdient hat. Nur, wer hat schon Einfluss auf seine Träume im Schlaf? Eisig ist dieses Etwas, was sich wie Finger, die Innenfläche, eine ganze Hand von jemand anfühlt. Die Kälte, die von dieser eisigen Hand aufsteigt, hat in Sekunden eine Gewalt über sie, die einfach staunen macht. Und erst einmal stumm.

Ist es ein Schock? Eine akute Belastungsreaktion (ABR), wie Psychologen diesen Stillstand bezeichnen. Der jenen Zustand in Bruchteilen einer Sekunde aushebelt, den wir Kontrolle des Bewusstseins nennen. Sie geht das Wagnis ein, den Blick in Richtung Boden zu senken. Tatsächlich erblickt sie eine menschliche Hand, einen Arm, den oberen Teil eines menschlichen Körpers, der aus einem herausgerissenen Gully über dem Abwasserkanal ragt. Einen Schädel, jedenfalls den Teil, der nicht von Kieselsteinen und Erde bedeckt ist.

Der Schrei, den sie dann ausstößt, hat eine Wucht, die im Umkreis eines Kilometers die Fenster in sämtlichen Häusern aufreißen müsste. Oder die Glocken von St. Aegidius zum Läuten bringen. Doch zu hören ist nichts. Der Schrei dehnt seine Schallwellen nach innen, bespringt Lias Atmung, traktiert das Mark, attackiert den Herzmuskel, die Nieren, greift die Zentren des Lebens an, die Sinne. Wie beim Bild *Der Schrei* von Edvard Munch, das gerade im Kunstunterricht der neusprachlichen Obertertia des Ratsgymnasiums behandelt worden ist. Lias Klasse.

«Einfach weglaufen?», trommelt eine Stimme in ihr. Irgendwie schafft diese Stimme es, gegen den Eindringling zuvor, die Schallwelle, die Oberhand zu gewinnen. «Einfach weglaufen, zum zweiten Mal an diesem Abend?», flüstert sich Lia zu, tonlos. Stunden davor hat sich die Gymnasiastin von Michael, ihrem Freund, einem Absolventen der Abiturientia 1965, getrennt. Ausgerechnet bei der Abiturfeier im Hotel Fröhlich. Im Tosen der freudig gestimmten Feiernden. Ausgerechnet von einem aus dieser fröhlichen Menge. Junge Leute, die sich an der berauschenden Schwelle zum Leben wähnen. Zur Welt.

Eine Tanzpause, die sich auch als Brüllpause beschreiben ließe, nutzt das Mädchen für sein Vorhaben. Schon länger hat sich die Gymnasiastin damit befasst, wie sie die Nachricht ihrem Freund überbringen kann. «Du», kommt es aus Lia stockend heraus, «was ich dir schon länger sagen wollte – es geht nicht weiter mit uns.»

Er, Michael, 19-jährig, in wenigen Wochen bei der Bundeswehr im Dienst, als Freiwilliger für drei Jahre verpflichtet. Sie, ein Mädchen von 17 Jahren, Tochter aus einer Kaufmannsfamilie, schnörkellos auf Sicherheit gepolt. Wie soll das gehen? Unsicher folglich die Perspektive, was eine solide Existenz angeht. In diesem Ostwestfalen, wo die Standesunterschiede von früher von Unterschieden in den Einkommen abgelöst worden sind. «Meine Gefühle für dich – glaub‘ mir, die werden sich nicht ändern. Darauf kannst du dich verlassen. Aber eine Zukunft sehe ich für uns nicht.» Den völlig konsternierten Freund hat Lia unter Tränen, völlig aufgelöst, einfach stehen lassen.

Mit 17 hat man noch Träume. Der Hit von Peggy March schallt aus der Jukebox irgendwie passend und blöd zugleich hinter ihr her, als sie aus dem schwülen Tanzsaal des Hotels ins Freie stürmt. Mit 18, wenn Gefühle, Zuneigung, Verliebtsein, der erste Kuss doppelt bis dreifach zählen, trennt man sich freilich auch nicht einfach so. Mit 19 ebenso wenig.

Lia gelingt es, sich unter Mobilisierung ihrer ganzen Energie wie in *slow motion* aus der Erstarrung zu lösen. Wie die Titelheldin in einem obskuren Horrorfilm, der gerade auf dem Kirchplatz gedreht wird. Sie wendet sich der nächsten Haustür zu. Klopft mit aller Kraft dagegen. Klingelt, gleich dreimal. Keine Reaktion. Alles bleibt dunkel. Auf die naheliegende Idee, sich zur Polizeiwache Wiedenbrück, nicht weit entfernt, aufzumachen, kommt sie nicht. Warum auch immer. «Jetzt», treibt sie sich an, «bleibt nur noch zu telefonieren.» Jetzt?

Die Uhr von St. Aegidius zeigt nach Mitternacht an. Den neuen Tag. Verzweifelt sucht Lia eine Telefonzelle. «Da ist doch eine an der Mönchstraße!» Stimmt. Zitternd kramt sie in ihren Taschen. Findet einige Groschen, eine Mark. Wählt die dreistellige Nummer. «Ist da die Polizei? Hören Sie», stößt sie hastig und nach Atem ringend hervor, nachdem der Diensthabende auf der Polizeiwache Wiedenbrück den Hörer abgenommen hat, «hier liegt jemand tot im Abfluss oder so.» Nach einem kurzen Knacken in der Leitung kommen die Fragen routiniert.

«Sagen Sie Ihren Namen. Und von wo Sie anrufen?» Lia nickt. «Und bleiben Sie, wo Sie jetzt sind!»

3.

Mittwoch / Donnerstag, 17. / 18.2.1965
Wiedenbrück

Schön war die Zeit oder Die Elite von morgen

Immer wenn sich die Tür im Haupteingang zum Hotel Fröhlich kurz öffnet, schlägt Lärm nach draußen. Ein solcher Lärm, als fände hier der alljährliche Schützenball statt. Doch dafür ist der Festsaal des Wiedenbrücker Hotels in dem Geviert traditioneller Fachwerkhäuser zu klein. Immerhin blickt es auf eine Respekt erheischende Geschichte über Jahrhunderte. Nein, für den Ball der Schützen, neben dem der Karnevalisten das größte gesellschaftliche Ereignis in der Kleinstadt an der Ems, braucht man allerdings einen größeren Raum. Meistens die Festhalle.

Für die Abschlussfeier der Abiturientia 1965 des Ratsgymnasiums Wiedenbrück dagegen ist das Hotel Fröhlich gerade richtig gewählt. Es hat über die Jahrhunderte so viele würdige und unwürdige Veranstaltungen inklusive denen der Nazis nach 1933 erlebt. Warum sollten da einige vom Alkohol gezeichnete Schüler auf dem Weg nach draußen überhaupt ins Gewicht fallen. Einige Tage zuvor sind sie noch Oberprimaner. Nicht wenige von ihnen im Bangen zwischen schriftlichen und mündlichen Prüfungen. Im Jahr 1965 ist das Abitur eine wirkliche Prüfung. Nur fünf Prozent eines Jahrgangs schaffen es, diese Hürde zu überwinden.

Wenige Schritte von der Stelle entfernt, an der in einigen Stunden das Grauen die Gestalt einer halb verbuddelten Leiche annehmen wird, feiern 44 Abiturienten und Abiturientinnen ausgelassen ihren Abschied von der Schule. Bierkrüge kreisen. Das jeweilige Pils wird gern mit einem Klaren kombiniert. Die Kombination ist ein Standard in den Kneipen der Gegend, im Deutschen Haus, im Schützenkrug, im Grünen Baum. Der *Klare* ist zumeist ein Steinhäger. Ein Korn aus der nahe gelegenen Schnapsfabrik in Steinhagen, wo Getreide in Hochprozentiges verwandelt wird.

In die Pilsgläser ist *Langenberger Bier* eingraviert. So versteht jeder, wo in der Gegend es gebraut wird, die bundesweit für ihre gefragten Möbel, Waschmaschinen, Frotteetücher und signifikanten Wahlergebnisse ab 1932 bekannt ist. Für den katholischen Klerikalismus. Dominant in der Emsregion zwischen dem schwarzen Münster und dem noch schwärzeren Paderborn, *der* Bischofsstadt. Und nicht zuletzt für die Zwei-Drittel-Mehrheiten bei politischen Wahlen seit Beginn der 1960er-Jahre, die die jeweiligen CDU-Kandidaten in die Parlamente spülen. In Bonn, Düsseldorf, die diversen Stadt- und Gemeinderäte.

Es gibt Unterschiede zwischen Alt- und Neusprachlern in den parallel geführten Klassen, zwischen «Wiedenbrückern» und «Fahrschülern». In dem Gewoge auf der Tanzfläche und zwischen den rustikalen Tischen der Gaststube sind sie allerdings nicht spürbar. Stumm harren hier Reste von Schlachtplatten und Dampfkartoffeln der Abräumung. Herkunft – selbst bei den winzigsten geographischen Abweichungen – schafft in Ostwestfalen Abstand und Kohortengefühle. Heute Abend verwischt eine bierselige Jovialität allerdings auch jegliche Unterschiede. «Mensch du, lass uns trinken!», lautet die beliebte Formel der Verbrüderung.

Die meisten Feiernden sind in der Kreisstadt an der Ems zu Hause, bilden einen fast geschlossenen Kreis. Sie haben mit der Zeit ein Bewusstsein entwickelt, das sich mit dem der «Eingeweihten» in alten Sagen umschreiben lässt. Die «Fahrschüler» stammen aus Rheda, Rietberg und einigen umliegenden kleinen Orten wie Verl oder Kaunitz. Erreicht haben sie das Ratsgymnasium mit dem Bus oder auch dem Fahrrad. Oft nur wenige Kilometer. Aber immer ein Anlass, sich wie Zugereiste zu fühlen. Willkommen? Schon, aber auch ein bisschen geduldet.

Dies gilt auch für zwei, drei Schüler aus besser situierten Familien, die gelegentlich mit dem Ford 17 M des Vaters die Strecke zwischen Zuhause und Schulgebäude überwinden. Äußerlich eine «Badewanne» mit Lenkradschaltung und dem obligatorischen Feuerlöscher zwischen den Vordersitzen.

Lautes Lachen. Alle brüllen unisono Ted Herolds *Moonlight* und *So schön war die Zeit* von Freddy Quinn. Zigaretten kreisen, *Ernte 23, Overstolz, HB*. Einer raucht Pfeife. So etwas wie beneidenswerte Männlichkeit soll dies wohl ausdrücken. Und: *Zukunft, wo bist du?* Ob dies wohl den Mädchen imponiert? Wer weiß. Der Fähigste am Klavier hämmert gekonnt die Stimmungsbringer in die Tasten. *Gaudeamus igitur, juvenes dum sumus* avanciert zum Hit aller im Stundentakt. Noch gekonnter fällt seine Pose der Selbstgewissheit aus. *Wer will mich aufhalten*?

Was draußen lauert, wenige Schritte entfernt, der jähe Einbruch von Realität in Gestalt eines mutmaßlichen Verbrechens, das ahnt er nicht.

Ein Verbrechen, praktisch um die Ecke, ahnt nicht nur er nicht.

NIEMAND AHNT ES

Im Übergang vom Heute zum Morgen sind die Abiturienten weitgehend unter sich. Die drei, vier Lehrer, die wenigstens kurz Anteil genommen haben, sind längst wieder gegangen. Darunter auch der Klassenlehrer der Neusprachler. Einen Wimpernschlag lang hat er sich in der Tür noch einmal umgedreht. Mit dem für ihn typischen scheuen Lächeln. Ein Lächeln, das zugleich Anteilnahme wie Angst vor dem überschießenden Leben verrät.

Der Vikar der St.-Aegidius-Gemeinde, Religionslehrer der Abiturientia 65, hat es sich nicht nehmen lassen, Präsenz zu zeigen. Er ist erkennbar bestrebt, Nähe zu seinen Schützlingen aufzunehmen. Ihnen – anders als sein Vorgesetzter, der Pfarrer – Verständnis entgegenzubringen. Seinen Besuch hat er in Anbetracht der besonderen Umstände auf eine knappe halbe Stunde begrenzt. Eine kluge Entscheidung.

Ansonsten ist Kirche in Westfalen immer präsent, selten so beiläufig wie an diesem Abend. Gern mischt sie sich in das Leben der Menschen ein, besonders sonntags von der Kanzel. Dann ist die Autorität, der viele in der Gemeinde folgen, noch eine Spur fordernder.

Die Miene des Vikars schwankt zwischen leichter Amüsiertheit und beflissenem Ordnungsgeist, ehe er den Ort des Treibens verlässt. *Wiedenbrücker Ordnung*. Eine katholische Bastion. An diesem Abend in den Augen des Vikars eher tendenziell in Gefahr.

Eltern werden nicht gesichtet. Lediglich Mitschüler anderer Klassen und einige Freunde aus Gemeinden im Münsterland haben sich unter die Feiernden gemischt. Und die eine oder andere «Flamme» aus Schülerliebschaften der letzten Zeit. Sie sind indes die Ausnahme. Das Gymnasium hat es den 18-Jährigen nicht gerade leicht gemacht, Bande in frühen Stadien des Verliebtsein zu knüpfen.

Bisweilen besteht der Leiter des Ratsgymnasiums, Oberstudiendirektor Dr. Helmfried Berkhoff, per Weisung auf die strikte räumliche Trennung von Schülern und Schülerinnen auf dem Schulhof. «Das verlangt die Schulordnung. Und das verlangt die Sittsamkeit, für die ich eintrete.»

Große Teile der Schülerschaft verbinden Dr. Berkhoff mit der Aura des Unnahbaren. Dafür ist auch eine im Krieg erlittene Versteifung des linken Arms ursächlich. Manche erleben ihn als unerbittlich. Die Härte, die in diesem Mann vorhanden ist, meist verdeckt, gelegentlich offen, bekommt ein Schüler der späteren Abiturientia '65 direkt zu spüren. Die Idee, in der Schülerzeitung *Die Ampel* den zeitgeschichtlichen Antisemitismus, speziell der NS-Zeit, aus dem traditionellen Antijudaismus abzuleiten, schmettert der Oberstudiendirektor ab. «Das geht nicht. Und an unserer Schule erst recht nicht.»

Seinen Weisungen pflegt der Chef aller Wiedenbrücker Pennäler mit der Ankündigung von Sanktionen für den Fall des Verstoßes Nachdruck zu verschaffen. «Ich möchte, dass Sie für die absolute Einhaltung dieser Vorgabe sorgen, um einen Schulverweis Ihres Sohnes zu vermeiden. Schließlich handele ich in seinem Interesse.» So sein Kardinalsatz gegenüber den Eltern eines betroffenen Schülers.

Eine der Schülerinnen, die mit Michael, ihrer ersten Schülerliebe, die Erfahrung der Schulhofuntersagung hat machen müssen, ist Lia. Mit scheuen Blicken rundum verlässt sie das Hotel Fröhlich, den Ort der lärmenden Fröhlichkeit. «Lasst mich jetzt bitte nicht allein», flehen ihre Augen. Doch niemand reagiert. Kein Einziger ahnt, was passiert. Und Michael? Er unternimmt nichts, sie aufzuhalten. Verständlich, ist er doch gerade vom Sockel seiner Lebenszuversicht gestoßen worden. Seiner Selbstachtung.

Er, der sich jäh ausgestoßen erlebt, fühlt, wie der Boden unter seinen Füßen nachzugeben scheint. Sieht er sich doch eh schon in der Situation, nichts Nennenswertes aufweisen zu können, was für eine solide Zukunft zu zweit sprechen könnte. Zumindest in den Wertvorstellungen des gut situierten Bürgertums an der Ems. Eigentlich passt er in das Schema. Sohn eines Beamten, genauer: eines Richters und einer Lehrerin. Doch der Anschein trügt. Wer wie seine Eltern in den Wirren des Krieges aus Gebieten jenseits der Elbe ins Westfälische geraten ist und bei null wieder angefangen hat, holt nie wieder auf. Und die *Poahlbürger*, wie die Einheimischen genannt werden, niemals ein.

Die beiden älteren Schwestern gehören zum familiären Lebensraum. Aber stets in einer gewissen Distanz und Fremdheit. Was Michael fehlt, ist der unerschütterliche Ort der Gemeinsamkeit. Ist er da, wird er gefühlt. Mächtig. Eindeutig. Selbstverständlich. Mit Stolz nach außen vertreten. Gibt es ihn nicht, kann er nicht verlangt, eingeklagt, nicht einmal beschworen werden. Nähe kann man nicht fordern. Ein Dilemma. Und Ursache für vieles, was später nicht gelingt.

Mit der Ehe seiner Eltern verbindet Michael Respekt, Schönes nur wenig. Liebe ist ihm ein Fremdwort, nur erlebt in winzigen Dosierungen mütterlicherseits. Distanz, Schweigen, Ausklammerung von Konflikten und all den Verstrickungen der jüngsten Vergangenheit haben die Oberhand. Nicht zuletzt ist da dieser latent mitschwingende unglückliche Begriff der «Konfessionsverschiedenheit». Er gründet auf der Tatsache, dass der Vater katholisch, die Mutter evangelisch ist. Im schwarzen Münsterland ist der Unterschied in den Religionen bei Verheirateten nicht schlicht etwas Alltägliches. Vielmehr dient er als Anlass zur Ausgrenzung. Entscheidern zum Schikanieren, natürlich des protestantischen Teils.

«Mein Gott, wie weit ist es denn noch?» Während Lia ihrem Zuhause mit einem Tunnelblick durch die Schwärze der Nacht entgegenhastet, überfällt den brüskierten Michael, nunmehr Ex-Freund, ein plötzlich aufsteigendes Gefühl der Verlorenheit. Sein Blick schweift über die feiernden Klassenkameraden. Den drahtigen Sprinter. Mit 10,7 Sekunden über 100 Meter unter den Besten in der Bundesrepublik. Der seinen Weg als Betriebswirt/Fachrichtung Steuern gehen will. Die stets lockere, immer leicht verschmitzte Mitschülerin mit dem familiären Unternehmen in der Automobilwirtschaft im Rücken, das eine stabile Studien- und Lebensperspektive sichern wird.

Das «Genie» unter den Neusprachlern, dessen Förderung durch die Stiftung bereits absehbar ist, die im Namen des Deutschen Volkes die Elite fördert. Die Energische aus einem Rietberger Mediziner-Haushalt. Ihre Ambition ist bereits erkennbar darauf ausgerichtet, eine wissenschaftliche Laufbahn in der Erforschung von Therapien gegen nicht entschlüsselte Krankheiten anzustreben. Oder – wer weiß – in die Gerichtsmedizin zu gehen.

Die drei herausragend begabten Mathematiker und Physiker in spe, deren Qualifikationen einen sicheren Job in Unternehmen oder an der Universität versprechen. Promotion garantiert. Die Kecke mit den braunen Augen, die zur Stunde davon träumt, einmal der Liebe wegen in die USA zu ziehen. Die Hübsche aus dem winkligen Haus an der Ems, die sich uneingestanden in der Zukunft an der Seite eines demnächst erfolgreichen Chefarztes sieht. Möglichst weit weg, Hamburg, München oder West-Berlin am liebsten. Dort, wo die erlebte häusliche Enge irgendwann völlig vergessen sein wird. Für sie ist schon der übliche Tanzkurs eine Vorwegnahme von Zukunft. Ein Test auf Verbindungen, die nach oben tragen sollen.

Insbesondere für die Abiturientinnen ist es nicht leicht, eine Vorstellung für eine selbstbestimmte Zukunft zu entwickeln. Die einen sind noch ganz in der *Heliand*-Welt gefangen. Sie ist eine nach dem Ersten Weltkrieg entstandene katholische Jugendbewegung im Bereich der höheren Schulen. Andere spüren erste Regungen gegen falsche Autoritäten in sich. Bescheiden noch. Und ohne eigene Begriffe. Die meisten leben die Werte aus Elternhaus und Schulzeit. Einfach so. Woher sollte – 1965 – auch der Impuls kommen, diese in Frage zu stellen.

Fast alle feiern in dem Bewusstsein, etwas für sich erreichen zu können. Karriere zu machen. Nach oben zu kommen. Wie sollten sie auch nicht, diese Töchter und Söhne aus behütetem Hause, wie das Schlagwort lautet. «Behütet» in der Art und in dem Ausmaß, wie die Elterngeneration der unmittelbaren Nachkriegszeit dazu mit ihrer Fähigkeit zu geben überhaupt in der Lage ist. Die *Täter-Väter* und die *Opfer-Mütter*. Dass viele Väter mit den Erfahrungen von

Stalingrad, von der Westfront oder der Besetzung Kretas den Söhnen ihre Vorstellung von Erziehung mit dem Hosengürtel einzuprügeln suchen, ist zwar ein Tabu, aber nichts Unerklärliches. Dass die von ihren Männern abhängigen Mütter diese ihre Ehemänner teils decken, teils sich von ihnen in ein lebenslanges Reservat des Schweigens zurückziehen, ist auch so ein Tabu. Aber eben kein Phantom.

Gefragt, würden einige der Abiturienten ziemlich vage, aber letztlich bestimmt ihre Zukunftsvorstellung beschreiben können. Würden bekennen, in ihrem Leben unbedingt etwas Festes aufbauen zu wollen. *Etwas, auf das man sich verlassen kann.* Doch niemand fragt so im Februar 1965.

Die konventionellen Verhältnisse belegt auch die Liste der Berufswünsche, die die Lokalpresse zusammen mit den Namen der Abiturienten veröffentlicht. Arzt, Lehrerin, Rechtsanwalt, Apotheker, Staatsanwältin etc. Journalist, der erklärte Berufswunsch eines Einzelnen, wirkt da schon eine Idee exotisch.

Die wenigsten denken jetzt daran, etwas an der Welt ändern zu wollen, die ihnen zugesetzt hat. Eine ganze Schulzeit lang. Sie anders zu machen als die Generation der Eltern. Hierfür müsste die Schule, das Gymnasium sie sensibilisiert haben. Müsste? Was zählt, ist die Gegenwart, die – aufgeschlagen – über ein schmales Notizbuch nicht hinausgelangt. Wie und was Zukunft für sie sein könnte, ist für die meisten diffus. Jedenfalls jenseits der materiellen Standards. So überwiegt das Verlangen «nach den reicheren Möglichkeiten der Welt», wie Thomas Mann es seinem literarischen Schützling Felix Krull angedichtet hat.

Lia, vielleicht noch eine Minute bei schnellen Schritten vom Kirchplatz entfernt, ist von Zukunftsgedanken Lichtjahre entfernt. Selbst von fast allen bodennahen Gedanken. «Nur noch durchhalten, einige Sekunden», ist die einzige innere Anstrengung, die sie gegen ihre Angst in Anschlag bringt. Der stärker werdende Regen und die grelle Kälte lassen Lias Verlorenheit in einem Maße anwachsen, das sich nur noch mit dem Wort *panisch* umschreiben lässt. Sie zittert vor Kälte, da auch ihr Mantel schon ein Stück durchgeweicht ist. «Ist da nicht schon wieder das Hotel Fröhlich?», fragt sie sich schaudernd. «Dann wäre ich ja im Kreis gelaufen!»

Mit Schaudern pflegen manche Ältere an das Gebäude an der Lange Straße zu denken. War doch bis 1945 in dem Bau die Wiedenbrücker Zentrale der NSDAP untergebracht. Eine Adresse des Schreckens für viele. Davon könnte so mancher der dafür Verantwortlichen erzählen, würde er nur das Kartell des Schweigens durchbrechen. Nur, keiner von denen will das.

Lia stolpert, vermag sich gerade noch zu fangen und einen Sturz zu vermeiden. Hastig schaut sie sich um, weiß sich dann doch auf dem richtigen Wege. «Beruhigend, auch wenn ein geringer Trost.»

Der Unermüdliche am Klavier hämmert die Botschaft der Lebensfreude in die Tasten. Dann erschallt *Then He Kissed Me* von The Crystals aus den Lautsprechern. Hier und da im Halbdunkel folgt der musikalischen Aufforderung die Tat. Das an die Außentür angebrachte Schild *Geschlossene Gesellschaft* tanzt im Takt der Rhythmen hin und her. «Geschlossen» entfaltet jetzt seine wahre Bedeutung. Das ist auch gut so.

Das Erscheinungsbild, das die ausgelassen Feiernden abgeben, folgt dem alkoholischen Pegel. Feiert hier die künftige Elite? Eine Elite, die die überkommenen, die wohl oder übel übernommenen Werte ihrer Eltern und Großeltern in Frage stellen wird? Die das «Tor, das das Leben bedeutet», in eine andere Richtung aufstoßen wird? So blumig hat es ihnen der Klassenlehrer mit mildem Lächeln geweissagt.

Lias Ex-Freund Michael schluckt, flüchtet sich zu seinen Mitschülern. Am liebsten würde er alle zu einer Runde *Wacholder* einladen, um sich abzulenken. Doch dafür reicht das Geld nicht, das in seiner Tasche steckt. Seine Mutter hat ihm vor dem Aufbruch zur Abi-Feier noch einen 20-DM-Schein zugesteckt. «Du wirst es brauchen, Junge», hat sie dazu in weiser Voraussicht und fürsorglicher Anteilnahme gesagt.

So bleibt seine Überlegung nichts als ein Gedanke. Stunden später, wenn sich das blutige Geschehen vom Kirchplatz wie ein Lauffeuer in der Region herumsprechen wird, könnte es ihm leidtun. Stunden später, wenn er vieles möchte. Nur nicht allein sein.

Er hat seine Freundin, die für zwei Jahre wichtigste Person in seinem Leben, in ihrer schrecklichsten Stunde allein gelassen.

EGAL WAS GERADE EBEN PASSIERT IST

4.

Dienstag, 24.11.1964
Brno / ČSSR

Die Eröffnung der Taubenausstellung und der Fremde mit dem Zettel

«Zproštěn!» Pavel Bangaceks Aufforderung am Eingang zur Messe Brno, einst Brünn in der K.-u.-k.-Epoche, fällt recht energisch aus. «Du hast jetzt freien Zugang!» Tomáš Masopust lässt sich das nicht zweimal sagen. Ohrenbetäubendes Gurren von allerlei gefiedertem Getier und ein durchdringendes Menschenpalaver empfängt die beiden Freunde, nachdem sie das Eingangstor zur Halle B der Brno Výstaviště im Stadtteil Pisárky passiert haben. Zudem ein Geruch, der nichts, aber auch gar nichts zu tun hat mit dem von Maschinenöl oder frischem Lack.

Nichts vom Aroma von Hartgummi und Baustoffen aus Zement und Plastik. Nichts von dem Geruch aus Öfen, die mit Briketts aus Kohle geheizt werden, der Hauptenergiequelle des Landes. Unmengen dagegen an Emissionen von Tausenden von Vögeln und deren Hinterlassenschaften in den Käfigen. Am besten kennen dies die Menschen, die in den Dörfern Mährens leben. Oder in der Landwirtschaft arbeiten. Was an diesem Tag seine Premiere erlebt, ist auch nicht die Eröffnung der alljährlichen Herbstindustriemesse. Zu der pflegen Ingenieure und Bürokraten aus den Stahl- und Agrarkollektiven der ČSSR in die mährische Metropole zu kommen.

Atypisch, aber Fakt, heute gehört die Messehalle B Legionen von Vögeln in endlosen Reihen von Drahtverhauen und aufwendigen Volieren. Vor allem Tauben! Ordinäre wie exotische. Tauben aller Arten, Rassen, Zuchtrichtungen, Regionen Europas. Turtel- und Trauertauben, Berg- und Kuckuckstauben. Flugtümmler. Unprätentiöse Straßen- oder Haustauben mit hellgrauem Rücken und blaugrauem Kopf. Tauben, die einfach nur schön sind dank ihres Gefieders und der Farben an den Ringen rund um den Hals, wie zumindest ihre Besitzer finden.

Tauben, die als Post- oder Brieftauben wertvolle Leistungen erbringen. Genauer: erbrachten. Denn die Glanzzeit der fliegenden Übermittler von Nachrichten scheint mit dem Aufkommen moderner Techniken vorbei. Das *glauben* die meisten Taubenfreunde in der Halle B. Die professionellen Züchter und Händler *wissen* es bereits. Sie machen es an ihren Verkaufszahlen und der sinkenden Nachfrage fest. Tendenz weiter fallend.

Das baldige traurige Ende einer Ära? Die meisten unter dem Glasbeton-Dach der Halle B sind davon überzeugt. Aber nicht alle. Eine Gruppe denkt da völlig anders. Ihre Mitglieder denken politisch.

«Lass doch die simplen Weißbrusttauben!», zieht Pavel seinen Freund in Richtung des eigentlichen Ziels seines Messebesuchs. Der lässt sich nicht lange bitten. Speziell Brieftauben wie der *Serbische Hochflieger* mit der Fähigkeit, Strecken über 1000 und mehr Kilometer zu überwinden, sind die Passion Pavel Bangaceks und seines Freundes Tomáš Masopust. Die beiden, Mitte 20, gehören dem Kollektiv der Brieftaubensportler *Rychlá Pravda* an. Taubensport, ein Gruppenphänomen, ist unverdächtig im Land des Konformismus. In dem jede Art von Individualismus und unangepasstem Verhalten von der staatlichen Repression unterdrückt wird. Die Gruppe ist stolz darauf, dank ihres Sports Kontakte auch jenseits der Grenzen des eigenen Landes zu pflegen. Kontakte, von denen sie gerade jetzt Gebrauch macht.

Pavel ist die kurze Strecke von Slavkov u Brna, seinem Heimatort, mit dem Bus herübergekommen. Austerlitz ist der historische Name des Städtchens. Ein geschichtsträchtiger Begriff aus der Zeit der K.-u.-k.-Monarchie und der Befreiungskriege im Herzen Europas. 1805 besiegt Napoleon am Pratzeberg zwischen Austerlitz und Brünn das alliierte österreichische und russische Militär.

In Slavkov u Brna, außerhalb der Großstadt, ist das Halten von Tauben nicht so auffällig. Richtig stolz ist Pavel auf seine Tauben, die hinter dem Häuschen am Stadtrand mit dem freien Blick auf Schloss Slavkov ihr gurriges Zuhause haben. Tomáš wohnt im Komárov, einem Stadtteil von Brno, hat es also nicht so weit. Beide studieren an der Technischen Universität Brno. Beide gehören der KP der ČSSR an, eigentlich widerwillig, wie sie voneinander wissen. Letztlich aus dem einen Grund, überhaupt studieren zu können.

Das Grußwort des Bürgermeisters von Brno, Oldřich Vaverka, zur Eröffnung der Taubenschau haben die beiden bereits verpasst. Lieber wäre es ihnen, hätte der Parteichef der KP von Brno als Erster gesprochen. Lediglich Wortfetzen aus seiner langen Ansprache schlagen an ihr Ohr. «Tauben, liebe Genossen und Genossinnen», verstehen die beiden trotz des Lärmpegels, «vor allem Brieftauben sind nützlich. Nicht nur ein Zeitvertreib von Liebhabern. Nicht nur eine Reverenz gegenüber unseren Kumpeln, die auf Zeche Anselm und den anderen Kohlengruben in Ostrava für die Sicherung unserer Energie unter Tage arbeiten. Flugtauben sind vielgestaltig, ausdauernd und von einem überragenden Flugwillen. Das macht sie für den weiteren Aufbau des Kommunismus wertvoll.»

Beifall von allen Seiten, von den Menschen natürlich. Nicht von den Tauben. Die halten sich da heraus, weil sie klüger sind als die meisten draußen, die ein Urteil über Flugtauben haben, aber keine Ahnung. Nichts von dem Geheimnis wissen, wie Brieftauben von einem beliebigen Auflassort über große Distanzen heimfinden in ihren gewohnten Verschlag. Mindestens so sicher wie die in Jahrhunderten entwickelten Navigationssysteme, die Kraftfahrzeugen, Schiffen oder Flugzeugen den Weg weisen. *Nonstop*, ohne Umwege, ohne sich zu verfliegen.

«Und», fragt Pavel, «wie geht es Jana?» Diese Frage stellt Bangacek immer, wenn die beiden sich treffen. Jana ist die jüngere Schwester von Tomáš Masopust. Und Pavel in sie verliebt.

«Wie soll's ihr schon gehen? Gut wie immer.» Als wäre ihm Pavels Frage diesmal lästig, zieht Tomáš seinen Freund in den entfernten Sektor der Halle. Hier werden den Taubenliebhabern die neuesten technischen Errungenschaften auf dem Gebiet ihres Sports präsentiert. «Du weißt doch, wir sollen uns nach einer neuen Konstatieruhr umschauen und die anderen treffen. Oder hast Du den Auftrag von *Rychlá Pravda*, unseren Auftrag, schon vergessen?»

Konstatieruhren dienen im Taubensport dazu, die Ankunftszeit der am Rennen beteiligten Vögel im Taubenschlag zu Hause zu erfassen und zu dokumentieren. «Nein», beeilt sich Bangacek zu bestätigen, «keineswegs vergessen. Ich weiß doch, was wir erreichen wollen.»

Brno ist eine der wenigen Städte in der Tschechoslowakei, in denen der Kommunismus mit seinem antiindividuellen Lebensstil und seiner Grau-in-Grau-Architektur nicht die deprimierende Einheitswelt geschaffen hat wie vielerorts. Wie in den meisten Staaten des Ostblocks. Eigentlich ist Brno das Kulturzentrum Mährens. Musikstadt mit Theater, Konservatorium und Philharmonischer Gesellschaft. Schauplatz der Blüte slawischer Musik im 19. Jahrhundert. Die wichtigsten Opern von Leoš Janáček sind hier uraufgeführt worden.

Im Schlendern hin zur Abteilung Taubentechnik pfeift Pavel eine Melodie, die sich selbst gegen den Hallenlärm behauptet. Tomáš schaut seinen Freund fragend an. «Du kennst *Hoffmanns Erzählungen* von Jacques Offenbach?» «Nie gehört.» «In dieser Oper», klärt Bangacek seinen Freund geduldig auf, «gibt es Antonia, eine junge, lungenkranke Sängerin, die eigentlich nicht singen darf. Aber diese Antonia singt trotzdem, das Lied von der Taube. *Sie ist fort, entfloh'n ist die Taube / weit entfernt, getrennt von dir / doch bewahrt sie Liebster, glaube / sie bewahrt die Treue dir.*

«Klingt romantisch», entfährt es Tomáš. «Ist es auch, du Banause, Tauben und Musik – eine wunderbare Verbindung.» «Woher», setzt Masopust nach, «kannst du eigentlich so gut Deutsch? Hast du vielleicht eine Freundin in der DDR?» «Nein», antwortet Pavel mit mildem Lächeln, «aber eine gute Bekannte. Sie heißt Katarina.»

Abhängig von der Stärke und der Richtung des Windes legen Flugtauben pro Stunde bis zu 100 Kilometer zurück. Ihre Hochkonjunktur haben Brieftauben im 19. bis in die erste Hälfte des 20. Jahrhunderts. Gefragt sind sie als Übermittler militärischer Nachrichten sowie von Wirtschafts- und Finanzmeldungen. Banken und die auf Börse und Handel spezialisierte Presse arbeiten mit eigenen Taubenschlägen. Mit dem Aufkommen der Telegraphie und anderer moderner Nachrichtentechniken geht die Bedeutung der *Columba livia domestica* gegen null. Traditionell hält sich allerdings der Sport der Brieftaubenliebhaber. Ganz besonders in deren Domänen in Bergbaugebieten zahlreicher Länder Europas, auch in der ČSSR.

« ... hiermit für eröffnet ... und einen guten Verlauf!» Einmal mehr hat der Parteichef viel von der KP, ihrer Ideologie und der kommunistischen Ökonomie gesprochen, die dem Land und den Menschen Wohlstand bringen soll, irgendwann jedenfalls. Von Tauben als einem wirtschaftlichen, wissenschaftlichen und ideellen Gut, dem eigentlichen Thema der Messe in den kommenden Tagen, ist praktisch nicht die Rede. Der Apparatschik reiht sich damit in die Reihen der vielen ein, die Tauben regelrecht unterschätzen.

Selbstredend wissen die Mitglieder der Gruppe *Rychlá Pravda*, dass Tauben intelligenter sind als ihr Ruf. Dass Tauben in der Lage sind, sich in einem Spiegel zu erkennen, was sonst nur Schimpansen und andere Primaten vermögen. Dabei haben diese Geschöpfe nicht einmal einen Gehirnapparat hierfür. Und die jungen Taubensportler wissen erst recht – anders als der Parteifunktionär -, dass Tauben keine von Menschen gezogenen Grenzen kennen. Keine von Menschen erbauten Mauern. Keine Polizei, keine Miliz, kein

Soldat ist in der Lage, sie, diese Symbole der Freiheit, ohne weiteres auszuschalten.

«Was war denn das?» Pavels plötzlicher Aufschrei zeigt Erstaunen wie Erschrecken. Mit ihm und Tomáš wenden sich gleichzeitig etliche Köpfe in Richtung des Platzes vor der Messe.

«Ob das ein Unfall war?»

«Oder ein Schuss?», ergänzt Tomáš. Die Unsicherheit bleibt. Die Ursache der Unruhe draußen ist drinnen in der Halle kaum wahrzunehmen. Es scheint, als ob die Polizei im Begriff ist, eine Person mit auf den Rücken gedrehten Armen abzuführen. Oder sind es mehrere? Die dicht gedrängten Uniformröcke lassen tiefere Einblicke in das Geschehen nicht zu.

Die aufgeschreckten Messebesucher wenden sich wieder den Dingen zu, deretwegen sie gekommen sind. Einige gleichmütig, andere im kurzen Meinungsaustausch mit dem Nachbarn. Sollte es der Versuch einer Aktion gegen die herrschende Parteikaste, gegen den KP-Chef, gewesen sein, wäre dies für die Menschen in Brno keine Überraschung. An eine etwaige Aktion gegen Tauben glaubt ohnehin niemand.

Wenn etwas gegen die Ordnung passiert sein sollte, muss es etwas Politisches sein. Immer mal, wenn auch selten sickern Hinweise auf Taten von Oppositionellen durch. Brno, die Region Mähren, das ganze Land stehen seit einigen Monaten unter dem Eindruck von punktuellen verdeckten Aktionen gegen den Unterdrückerstaat und seine Überwachungsbürokratie. Sollte es vor der Messe zu einer Verhaftung gekommen sein, würde man eh nichts erfahren.

In der *Brněnský Noviny*, der führenden Zeitung in der Gegend, und den anderen staatlich gelenkten Medien ist dafür eh kein Platz. Der wird für den vollständigen Abdruck der Rede des KP-Chefs gebraucht. Tenor: *Die Tauben, die Züchter und ihr Beitrag für den Ausbau des Kommunismus*.

In der Sektion *Sport und Technik*, in der etwas dunklen Ecke bei den Konvertiermaschinen, stößt ein Dritter aus der Menge zu den beiden Freunden. Der Kontur nach handelt es sich um einen Gleichaltrigen. Unter der dunklen Kapuze ist sein Gesicht kaum zu erkennen. Immerhin ist eine blutunterlaufene breite Narbe über seiner linken Augenbraue zu sehen.

Er steckt Pavel blitzschnell einen Zettel zu. Unmittelbar danach ist der Fremde schon wieder verschwunden. «Lass mal sehen!», drängt Tomáš seinen Freund in eine abgedunkelte Ecke hinter den Ausstellungsständen. Der liest und klopft Pavel mit einer knappen Geste der Genugtuung auf die Schulter: «Wir sind dabei!» Tomáš liest den Zettel noch einmal, als könne er sich an dessen Inhalt nicht sattsehen. Dann knüllt er ihn zusammen und steckt die kleine Papierkugel in die Manteltasche. Die Botschaft des Zettels begnügt sich mit einer Zeile. In zwei Sprachen.

AKHCE ODPOR PODLE PLÁNU AKHTION WIDERSTAND NACH PLAN

5.

Donnerstag, 18.2.1965
Wiedenbrück

Die Leiche in der Mottke und die geheimnisvolle Liste

Im schmutzig-grauen Licht des frühen Morgens flattern die rot-weißen Absperrbänder hin und her wie Kleinpapageien in ihrem Käfig. An den Längsseiten des Leichenfundorts am Kirchplatz sind notdürftig zwei Scheinwerfer aufgestellt worden. Sie werden von Akkus gespeist. So unterstützen sie die Spurensicherung der Kriminalpolizei in ihrer Arbeit, die jeden Augenblick erwartet wird.

Um 5.30 Uhr verweigert das Tageslicht noch jede Kooperationsbereitschaft. Ein Polizeiwagen parkt seitlich, diskret. Sirene und Warnlicht sind stumm. Über die Leiche, die ab der Schulter aus einem Gully herausragt, haben die Beamten der Nachtsicherung eine fahlweiße Abdeckplane gelegt. Dabei hält sich die potenzielle Neugier von Passanten zu dieser Uhrzeit in ziemlichen Grenzen. Nur vereinzelte sind unterwegs. Sie werden von der Polizeiaufsicht mühelos wegkomplimentiert. «Hier gibt es nichts zu sehen. Gehen Sie weiter!»

Die Fronten der umliegenden Häuser sind zumeist noch dunkel. Die Frühmesse in der Pfarrkirche beginnt eh erst um sieben. Wochenmarkt? Ist heute nicht. Überdies nicht wirklich vorstellbar, dass Menschen ihr Tun und Lassen unterbrechen, nur um zu gaffen. Das ist ein positiver Aspekt der *Wiedenbrücker Ordnung*.

Orangefarbene sowie weiße Kreise und Ziffern markieren die Position der Leiche an der inzwischen ganz einsehbaren Gullyöffnung und die Spuren auf dem Boden, soweit man von Spuren angesichts des strömenden Regens überhaupt sprechen kann. Die Spurensicherung soll ihre Arbeit machen können, sobald die Leiche abtransportiert sein wird. Der Beamte der Kreispolizeibehörde, jetzt allein für die Bewachung des Fundorts zuständig, geht nervös auf und ab. Immer vier Schritte. Erst in die eine, dann die entgegengesetzte Richtung. «Wann kommt er nun endlich?», schießt Polizeiobermeister Manfred Westerholte immer wieder durch den Kopf. Mit «er» ist sein Chef, Hauptkommissar Josef Brockentrup, gemeint, Leiter der Dienstelle. Nach den Leitlinien polizeilicher Arbeit ist der örtliche Leiter der Polizei mit ersten Ermittlungen betraut, bis Spezialisten der Kriminalpolizei und der Spurensicherung übernehmen. Ganz oder in Teilen.

Brockentrup, der in Rietberg lebt, in Kaunitz zur Schule gegangen und dienstlich nie über Westfalen hinausgekommen ist, steht kurz vor seiner Pensionierung. Sein Antrag, aus gesundheitlichen Gründen vorzeitig in den Ruhestand wechseln zu dürfen, läuft. Eine Arthritis, eine ideopathische Erkrankung, macht ihm seit Jahren zu schaffen. Dabei attackiert eine Entzündung Gelenkknorpel bis hin zu deren Zerstörung. Betroffen sind insbesondere die rechte Hand und beide Knie, was sich in schmerzhaften Hämatomen ausdrückt.

Seine Kollegen auf der Polizeiwache pflegt Brockentrup mit der regelmäßig gestellten Frage nach dem Unterschied zwischen einer Arthritis und einer Arthrose zu nerven. Für den Kommissar ein willkommenes Mittel, sich von den chronischen Schmerzen abzulenken. Dies gelingt aber nur selten. Brockentrups Gesicht, ein Kino eigener Art, erzählt meistens, wie es um ihn steht.

Als der 63-Jährige endlich mit eilig angetaner Uniform und ungelenken Schritten von der Polizeiwache den Schauplatz des Geschehens schräg gegenüber erreicht, ist ihm die Bestürzung über das Unerwartete direkt anzusehen. «Ein Mord in Wiedenbrück?», fährt er seinen Kollegen, den Polizeiobermeister, an. «Das hatten wir doch seit 20 Jahren nicht mehr. Und dann noch ausgerechnet am Ende meiner Dienstzeit.»

Immerhin hat Brockentrup, noch von zu Hause, Staatsanwältin Bettina Hansmann informiert. Und diese das Polizeipräsidium Münster und das Landeskriminalamt eingeschaltet. «Wegen der möglichen Tragweite des noch unklaren Geschehens», wie sie später gegenüber der Presse erklären wird. Wahrscheinlich traut sie der örtlichen Polizei aber in einem solch gravierenden Fall nicht so recht, was auch zur Wahrheit dieses Tages gehört.

Hansmann, Mitte dreißig, ist die erste Frau in einer führenden Position der örtlichen Justiz. Gewiss eine mögliche Erklärung ihres oft burschikosen Auftretens innerhalb wie außerhalb der Behörde. Dies betonen ihre leicht maskulin geschnittenen Kostüme, zumeist dunkelgrau oder schwarz. Dies betonen ihre in den Spitzen gelockten, ansonsten durchgeföhnten blonden Haare, wie sie das Kinopublikum von Grace Kelly in Alfred Hitchcocks *Bei Anruf Mord* kennt.

Oder von Doris Day in Norman Jewisons *Was diese Frau so alles treibt*. Der ist gerade im Wiedenbrücker *Filmpalast* angelaufen.

Als Frau in einer reinen Männerwelt, ist Hansmann überzeugt, sei es vonnöten, stets auf der Hut zu sein. Fundierte Kompetenz auszustrahlen. «Du musst es ihnen zeigen, jeden Tag», lautet ihr Credo. Davon ist sie auch an diesem Tag erfüllt. Erst recht, da eine veritable Gewalttat Anlässe für allerlei öffentliche Auftritte bietet.

Ein Verbrechen setzt immer einen ganzen Apparat von Behörden in Gang, auch in der Provinz. «Dann machen Sie sich mal keinen Kopf, Brockentrup», hat ihm die Staatsanwältin am Telefon bekundet, «wir machen das schon.» Die leicht schnodderige Äußerung ist bei dem erfahrenen Polizisten nicht gut angekommen. Als wenig kollegial, eher als etwas ungnädig ist ihm die Formulierung aufgestoßen. Ihn gleichsam ins zweite Glied zu stoßen, wenn schon mal in der Stadt an der Ems, «seinem» Revier, etwas Dramatisches passiert, quittiert er wie einen Schlag ins Kontor. Und mit einer unleidlichen Stimmung, die den ganzen Tag anhalten wird.

«Ik segg di wat.» Der Hauptkommissar denkt Münsteraner Platt, wenn er erregt ist. Schaltet dann aber gleich im Kopf um. «Wenn jetzt auch noch Frauen Druck machen, dann ist das nicht mehr mein Beruf. Also wirklich.» Gut, dass ihn niemand hört, als er so richtig Dampf ablässt.

Eine schwarze Limousine, Mercedes-Benz 180 Ponton, rauscht heran. Parkt direkt neben dem Fundort. Kriminalhauptkommissar Karl Schulze-Kappen entert geradezu mit raschen energischen Schritten den Tatort hinter der rot-weißen Begrenzung. Seine Begleitung, zwei Kripo-Beamte in schwarzen Regenmänteln, haben Mühe, ihm zu folgen. Für

Außenstehende mutet das Szenario wie eine Aneinanderreihung von Klischees an. Sie könnten an den französischen *film noir* denken. An Henri-Georges Clouzot oder Jean-Pierre Melville. Doch Spezialisten vom Schlage der LKA-Ermittler gibt es hier an der Ems nicht. Der Fluss murmelt in Rufweite vorbei.

Schulze-Kappen, Mitte vierzig, Typ Leistungssportler, fast Asket, stechende Augen, glatt rasiertes Gesicht, feines Tuch unter dem dunkelblauen Regenmantel, wirkt wie der Gegenentwurf zu der etwas deformierten Erscheinung Brockentrups. «Was haben wir denn bereits?», fragt er ihn. Um dann unmittelbar leicht von oben herab hinzuzufügen: «Um es gleich zu sagen, was ich von der Staatsanwaltschaft weiß, können Sie weglassen.»

Das Eintreffen der LKA-Vertreter wirkt wie ein Startschuss, der das Rennen um Erkenntnisse und Spuren freigibt. Fotoapparate mit dem Aufkleber *Nur für den Dienstgebrauch* klicken. Die Position des Opfers wird aus allen Richtungen dokumentiert. Jedenfalls mehr, als es Himmelsrichtungen gibt. Endlich kann danach die Leiche detailliert untersucht werden, die nun zur Gänze aus ihrer schmählichen Lage in dem Gully befreit und zum Liegen gebracht wird. Akribisch werden die Positionen von Schal, Handschuhen und Tascheninhalten dokumentiert. Weit verstreut liegen sie um den Fundort herum. Wie ein Mikado-Spiel, das nicht zu Ende gebracht worden ist. Karten mit Ziffern stecken im Boden.

1 für den Fundort, 2 für den Schal etc. Am Ende, wenn der Fundort zu Ende durchforstet ist, werden es fast ein Dutzend Ziffern sein.

Die Leiche ist mit vier Stichen übel zugerichtet. Jedes Mal, wenn Brockentrup seinen Blick auf den verzerrt daliegenden

Körper richtet, zucken seine Mundwinkel. Ähnlich ergeht es seinen Kollegen von der Schutzpolizei. Wie denn auch sollten sie das Gefühl von Übelkeit unterdrücken, wenn sie in ihrem Alltag allenfalls mit Schnittwunden zu tun haben? Wunden von zersplitterten Flaschen oder Gläsern, wie sie üblicherweise in Polizeiberichten nach den Umzügen der Wiedenbrücker Karnevalsgesellschaft *Helü* oder dem jährlichen Fest der Schützenbruderschaft *St. Hubertus* Erwähnung finden.

Das Funkgerät in Schulze-Kappens Dienstwagen gibt knisternd Laut. «Berichten Sie mir, was Sie wissen», fordert sein Dienstvorgesetzter. Schulze-Kappen übermittelt, was an Fakten offensichtlich ist. *Das Opfer ist männlich, Anfang 60. Keine Papiere, weder Ausweis noch Reisepass. Vier Stiche, wahrscheinlich von einem Messer mit feststehender Klinge. Die Wucht des Angriffs, mutmaßlich von hinten, muss das Opfer in Sekundenbruchteilen überwältigt und wehrlos gemacht haben. Es gibt keine Spuren, die auf einen Kampf schließen lassen. Keine Tatwaffe am Fundort des Toten. Die Messerstiche befinden sich allesamt auf der linken Seite. Eine Stichverletzung hat das linke Auge zugerichtet. Direkt in die Palpebra superior perculsus.*

Das letzte Detail interessiert offenkundig in Düsseldorf besonders. «Schon sehr ungewöhnlich. Vermutlich kein Zufall», lautet die Reaktion dort. «Die Augenverletzung», ermahnt Schulze-Kappen die Spurensicherung direkt nach dem Funktelefonat, «sollte später in eurem Protokoll auftauchen.» Gemeint ist die Spalte im Oberlid des Auges. Ist sie auffallend schmal und kaum merklich sichtbar, von dezenter Form also, macht sie die Augenpartie geheimnisvoll. Beispielsweise von schönen Frauen. Models etwa. Oder Filmstars wie Lilli Palmer und Romy Schneider.

Hier und jetzt ist die Lidspalte ein blutiger Krater. Wurde die Wunde vorsätzlich so zugefügt, um eine Botschaft zu senden? Sollte das Augenlicht ausgelöscht werden? Als Strafe für all das, was dieses Augenpaar gesehen hat? Handelt es sich möglicherweis um eine Blendung, wie sie das Alte Testament im 14. Kapitel des Buchs der Richter geliefert hat? Mit der Darstellung des Samson oder Simson, des Kämpfers gegen die Philister. Eine Blendung, die Rache nimmt für etwas, was diese Augen gesehen, gern gesehen, genossen haben? Inhaftierungen, Hinrichtungen, Quälereien von Menschen? Schulze-Kappens Gedanken bewegen sich in einem Tempo, vergleichbar einem Schnellzug.

Brockentrup winkt mit eiliger Geschäftigkeit Schulze-Kappen zur Seite. «Wir haben was Wichtiges.» In der Manteltasche des Toten sind zwei Schriftstücke entdeckt worden. «Herausgerissene Seiten, aus einem Buch vielleicht, allerdings ziemlich abgegriffen und verschmutzt.» Brockentrup reicht dem LKA-Ermittler die schmutzig-weißen Papiere. Er balanciert sie zwischen seinen Handschuhen äußerst vorsichtig. So vorsichtig, als handele es sich um die persönliche Widmung von Johannes Mario Simmel.

Die Bücher des Österreichers sind Brockentrups Lieblingslektüre, wenn er in der Freizeit mal Lust hat zu lesen. Dass er bei dem Fließbandschreiber Simmel stets *à jour* bleibt, verdankt der Polizist seiner Mitgliedschaft im *Bertelsmann Lesering*, der über zwei Millionen Mitglieder aufweist. *Lieb' Vaterland magst ruhig sein*, die aktuelle Neuerscheinung, steht zu seiner Freude gerade ziemlich weit vorn in der *Spiegel*-Bestsellerliste. Titel und Erscheinungsdatum des jeweils neuen *Simmel* erfahren die Kollegen auf der Polizeiwache regelmäßig. Meistens ungefragt.

Keinesfalls ist es so, dass Brockentrup zwischen Beruf und Freizeit eine scharfe Grenzlinie zieht. Zu seinen privaten Passionen gehören Sammlungen von Aufzeichnungen über die Häufigkeit von bestimmten Mordmethoden sowie von Geschichten über seltene Todesfälle. So der des Hofmusikers Jean-Baptiste Lully im Versailles von Louis XIV. Der rammt sich 1687 seinen hoch ragenden Taktstock in den Fuß, um daraufhin an Wundbrand zu sterben. So der der Tänzerin Isadora Duncan. Sie schickt sich 1927 in Nizza an, in einem Cabrio spazieren zu fahren, wobei sich ihr Schal vor dem Start in den Speichen des Wagens verfängt und ihr durch einen massiven Ruck das Genick bricht.

Dokument eins ist offensichtlich ein Ausriss aus einem Buch. Den Band antiquarisch zu nennen, nimmt man die eine Seite für das Ganze, wäre gewiss eine Untertreibung. *Die Welt verstehen nenne ich der Welt gewachsen sein*. Mit rotem Filzstift ist die Passage unterstrichen, an der Schulze-Kappens Blick festhängt. Wie magisch angezogen.

Am Fuße der ausgerissenen Seite ist die Quelle zu lesen: *Oswald Spengler, Der Untergang des Abendlandes, Vorwort zur 33. Auflage, Neubearbeitung von 1922*. Spengler gilt als einer der ideologischen Vorreiter der Staats- und Rassendoktrin des NS-Regimes. *Persona non grata* im Deutschland der Nachkriegszeit. Offenkundig nicht für alle.

Schulze-Kappen, mit den Standardwerken des deutschen Nationalismus dank seiner blitzsauberen akademischen Laufbahn an der Wilhelms-Universität Münster vertraut, runzelt die Stirn. In diesem Augenblick wird verständlich, warum er in der Zentrale Düsseldorf *Das Gehirn* genannt wird.

Dokument zwei, ein Stück Papier. Offenbar eine einzelne Seite mit maschinenschriftlichen Zeichen. Es fesselt

Schulze-Kappen noch stärker als Dokument eins. Genauer: elektrisiert ihn, als wäre ein Stromschlag durch seinen Körper gefahren. Mehrfach gefaltet, verschmiert von verschmutzten Fingerabdrücken, entpuppt sich der Fund aus der Tasche des Toten als eine Liste mit Buchstaben und Zahlen, sorgfältig hintereinander aufgereiht.

Der LKA-Ermittler, auch für politisch motivierte Kapitalverbrechen zuständig, zieht einen der Akkuscheinwerfer näher an sich heran. Er wendet das Blatt vor- und rückwärts. Nichts, kein Absender, kein Symbol deutet auf den Urheber hin. Dafür sind aber die Fingerabdrücke in den schmutzigen Stellen gut erhalten, auch wenn sie offenkundig von mehreren Personen stammen. «Das dürfte für unsere Spezialisten kein Problem sein», beruhigt sich Schulze-Kappen.

Die Liste umfasst etwa zwei Dutzend Zeilen, in die jeweils zwei oder mehr Buchstaben eingetragen sind. Womöglich nach einem bestimmten Schema. Steht ein Buchstabe allein, ist er mit einem Punkt abgekürzt. So wie man Namen abkürzt. Oder akademische Titel. Hinter jeder Buchstabenzeile steht eine Zahl. *6000* oder *20* oder *14000*. Ein Buchstabenpaar ist kaum noch entzifferbar, weil weitgehend durchgestrichen. *Erledigt*, scheint dies sagen zu wollen. Nur was wäre dann «erledigt»? Eine Sache? Ein Mensch? Ein Plan?

H. W. M. 760 oder *T. NMALSE 6000* oder *F. H. K. 1230* oder... Schulze-Kappens Miene spiegelt Nachdenklichkeit, auch erwachenden Spürsinn. «Wer weiß, vielleicht Abkürzungen von Namen», wendet er sich nach einer Art Bedenkzeit an Brockentrup. «Verknüpft mit Angaben über Geldforderungen. Spielschulden zum Beispiel. Was meinen Sie?» Überrascht von dem plötzlichen Vertrauensvorschuss, geht dieser die einzelnen Zeilen und Zeichen bedächtig durch. «Schon möglich.»

In dem alten Polizeifuchs erwacht der Sportsgeist des Fahnders, der schon lange nicht mehr gefordert war. «Es könnte eine Verbindung zwischen dieser Liste und dem Verbrechen hier und heute geben. Wenn wir es mit Abkürzungen von Namen zu tun haben, vielleicht verschlüsselt. Dann könnte die Aufstellung auch eine Todesliste sein. Eine Auflistung von Menschen, die umgebracht wurden. Oder getötet werden sollen.»

«Verschlüsselt? Wie kommen Sie denn darauf?» In Schulze-Kappens Blick, der Brockentrup irgendwie neu zu mustern scheint, mischen sich Spuren von Amüsiertheit und Respekt. Der Hauptkommissar bleibt die Antwort schuldig. Tatsächlich hat er vor Jahren einmal über Verschlüsselungstechniken und Kryptologie in einem Buch gelesen, das von Geheimbünden, Bruderschaften, Verschwörungen und dubiosen Mächten handelte. Diesen Umstand aber behält Brockentrup für sich. Immerhin, vom Caesar-Code, einem ziemlich einfachen Verschlüsselungsverfahren, hat jeder Polizist in seiner Ausbildung einmal gehört, auch Brockentrup.

Die geheimnisvolle Liste verschwindet zusammen mit der Buchseite und den wertvollen Fingerabdrücken in einem durchsichtigen Tütchen aus Kunststoff. «Spekulationen», bescheidet Schulze-Kappen dem Kommissar, «bringen uns nicht weiter. Jetzt braucht es das volle Programm.» Soll heißen: Autopsie, Spurenanalyse, kriminaltechnische Untersuchung.

Dass Schulze-Kappen auch entschlossen ist, den LKA-Spezialisten für Verschlüsselung einzuschalten, sagt er seinem Kollegen von der Schutzpolizei aber nicht. Dieser scheint enttäuscht. Fühlt sich zu wenig eingebunden. «Da hat man schon mal ein Kapitalverbrechen, und dann ist das Ganze wie ein Buch mit sieben Siegeln», ist in Brockentrups Mienenspiel zu lesen.

Über den Kirchplatz zieht in sicherer Höhe ein Vogelschwarm hinweg. Wahrscheinlich Flugtauben, Richtung Bielefeld, Teutoburger Wald oder Lipperland. Oder noch weiter, von West nach Ost. Von der Freiheit in ihr Gegenteil. Aber das mit der Freiheit wissen die Vögel nicht. Sie machen einfach Gebrauch von ihr. Niemand der am Fundort der Leiche versammelten Einsatzkräfte registriert die Geschöpfe. Hat einen Blick für sie.

Niemand vermutet eine Verbindung des Taubenflugs mit dem Verbrechen der Nacht.

NIEMAND! WARUM AUCH? ODER GERADE?

6.

Samstag, 20.2.1965
Wien / Österreich

Erotischer Vorfrühling und die Leiche zum Frühstück

Das Stereotyp, Wien sei zusammen mit Bern Europas Hauptstadt der Ruhe, wird gerade widerlegt. Mit Sirenen und Blaulicht. Mit Gittern und Spezialfahrzeugen, die in der Lage sind, Kanaldeckel zuzuschweißen. Großräumig wird das Gebiet rund um Hofburg, Heldenplatz und Maria-Theresien-Platz sowie Volksgarten und Burggarten abgesperrt. Einige Autofahrer quittieren in der morgendlichen Verkehrsverdichtung das Durchfahrverbot auf dem Burgring mit lautem Hupen. «So a Bledsinn!» Manche fluchen, weil ihnen die Umfahrung durch die Burggasse wegen Bauarbeiten ebenfalls versperrt ist.

Wien in Unruhe bedeutet meistens Störungen und Wartezeiten. Entweder es ist 1. Mai, oder ein bedeutender Staatsbesuch kündigt sich an. Diesmal ist es das thailändische Königspaar, das für die rot-weißen Absperrgitter verantwortlich ist. Rot-weiß nicht wegen der österreichischen Landesfarben, sondern weil die Farbkombination bei Markierungen im Straßenverkehr Standard ist. König Bhumibol

Adulyadej (Rama IX.) und Königin Sirikit werden am Nachmittag erwartet. Sie werden sich im Rathaus in das Goldene Buch der Stadt eintragen. Und auf dem Weg dorthin vom Hotel Sacher am Opernring zum Rathausplatz die Huldigungen der Bevölkerung entgegennehmen.

«Dieses Lächeln haben die Wiener schon jetzt in ihr Herz geschlossen!» Mit dieser Schlagzeile hat die *Kronen Zeitung* Sirikit, Liebling des Boulevards, auf dem Titel ihrer Morgenausgabe willkommen geheißen. Der Medienrummel verspricht für Wiener Verhältnisse durchaus lebhaft zu werden. Er könnte die Ausmaße der Turbulenz vor knapp vier Jahren annehmen. Damals kamen Nikita Chruschtschow und John F. Kennedy zu einem Gipfeltreffen im Hotel Imperial zusammen.

Ein Team der *Austria Wochenschau* ist schon seit einer Weile beschäftigt, im Schloss Belvedere die Technik für den Empfang aufzubauen, den der Bundespräsident geben wird. Hier, an der Prinz-Eugen-Straße, endet die Stadtrundfahrt des Paares, halten Barrieren die Menge auf. Unbehelligt wird dann die Staatskarosse in den Park rund um das Schloss einfahren, das dem berühmten Versailles nachempfunden ist.

Selbst die Fiaker rund um den Heldenplatz sowie den Michaelerplatz sind für diesen Tag ausgesperrt. Jedenfalls bis zum frühen Abend. Passanten, die den Auszug der Rösser aus ihren Quartieren am frühen Morgen beobachtet haben, wollen einen gewissen Missmut bei den kaltblütigen Vierbeinern festgestellt haben. Die Fiaker sind das heimliche Aushängeschild der Touristiker in der österreichischen Metropole. Mit nur einem Unterschied. Die Pferde wollen, die Tourismusindustrie Wiens muss laufen.

«Du Toni», wendet sich mitten im Kauen ihres Kipferls Friederike, gerufen Fritzi, an ihren Freund. Der sitzt ihr am schmalen Tisch in der winzigen Küche gegenüber und genießt sein *Häferl* mit dem *Großen Braunen*. «Du bist doch bei der Polizei. All diese Absperrungen im Zentrum. Das nervt. Kannst du nicht dafür sorgen, dass ich trotzdem pünktlich zur Arbeit komme?»

Die Arbeit, also die Arbeitsstelle von Friederike Sonnleitner, 19 Jahre jung, ist das Extraordinariat für Kardiologie im Allgemeinen Krankenhaus (AK) Wien. Die Klinik in der Alserstraße/Ecke Lazarettgasse in der Josefstadt, dem achten Bezirk, soll zur kardiologischen Instanz der Stadt werden. Mit Friederike, hochmotiviert. Privat ist sie die Freundin von Anton Sramek. Sie ruft ihn meistens Toni.

Vor einem Jahr ist der 26-Jährige nach einem abgebrochenen Studium der Geschichte als Kriminalaspirant in eine Laufbahn bei der Kriminalpolizei Wien eingebogen. «Du verwechselst da etwas, Chérie.» So nennt Sramek seine Friederike, zumindest immer dann, wenn ihre junge Beziehung frei von Spannungen ist. «Wir bei der Kripo interessieren uns nicht für Straßensperrungen und Sicherheitsgitter. Mehr für Leichen, abgetrennte Köpfe und Messer mit scharfen Klingen, die in blutverschmierten Körpern mit vorquellendem Gedärm stecken. Aber ich schau mal, was ich bei den Kollegen der Schutzpolizei für dich, mein Täubchen, tun kann.»

Das blasse Winterlicht lässt die Umrisse und das Mobiliar in der Eineinhalb-Zimmer-Wohnung im dritten Stock der Wilhelminenstraße, Ecke Wichtelgasse im 16. Wiener Bezirk sichtbarer werden. Von Minute zu Minute. Srameks Zuhause in Ottakring, dem traditionellen Viertel von Arbeitern und Kleingewerblern, verrät noch den Geschichtsstudenten, der sich vier Semester mit der Dynastie der Habsburger auseinandergesetzt hat.

An der Wand ein großes Poster von Kaiserin Maria Theresia. Deren Regentschaft sei, wie er herausgefunden hat, weniger glorios gewesen als ihr Ruf in der Bevölkerung. Damals wie heute. Daneben ein Schwarz-Weiß-Foto vom Maria-Theresien-Denkmal auf dem Maria-Theresien-Platz, der vom Kunsthistorischen und vom Naturhistorischem Museum flankiert wird.

Seitlich im Hauptraum befindet sich ein jetzt noch runtergeklapptes Schrankbett, ein Produkt aus Deutschland. Mit dem Hersteller, einer Möbelfirma in Westfalen, kann Sramek wenig anfangen. Ebenso wie mit der Bezeichnung für die Region. *Rheda, Kreis Wiedenbrück*. «Nie gehört!» Der junge Wiener hat es nicht nur wegen des Platzvorteils angeschafft. Wenn ein «Frauenzimmer», praktischerweise ein lediges, sein Zuhause betritt, wird es nicht gleich mit einem Junggesellenbett konfrontiert. Tatsächlich hat seine Vermieterin, eine Ur-Ottakringerin, den Begriff *Frauenzimmer* verwendet, als sie Sramek die Hausordnung für die Wohnung erklärt hat.

Außerdem hat ein Schrankbrett noch einen praktischen Vorteil. Beispielsweise bei einem Rendezvous. Sachen, die in einer solchen Situation nur stören, können rasch zum Verschwinden gebracht werden. So schafft es Sramek immer dann, wenn Friederike sich kurzfristig ankündigt, die Unmengen an Kriminalliteratur, Akten und Fotos von misshandelten Leichen im Nu fortzuzaubern. *Wusch und weg*, wie er jedes Mal leicht spitzbübisch den Klappvorgang kommentiert.

«Lass das, Voltaire!» Srameks Katze hat sich wieder einmal seiner Freundin genähert, um ihr glattes Fell an den Beinen von Tonis Besuch zu schubbern. Eigentlich ist das dem Kater nicht erlaubt. Aber mit Friederike verbindet Voltaire, schwarzes Fell mit weißen Flecken an allen vier Pfoten und weißen Schnurrharren um die Schnauze, eine große Anhänglichkeit. Etwas das Sramek ausnahmsweise toleriert. Dabei ist der Kater leicht misanthropisch und hypersensibel. Noch den kleinsten Spatz, der sich an den beiden schrägen Dachfenstern sehen lässt, verfolgt er mit aufgeregten Blicken und erkennbarem Misstrauen.

Voltaires geduldete Unbotmäßigkeit ist der einzige Moll-Akkord, wenn man so will, in dieser gelösten Frühstücksatmosphäre. Zu ihr würde die Geigenseligkeit von *Ich bin dir gut!* passen. Das ist einer der vielen Walzer von Johann Strauss (Sohn), die Wien den Ruf einer Musikmetropole eingebracht haben. Die «guten» Gefühle der beiden vibrieren seit Wochen in Hochstimmung. Zudem haben sie eine Nacht hinter sich, der ein Kolportageschreiber das Attribut «unvergesslich» zubilligen würde.

Liebesromane, in denen solche Gefühlswelten regelmäßig strapaziert werden, gibt es im Heftchenformat bei der Trafik um die Ecke für zwanzig Schilling zu kaufen. Toni hat eine fast schon emotionale Bindung an seine Lieblingstrafik in der Thaliastraße. Auch wenn obendrüber auf dem Lerchenfeldergürtel die Straßenbahn mit einem Höllenlärm verkehrt, stadtein- oder stadtauswärts. Je nachdem auf welcher Bahnsteigkante der Wiener steht.

Von der Briefmarke über den Fahrschein für die Straßenbahn bis hin zur *Smart Export*, seiner bevorzugten Zigarette, gibt es hier alles zu kaufen. Dann und wann auch eine *Blauband Club* oder eine *Virginia*. Zigarren, die Sramek seinem Chef, dem Polizeimajor Aloys Lukacek, mit in den Dienst bringt. Und regelmäßig Zeitungen des Landes. Am liebsten, wenn sie über Fälle berichten, in die der Polizeiaspirant und sein Chef involviert sind.

Pensionist am Donaukanal mit Angelschnur erdrosselt. So eine Schlagzeile erst letzte Woche in der *Krone*. Sramek packt sich die Zeitungen mit erkennbarem Stolz immer dann unter den Arm, wenn er an den Ermittlungen beteiligt ist. Im Grunde aber schämt er sich deswegen auch ein bisschen. «Der arme Teufel, erwürgt wegen ein paar Hundert Schillingen.»

Friederike kann es nicht ab, wenn Anton ihr aus dem Logbuch des Bösen, seinen kriminologischen Fällen, erzählen will. «Deine Geschichten von vergifteten Ehemännern mit grün gebleichter Haut und eingestülpten Augen, Toni, kannst du dir gleich sparen.» Die junge Frau hat wieder einmal den Sinn für das Richtige. Heute wird das junge Glück nicht von Mord und Totschlag getrübt. Heute gibt es auch an der Trafik keine *Sex-and-Crime*-Schlagzeilen. Die plakative Aufmerksamkeit von *Kronen Zeitung*, *Kurier*, *Die Presse*, selbst der *Wiener Zeitung* gehört mit schmachtenden Titelfotos dem Herrscherpaar aus Thailand.

«Warum hast du eigentlich dein Studium geschmissen?» Sramek kennt die Frage, selbstverständlich. Er ist aber als permanent Verliebter unendlich geduldig, sie wieder und wieder zu beantworten. Er hat nach der Matura Neuere Geschichte mit dem Schwerpunkt Faschismus in Europa studieren wollen. Aber wo wäre dies möglich gewesen in Wien, in Österreich? 20 Jahre nach einer Katastrophe unter tatkräftiger Mithilfe vieler seiner Landsleute, die allerdings heute vom Austrofaschismus nichts mehr wissen wollen. «Also, Chérie, habe ich mich für die Geschichte der Habsburg-Dynastie entschieden. Im Grund ein Heimspiel. Zu dieser

Fachrichtung kannst du an der Universität Wien jedes Semester Veranstaltungen belegen. Sogar im halben Dutzend.»

Es braucht nur zwei Semester, um Sramek eines klarzumachen: Das Ende der Habsburg-Monarchie ist kein Verlust für Österreich. Vielmehr hat der Zusammenbruch des Großreiches und der Monarchie 1919 prinzipiell den Weg freigemacht für ein demokratisches, ein modernes Austria. Für eine Republik, die sich auf den Trümmern ihrer braunen Vergangenheit als Rechtsstaat formiert. Die Freiheit für jedermann, soziale Gerechtigkeit und Chancengleichheit anstrebt. «Für eine Republik», denkt der Kriminalaspirant voller Begeisterung, «die mein Land ist. Oder wird.»

Einmal in biographischer Fahrt lässt seine Freundin nicht locker: «Und der Abbruch?»

«Weißt du, Chérie, nach einiger Zeit war für mich eines klar. Die Chance, etwas Richtiges zu tun, gibt es nicht im Hörsaal. Die gibt es nur im wahren Leben.» Nachdenklich blickt Sramek auf seine prall mit *Weichsel*, der bekannten Sauerkirschmarmelade von *Staud's*, bestrichene Semmel. «In der Straßenbahn habe ich häufig Voltaire gelesen, den großen Aufklärer. Der meinte zum Beispiel dies: *Besser man riskiert, einen Schuldigen zu retten, als einen Unschuldigen zu verurteilen.*»

«Ach, daher der Name deines Katers?»

«Nicht nur. Weil ich bei der Polizei für Gerechtigkeit arbeiten kann. Auch was die Opfer von gestern angeht.»

«Du meinst», nimmt die Sonnleitner den Faden auf, «die Täter unter Hitler, die noch immer untergetaucht sind? Die noch immer in irgendwelchen Ämtern sind? Wo sie ihre Kumpane von einst decken? Genau die, über die ich mit meinen Eltern kaum sprechen kann?»

«Genau die.»

«Aber», setzt die junge Frau nach, «ist das nicht alles sehr idealistisch?»

«Das mag schon sein, Fritzi. Aber ist es ein Frevel, Idealist zu sein oder sein zu wollen?» Sramek liefert so etwas wie seine persönliche, irgendwie wienerische Definition nach. «Idealist ist letztlich doch jemand, der nichts von dem hat, was er tut, weil er so ist.»

«Ach du ...» Mit der Innenfläche ihrer linken Hand streichelt Friederike kurz das Gesicht des geliebten Freundes. Derweil balanciert die rechte das letzte Schalerl Schwarztee über der Tischplatte. Eine liebevolle Geste, die den jungen Polizisten merkwürdig rührt und die junge Frau seltsam melancholisch stimmt.

Sich selbst überraschend, beginnt Friederike urplötzlich, über ihr Leben, ihren Beruf, ihren Wunsch nach Selbstbestimmung und Selbständigkeit nachzudenken. Über ein anderes Leben, von dem so viele ihrer Arbeitskolleginnen träumen. Von einem eigenen *Steyr-Puch 500* beispielsweise auch, um sonntags nach Baden oder Gumpoldskirchen oder in den Wienerwald zu fahren. Natürlich mit dem Geliebten auf dem Beifahrersitz.

Die Kardiologie hat Zukunft. Und das Wohl der Menschen, pflegt Friederike zu scherzen, liege ihr eh am Herzen. Wien leuchtet, jedenfalls für das Empfinden des Augenblicks. Ein Leuchten, das urplötzlich auch die Augen der jungen Frau zum Funkeln bringt. Das Wien der mittleren 1960er-Jahre, sagen diese Augen, scheint die Schatten der jüngsten Vergangenheit langsam abzuschütteln. Den Nebel aus Kleinbürgertum, Untertanengeist, Antisemitismus.

Und dann noch die praktischen Vorteile. Das Extraordinariat für Kardiologie ist – ausgenommen heute – von ihrem Zuhause bei den Eltern in der Landstraße im dritten Bezirk gut erreichbar.

Friederike, die Stütze des Extraordinariats, empfindet sich zwischen ihrem Berufsalltag und Tonis Berufspraxis manchmal, wenn sie sich nachdenklich fühlt, hin und her gerissen. Da sind die Leichen, von denen ihr Freund erzählt. Und da sind die noch Lebenden, die den Kriminalaspiranten weniger interessieren. Die bisweilen wie tot in das Extraordinariat eingeliefert werden. Ganz schön belastend für eine 19-Jährige, die von Natur aus lebenslustig ist und am liebsten Fortschritte im Genre *Wienerlied* machen würde. Ja. wenn sie dafür zwei Schrammelmusiker fände. Wenn sie auch noch die Zeit dafür hätte.

«Eigentlich gibt es zwischen uns, Schatzl, in dem, was wir so machen, gar nicht so große Unterschiede. Du kümmerst Dich um die Toten, ich um die, die noch lange leben sollen.» Sramek stutzt, lächelt und wendet sich dann wieder seiner Eierspeise zu, die traditionell sein Frühstück beschließt. In die momentane Stille schrillt plötzlich das Telefon, was Voltaire zu einem kühnen Sprung auf das Klappbett veranlasst. Es ist aber nicht der übliche Anruf von Friederikes Cousine Edith, die so gern von Franzi, ihrem Pudel, erzählt. Es ist ein Anruf von Srameks Chef, Aloys Lukacek. Was der Polizeimajor mitzuteilen hat, braucht keine Minute. Srameks Miene wird ernst. Dann wendet er sich an seine Freundin: «Jetzt pressiert's. Mir ham a Leich!»

7.

Freitag, 19.2.1965
Wiedenbrück

Fahndung ohne Opferfoto und das Versagen der Nothelfer

Die Schüsse fallen schnell, beißend, mit einem enervierenden Knall. Drei, dann wieder drei. Pause. Dann wiederholt sich das Ganze im gleichen Rhythmus. Das Ziel, auf das die Pistolen gerichtet sind, bäumt sich bei jedem Einschlag auf, um sogleich wieder in sich zusammenzusacken. Es ist hoch und schmal. Wie ein erwachsener Mensch. Die Einschusslöcher an den markierten Stellen oder drumherum bilden kleine schwarze Krater in dem ansonsten grau-weißen Korpus aus Holz, der an den Rändern ziemlich zersplittert ist.

«Ausgerechnet heute, wo wir so unter Druck stehen, ein Schießtraining.» Brockentrup schiebt seinen Ohrenschutz ein Stück zur Seite, um seinen Kollegen, Polizeiobermeister Westerholte, verstehen zu können. «Sie wissen doch, Polizeiarbeit wird von Vorschriften bestimmt, nicht von der Einsicht in das Notwendige. Und unser Schießtraining ist nun mal heute dran.» Brockentrup besänftigt seinen Kollegen: «Treffen wir uns doch nachher auf ein *Hohenfelder Pilsener* im Ratskeller.» Westerholte nickt befriedigt. «Dass Sie dafür heute Zeit haben, Chef!»

«Heute dran», so dicht wie möglich dran am grausigen Geschehen auf dem Wiedenbrücker Kirchplatz sind die Medien. *Mord am Kirchplatz: Polizei tritt auf der Stelle*, titelt *Die Glocke/Zeitung für Stadt und Kreis Wiedenbrück*. Das führende Lokalblatt. Und spekuliert 36 Stunden nach Entdeckung des grausigen Fundes, ohne einen Nachweis zu führen, mit Fotos vom Fundort der Leiche sowie von LKA-Ermittler Karl Schulze-Kappen. *Werden Täter und Motiv verschwiegen?*

Die Urheber dieser Fotos, die angestellten Bildberichterstatter von der *Glocke*, haben sich mittlerweile anderen Themen zugewandt. Auch die freien Photographen. Die sogenannten *Freien* liefern der Boulevardpresse und den Zeitschriften wie *Kristall* und *Quick* zu. Sie alle warten auf neue Ergebnisse. So wie die gespannte Öffentlichkeit.

DDD, die NRW-Nachrichtenagentur mit Sitz in Neuss, tickert deutlich sachlicher: *Mord in Ems-Nähe gibt Polizei Rätsel auf*. Aus Köln hat sich das *Tagesmagazin* des Landesradios Nordrhein-Westfalen mit einer Reporterin und einem Techniker samt Übertragungswagen angesagt. Kurz nach Sendebeginn um 12.10 Uhr will das Radio live Interviews vom Geschehen bringen. Natürlich mit dem Fokus auf Schulze-Kappen. «Die können auch nur Hierarchie», kommentiert dies Brockentrup, als er davon erfährt. Vielleicht kommt er als Spitze der lokalen Polizei zum Zuge, wenn *Fox tönende Wochenschau* zum Dreh vom Mord in Wiedenbrück an die Ems kommt. Wenn ...

Um sich zu einem Film von vielleicht zwei Minuten zu entschließen, brauchen die Macher der *Wochenschau* allerdings noch mehr «Handfestes». Alle acht Tage neu läuft sie vor dem Hauptfilm in deutschen Kinos. Wiedenbrück konkurriert aktuell schlicht mit zwei, drei Verbrechen in der Republik, die bundesweit Schlagzeilen machen oder machen könnten. Fußballfans interessiert der Weg von Werder Bremen zur Meisterschaft in der Bundesliga. Außerdem drängen Welt-Ereignisse in die Wochenzusammenfassung. Die Aufnahme der diplomatischen Beziehungen zu Israel. Die Bilder von der Mondoberfläche, die die US-Mondsonde *Ranger 8* zur Erde geschickt hat. Der Vietnam-Krieg.

Ein zweiter Mord wäre gut, sagen einige in der *Wochenschau*-Redaktion zum Geschehen im Westfälischen. Allerdings unter der Hand.

Nur, ist die Sache vom Kirchplatz überhaupt Mord? In der Stadt der geordneten Verhältnisse hat der Leichenfund einiges aufgewirbelt. Beim Bäcker, im Friseurgeschäft, beim Metzger, vor dem Café und abends am Tresen im *Deutschen Haus* gibt es nur ein Thema. *Wer? Warum? Wie?* Die Debatte lebt von Mutmaßungen, auf die sich die Leute freilich verstehen. Schulze-Kappen hat eine Nachrichtensperre verhängt. Nichts soll nach draußen dringen, bevor es fundierte Erkenntnisse gibt. Bis dahin wird noch jede Menge Wasser in der Ems Richtung Nordsee fließen.

Was jetzt passiert, ist kriminalpolizeiliches Procedere nach Standard. In den nächsten 24 Stunden soll ein Handzettel in der Stadt verbreitet werden. So soll die Bevölkerung aufgerufen werden, «sachdienliche Hinweise» auf das Verbrechen den Behörden zu melden. Der Haken allerdings: Brockentrup sieht sich außerstande, dabei mit einem Foto des Opfers zu agieren. «So, mit den Spuren des Verbrechens im Gesicht, können wir das nicht machen, Kollege Westerholte. Vielleicht später, wenn wir ein Foto von dem Toten haben, von vor dem Anschlag.»

Die übliche Befragung der Person, die den Toten gefunden hat, Lia, hat Brockentrup keinerlei weiterführende Erkenntnisse gebracht. «Schon kalt, schrecklich kalt!» Lias Antwort auf die Frage, wie sich der Tote bei ihrer kurzen Berührung angefühlt habe, hat die Ermittler nicht wirklich weitergebracht. «Schrecklich kalt» kann ein Toter schon nach wenigen Stunden sein. Oder nach zwei Tagen. Näheres über den Todeszeitpunkt muss die Gerichtsmedizin in Erfahrung bringen. Wissenschaft geht vor Gefühl, zumindest bei der Polizei.

Zurückgeblieben ist ein noch mehr verschüchtertes Mädchen, das unter Tränen die Polizeidienststelle verlassen hat. Die Erlebnisse der letzten Stunden haben Lias ohnehin angeschlagene Verfassung weiter belastet. «Fast hat diese Lia mir leidgetan», hat Brockentrup in Richtung seines Kollegen gemurmelt. «Fast.» Die Leiche ist von Staatsanwältin Hansmann zur Autopsie freigegeben und in die Gerichtsmedizin nach Münster transportiert worden. «Informationen an die Presse nicht vor morgen!» Den Ausdruck *Dienstanweisung* für diese Worte der Staatsanwältin zu verwenden, wäre wohl noch untertrieben. *Befehl* wäre da angemessen.

Staatsanwältin Hansmann spürt mit wachsender Appetenz, dass sich dieser Fall noch segensreich auf ihre Karriere auswirken kann. Das sagt sie natürlich niemandem, nicht einmal ihrem Galan von der Jurafakultät der Wilhelms-Universität Münster, der sie regelmäßig am Wochenende in Wiedenbrück aufsucht und dafür einen älteren Borgward steuert.

Einiges spricht dafür, sagen Leute in Wiedenbrück, die immer Zeit für ein Schwätzchen haben, in dem Fundort keinen Zufall zu sehen. *Vielleicht sollte der Tote hier gefunden werden.* «Hier», im historischen Zentrum der Kleinstadt, am Schnittpunkt der Geschäfts- mit der Vergnügungs- und der geistigen Welt. Um einer Legendenbildung vorzubeugen: Unter der Vergnügungswelt ist das Hotel *Ratskeller* und unter der geistigen die katholische Kirche zu verstehen. Nur, die Redaktion der *Glocke* an der Langen Straße ist nur wenige Schritte entfernt. Soll der Tote ein gefundenes Fressen für die Medien sein? Soll die Öffentlichkeit gezwungen werden, sich mit der Sache auseinanderzusetzen?

St. Aegidius ist nach dem frommen Einsiedler in seiner Höhle an der Rhone im Süden Frankreichs benannt. Und den Besten im Religionsunterricht des Ratsgymnasiums als einer der *14 Nothelfer* geläufig. An der Außenwand des Seitenschiffs ist ein Schaukasten angebracht. Darinnen neben Angaben zu den nächsten Gottesdiensten die Ankündigung eines Treffens vom katholischen *Bund Neudeutschland*. Dazu ein Aufruf, für die «armen Kinder» in Afrika zu spenden.

Die armen Kinder im geistigen Sinne, die Schülerinnen und Schüler, haben in der Pfarrgemeinde im Dekanat Rietberg-Wiedenbrück innerhalb des Erzbistums Paderborn freilich wenig zu erwarten. Jedenfalls solange sie noch nicht der Gymnasial- und der Kirchenordnung entronnen sind. Liturgische Routine, konventionelle Predigten. Moraline Maßregelungen für das kommende Leben. Der in der «geistigen Welt» aktive Kompass des Daseins kennt keine Ausschläge, die Freude verbreiten. Freundliche Logbücher, wohlmeinende Vorstellungen von einem ungezwungenen selbstbestimmten Leben? Fehlanzeige.

«Christsein heißt Pflichterfüllung wollen.» Solche Monita von der Kanzel sind alles andere als selten. Manchmal werden sie noch von penetranten Verweisen auf die Beichtstühle links und rechts vom Hauptschiff der Kirche getoppt. Auch die Ermahnung an die Adresse der Gymnasiasten, sich von Sünden – kleinen wie großen, lässlichen wie schweren – fernzuhalten, begleitet die katholische Fraktion der Abiturientia 1965 auf dem dornigen Weg in die Zukunft. Letztlich sind es Handlungsanweisungen in einem schmalen Korridor des Lebens. Noch schmaler als die Korridore im Schulgebäude. Leider ist keiner der 14 Nothelfer zuständig.

In seiner Predigt eine gute Woche vor den mündlichen Abiturprüfungen am Ratsgymnasium hält der Pfarrer es für angemessen, von der Kanzel auf eine «besondere Disziplin» hinzuweisen. Dabei ist sein Blick mit großer Strenge auf die alsbald frisch Maturierten gerichtet. Den Abiturientinnen von morgen wünsche er, so der Pfarrer, möglichst bald einen «guten Ehemann» zu finden. Der Ehe dann eine gute Grundlage, eine christliche Basis. Um alsdann auf den Schlüsselsatz zuzusteuern: «Ein solches Leben im Reigen Ihrer christlichen Familie wird dann früh geglückt sein.»

Das geistige Kartell mithin steht. Nichts anderes zur Rolle der Frau in der Unterordnung unter ihren Ehemann verkündet die sich christlich nennende Volkspartei. Im Kreis Wiedenbrück wie im übrigen Münsterland fährt sie bei den politischen Wahlen zum Deutschen Bundestag regelmäßig Stimmenergebnisse über 60 Prozent ein. So wird die Ungleichheit unter den Geschlechtern zementiert. Selbst zur Mitte der 1960er-Jahre ist es einer Ehefrau nicht erlaubt, ohne Zustimmung ihres Ehemannes einen Beruf auszuüben. Den Führerschein zu machen oder ein Bankkonto zu eröffnen. Und ob sich eine Frau ohne eigenes Einkommen ohne weiteres von ihrem Mann scheiden lassen kann, steht dann noch auf einem anderen Blatt.

Der Pfarrer von St. Aegidius lehnt es in einem eiligen Telefonat mit der Polizei ab, Suchaufrufe der Ermittler, eventuell gar mit der Abbildung des Opfers an der Kirchentür, zu dulden. «Meine Kirche, Hauptkommissar Brockentrup, ist ein sauberes Haus.» Der so besorgte Pfarrer verkennt dabei, dass sein «Haus» während des NS-Regimes alles andere als «sauber» ist.

Übersieht geflissentlich, dass seine Vorgänger in Westfalen zum Schicksal der sowjetischen Zwangsarbeiter im Internierungslager bei Stukenbrock geschwiegen haben. Zu den menschenunwürdigen Verhältnissen. Zu dem elenden Sterben durch Krankheit, Hunger oder Erschöpfung. Zum Los der Zwangsarbeiterinnen aus Polen, Russland und der Ukraine im Stalag 326 Senne. Zu den Zwangsabtreibungen, die die SS unter den Frauen organisiert, die «unwertes Leben» zur Welt gebracht hätten. Zu den vielen Gräueltaten dort, unweit der nahegelegenen Gemeinde Schloß Holte. Dort wie an anderen Orten Westfalens.

Der Pfarrer schweigt. Schweigt, wo Nächstenliebe angebracht wäre. Oder eine schlichte Erinnerung an die Bergpredigt.

SCHWEIGEN AUF DER KANZEL

8.

Samstag, 20.2.1965
Wien

Die stumme Pummerin oder Der Tote am Maria-Theresien-Denkmal

Wien. Früher Morgen. Um die Häuserecken streichen Katzen. Hier und da auch *Blaue Wiener*, wie die bekannte und beliebte Kaninchenrasse genannt wird. Kaum Wolken. Trocken. Temperaturen knapp über null. Grau-hell das erste noch schwache Licht. Schwarz-dunkel die Schatten, die sich in die korinthischen Säulen des Parlaments an der Ringstraße zu krallen scheinen. Vergeblich. Gegen das Licht eines neuen Tages werden sie früher oder später keine Chance haben. Silbrig die Bronzekugel in der Spitze des Südturms des Stephansdoms. Anscheinend so hoch gezogen, um die ersten Strahlen der noch matten Sonne aufzufangen. Von einem erhöhten Punkt außerhalb der Stadt – etwa vom Kahlenberg – betrachtet, träte jetzt nach und nach die Silhouette von Wien hervor.

Wäre der Übergang von der Nacht zum Tag nicht ein natürlicher Vorgang, wirkte er auf den Beobachter wie eine Inszenierung des Finales von Giacomo Puccinis *Tosca* an der Wiener Staatsoper.

In diesem Glanzstück des *Verismo* kündigt zu Beginn des dritten Akts laut Libretto ein «unbestimmtes Dämmerlicht» den neuen Tag an. Ein Licht, das durch das Läuten der Morgenglocken Roms sinnlich noch gesteigert wird, ehe nach einem Lied des Hirten der totgeweihte Caravadossi sein *E lucevan le stelle* schmachtet. In Wien singt an diesem Morgen niemand. Geschweige ein Tenor mit einer silbrig glänzenden metallischen Stimme. Die Pummerin im unausgebauten Turm von St. Stephan ist stumm. Wahrscheinlich hat dies mit ihrer exklusiven Rolle in der Klanglandschaft der Stadt zu tun. Die Glocken der Kollegiats- und Stadtpfarrkirche St. Peter am Petersplatz entfalten nicht die Wucht ihres römischen Vorbilds. Immerhin vereinen sie sich mit dem Geläute von Minoriten-, Dominikaner-, Michaeler-, Franziskaner- und Kapuzinerkirche zu einem Konzert froher Erwartungen. Großer Erwartungen an einen noch unschuldigen Tag.

Der Maria-Theresien-Platz wirkt vom Burgring aus, wo Toni aus der Straßenbahn aussteigt, wie ein Heerlager. Mehr als ein Dutzend Dienstfahrzeuge der Sicherheitspolizei, der Spurensicherung und der Kriminalpolizei, Absperrgitter, Einsatzwagen der Straßenreinigung haben das Vorzeigeareal des historischen Wien in ein belagertes Territorium verwandelt. Zusätzlich belegen einige nicht weiter definierbare schwarze Limousinen mit amtlichen Kennzeichen die Fläche. Ungeachtet der frühen Stunde drängeln schon einige neugierige Wiener um die besten Plätze. Ziemlich schnell ist die Kunde von «einem grausigen Geschehen am Denkmal unserer Maria Theresia» durch die Stadt gegangen.

«Nun lassen's uns doch mal a Stückerl durch, Herr Polizeiinspektor!» Solche Wünsche sind an den Schnittstellen zwischen dem offenen und dem unzugänglichen Teil des Innenstadtbezirks wiederholt zu vernehmen. Sie haben aber keine Chance auf Erfüllung.

«Da sind Sie ja!» Aloys Lukaceks knappe Begrüßung bei Anton Srameks Eintreffen auf dem Platz lässt die eigentümliche Stimmung des Februarmorgens zerplatzen wie eine aufgeblasene Tüte, die ein Kind zwischen seinen Händen zum Erknallen bringt. Die Worte des Polizeimajors klingen zwar leicht vorwurfsvoll, sind aber eher anerkennend zu verstehen. Dies unterstreicht auch ein freundliches Augenblinzeln, das der Mann im dunkelgrauen Trenchcoat seinem Kriminalaspiranten schenkt.

Von Lukacek, Jahrgang 1902, nimmt man zuerst das ergraute, aber durchaus noch dichte Haar wahr, das von einem Scheitel links in Wellen herüber zur Ohrpartie gekämmt ist.

Dann das schmale Oberlippenbärtchen. Schließlich die markante Hornbrille und – zumindest heute – die halbhohen dunkelbraunen Lederstiefel mit Gummisohlen gegen den kalten Schneematsch. Ihn umgibt die Aura von Menschen, die sowohl den Wunsch nach Distanz wie nach Nähe ausstrahlen.

Seit einem Jahr ist der erfahrene Ermittler dabei, dem ehrgeizigen Jungspund das Einmaleins der kriminalpolizeilichen Praxis vertraut zu machen. *Tatort, Opfer, Tatwaffe, Spuren, Umstände, Motiv, Zeugen*. Nicht zuletzt: saubere Dokumentation für die Akten. «Erst da zeigt sich ein guter Kriminaler», lautet Lukaceks Devise. Srameks Erwartungen an seinen Chef gehen allerdings über das rein Fachliche hinaus. Disziplin in hierarchischen Strukturen? Ja, ok, wenn sie nicht als alleiniges Führungsprinzip verstanden wird.

Der Kriminalaspirant hofft auf wechselseitige Anerkennung als ergänzende Grundlage polizeilicher Zusammenarbeit. «Anerkennung der Erfahrung und des Könnens der Älteren», lautet seine erklärte Devise. «Allerdings bei Anerkennung der Fähigkeiten der Jüngeren. Und ihres Willens, zu lernen und sich zu erproben.» Ob das mit dem Polizeimajor gelingen kann?

Zumindest genießt der im Arbeiterbezirk Favoriten aufgewachsene, nach seiner Scheidung alleinlebende Beamte die Wertschätzung von Rudolf Halicek, dem Polizeipräsidenten. Der pflegt ihn regelmäßig im praktischen Teil der Ausbildung mit jungen Polizeiaspiranten zusammenzubringen, die in die Laufbahn eines Kriminalpolizisten streben. «Der Lukacek kann einfach mit den Jungen», äußert sich Halicek regelmäßig polizeiintern. Was so etwas wie einen amtlichen Ritterschlag in unritterlichen Zeiten bedeutet.

Lukacek ist ein durchaus typischer Vertreter seiner Generation. Er weiß, dass ihre Ablösung durch eine neue, weniger vom Nationalsozialismus und dem Zweiten Weltkrieg geprägte in den nächsten Jahren an der Tagesordnung ist. Die Einstellung des Polizeimajors zur Zweiten Republik lässt sich als loyal und verfassungskonform beschreiben.

«Ich diene Österreich an der Stelle, an der ich es am besten kann», lautet eine weitere seiner zahlreichen Maximen. Im Grunde ist er tendenziell ein melancholischer Patriot. So gesehen wiederum ein typischer Wiener. Lukacek trauert der untergegangenen Monarchie und der Größe Habsburgs hinterher. Seine Lieblingsgestalt vergangener Blütezeiten ist Erzherzog Rudolf, Kronprinz von Österreich-Ungarn, der sein Leben auf Schloss Mayerling mit einer Pistole beendet.

Noch ein Beweis seines Patriotismus gefällig? Lukacek

vermag es, mühelos die komplette 1954er-Mannschaft Österreichs von Franz Pelikan über Gerhard Hanappi bis Ernst Ocwirk und Erich Propst auswendig herzubeten. Nicht immer muss er daran erinnert werden, dass sie im Halbfinale gegen Deutschlands Fritz-Walter-Elf sechs Treffer kassiert.

Sramek nestelt aus seinem dunkelgrün abgesetzten grau-schwarzen Anorak seinen Dienstausweis hervor. Eilig lässt er sich von den Exekutivbediensteten der Bundespolizei den Weg hinter die rot-weißen Absperrbänder weisen. Hin zu der Stelle, die das Denkmal, das eigentlich mächtige und würdige Symbol der Habsburg-Herrschaft aus Stahl und Stein, in das Auge eines Orkans verwandelt hat. Einen bizarren Ort, umgeben von wuseliger Alltäglichkeit und voll von Obrigkeit aller Arten, banal und erschreckend zugleich. «Morgen Chef!», bringt der Polizeiassistent mit leiser Stimme hervor, nachdem er sich durch die Reihen von Sicherheitskräften bis zu der Einfassung vorgearbeitet hat.

Er braucht nur wenige Sekunden, um dem erstarrten Blick des Polizeimajors zu folgen und die Situation zu erfassen.

MORD, sagt dieser Blick. MORD!

Sramek ist bereits professionell genug, um nicht völlig überflüssige Fragen zu stellen, die den Polizeimajor nur nerven könnten. Was die Augen des Kriminalaspiranten erfassen, ist ein auf den erlesenen Pflastersteinen lang ausgestreckter Körper eines älteren Mannes. Die erloschenen Augen sind himmelwärts gerichtet, als hätte sich der Tote von dort letzte Hilfe gegen das drohende Verderben erhofft. Offensichtlich hat ein Stichwerkzeug, ein scharfes Messer, vielleicht ein Dolch, ganze Arbeit geleistet. Dolche, Säbel, Florette, Krummschwerter gibt es in den zahlreichen historischen Museen Wiens rundum in Hülle und Fülle. Ganz zu schweigen vom Foltermuseum am Fritz-Grünbaum-Platz.

Drei bis vier Stichverletzungen erfasst Sramek *prima vista*. Darunter ist eine offensichtlich besonders üble unterhalb des zerfetzten linken Auges. Um Platz eins auf der nach oben offenen Skala der Verbrechensmerkmale könnte auch das aus den Wunden hervorgeschossene, allmählich eintrocknende Blut konkurrieren. Nicht zuletzt die verkrampfte Haltung des Körpers mit der grotesk verbogenen Position des linken Oberarms.

Der weitgehend zerfetzte Übergangsmantel des Toten zeigt dessen kläglichen Zustand mehr als augenfällig. Das Resultat eines offenkundigen Todeskampfes? «Das», kommentiert der Polizeimajor den Anblick, «werden wir bald genauer wissen, wenn die SpuSi ihre Arbeit abgeschlossen hat.»

Die SpuSi, die Spurensicherung, umfasst drei Beamte mit medizinischer und kriminologischer Expertise. Zusammen mit dem Polizeimajor, seinem Assistenten, einem halben Dutzend Beamten der Kriminalpolizei mit niedrigeren Dienstgraden sowie zwei hinzugezogenen Kräften des nahe gelegenen Polizeilabors zählt das Aufgebot an Wahrheitssuchenden mehr, als zwei Hände Finger haben. Immerhin scheint in einem Punkte wenige Stunden nach Entdeckung des Toten Klarheit zu herrschen.

«Ganz offensichtlich», lässt sich Lukacek von einem der Ermittler berichten, «ist der Fundort des Toten auch der Tatort. Es gibt da keine Schleifspuren, die auf einen Transport des Toten her von einer anderen Stelle hindeuten können.»

«Das können Sie sicher sagen, auch wenn rund um das Denkmal ausschließlich Steine und Fliesen verwendet worden sind?»

«Auch dann sicher.»

«Und die Tatwaffe?»

«Leider nein», bekommt der Polizeimajor zur Antwort. «Nirgends bis jetzt. Aber die Suche ist noch nicht abgeschlossen.»

Wer denn die Leiche gefunden habe, will Lukacek wissen. «Und wann?» Einer der SpuSi-Beamten winkt einen der drei Mitarbeiter der Wiener Stadtreinigung herbei, die sich in einigem Abstand aufhalten. Zwei von ihnen ziehen an ihrer Zigarette. Einer *Arktis*. Menthol-Zigaretten in der bekannten grünen Schachtel. Sie tragen ihre zu leichte Uniform. Zitternd, nicht nur wegen der Morgenkälte.

Was Josip, wie ihn seine Kollegen rufen, der Mann vom Balkan – nach seinem Akzent zu urteilen –, berichten kann, bringt Lukacek nicht wirklich weiter. Danach liegen der Maria-Theresien-Platz und damit der Fundort der Leiche exakt an der Route des Reinigungspersonals vom Burgring quer über den Platz hinweg über die Babenbergerstraße in Richtung Getreidemarkt.

Ihm, bringt Josip mühsam heraus, sei die ungewöhnliche gewisse Erhebung an der untersten Stufe zum Denkmal hin gleich aufgefallen. Ein Berg Papier, eine Ansammlung Müll, entsorgte Stofffetzen? Um sodann einige Schritte später die unverkennbaren Umrisse eines Menschen am Boden zu entdecken. «Da lag er da. Und dann dieses Blut überall. Schrecklich. Ganz schrecklich! Danach haben wir vom Burgring die Polizei gerufen.»

«Wenn ich Ihr Chef wäre», äußert Lukacek mit freundlichem Nicken seines Kopfes in Josips Richtung, «würde ich Ihnen und Ihren Kollegen heute freigeben. Jedenfalls Dank für Ihren Einsatz!» Und, was er aber nicht laut sagt, Dank für den offenkundigen Verzicht der drei, die Taschen des Toten zu durchwühlen.

Das herauszufinden, dafür braucht es keine Kontrolle an der Leiche. Der Polizeimajor hat in seinen unendlichen Dienstjahren durch Erfahrung gelernt, Anständige von weniger Anständigen oder komplett Unanständigen zu unterscheiden.

So hat sich Lukacek eine für sein Metier wertvolle profunde Menschenkenntnis erworben. Allerdings nach Ermittlungen in Hunderten von Kapitalverbrechen um den Preis eines tiefen Misstrauens in die Menschheit. «Alle Menschen sind käuflich», lautet die Standarderkenntnis des Polizeimajors. «Die Anständigen kennen nur ihren Preis nicht.» Gefragt, von wem das sei, pflegt er zu antworten «Hab‘ ich vergessen. Stimmt aber trotzdem.»

Lukacek hat sich mit Sramek im Gespann aufgemacht, dem offenkundigen Verbrechen weiter auf den Grund zu gehen. Oberflächlich, gewiss, aber gewissenhaft und soweit irgend möglich. Der unmittelbare Eindruck der Ermittler ist durch nichts zu ersetzen. Und die SpuSi braucht in der Regel Zeit. Stunden, manchmal Tage.

Der leblose Körper weist auf der Vorderseite wie im Rücken Messerstiche auf. Offenbar mit großer Energie verübt. Dies belegen die Blutströme, die links und rechts vom Brustkorb und vom Rücken aus dem Körper ausgetreten sind. Bächlein vergleichbar. Nur dass hier nichts murmelt wie in den berühmten Liedern des noch berühmteren Franz Schubert. «Wenn es ein einzelner Täter gewesen sein sollte, so kann der nur aus einer unbändigen Wut gehandelt haben», findet Sramek. Mit halber Stimme in Richtung seines Chefs gesprochen.

«Da mögen Sie richtig liegen», bekräftigt der. «Vor allem dann, wenn ein Raubmord ausgeschlossen werden kann. Vielleicht wissen wir dies schon gleich.»

Einer der Stiche hat das linke Auge getroffen. Direkt, zentral, brutal. Der Augapfel mitsamt dem Abschnitt zwischen Oberlid und Augenbrauen ist völlig zerstört. Was der Betrachter nur mühsam erträgt, ist ein nun eingetrockneter Klumpen aus Blut und Flüssigkeit, der an ein Relief erinnert. Reliefs sind in der Metropole des Historismus, des Rokoko und des Jugendstils sicherlich nicht gerade selten. Aber nicht von dieser abstoßenden Art, die Sramek zum Schlucken bringt. «Echt grausam!»

In die Gruppe der Spurensicherer ist urplötzlich Bewegung gekommen. «Schauen Sie mal, Lukacek.» Die Aufmerksamkeit des Polizeimajors wird von einem mit Blut bespritzten, zerknüllten Stück Papier gefesselt, das die Ermittler unter dem Toten entdeckt haben. Womöglich ist es ihm im Kampf mit dem Täter aus den Händen gerissen und bei dessen Flucht vom Tatort einfach liegengelassen worden. Oder umgekehrt, ihm zugesteckt worden. «Merkwürdig, Lukacek, was meinen Sie?»

Der Polizeimajor meint zunächst einmal nichts. Er nimmt das Papier in Augenschein. Eine Art Liste mit Buchstaben und Zahlen. Sie dürfte auf einer Schreibmaschine geschrieben sein. Also keine flüchtigen Notizen. Was aber dann? Die Buchstaben, mal zwei, mal drei, selten mehr, mit jeweils zugeordneten ein- bis fünfstelligen Zahlen lösen bei den Ermittlern zunächst nichts als Achselzucken aus. Keiner von ihnen sagt ein Wort, als das ominöse Blatt unter ihnen von Hand zu Hand geht.

T.F. 650 ... V. SC. 86 ... Folgen die Zeichen einer versteckten Systematik, könnten sie eventuell näheren Aufschluss über die Tat geben. Dann wären sie eine relevante Spur für die Ermittlung. Angenommen, die Buchstaben sind Abkürzungen von Namen, könnten die jeweils dazu gestellten Zahlen etwas über die Personen aussagen, die sich hinter diesen Kürzeln verbergen. Waren, Schmuggelware, Finanzen, Dienstleistungen, die jemand jemandem geliefert hat oder schuldet. Oder deren Handlungen zählen wie Rekorde im Sport. Oder Geheimtreffen Liebender.

Ein Opernenthusiast würde an die *Leporello-Arie* in Wolfgang Amadeus Mozarts *Don Giovanni* denken. In ihr werden akribisch die Herzen aufgezählt, die der Verführer in diversen Ländern Europas gebrochen hat. *Ma in Spagna son già mille e tre*. Tonis Entdeckergeist ist geweckt: «Wenn wir diese Sache hier enträtseln, kommen wir vielleicht auch auf den Täter.»

«Oder *die* Täter», fügt Lukacek sachlich hinzu. «Damit sollen sich unsere Spezialisten befassen.»

Einmal in den Spürmodus gewechselt, richtet der Polizeiassistent seinen Fokus auf die eigentümliche Lage des Opfers. Leicht verrenkt erscheint es ihm. Entweder ist es nach dem tödlichen Stich zu Boden gesunken oder bewusst drapiert worden. Jedenfalls liegt der Tote so, dass die Füße Richtung Burgring weisen und der Kopf nah am Sockel des Denkmals ruht. Sramek postiert sich am Fußende der Leiche und taxiert die Ausrichtung des Körpers nun genauer. «Zufall?», flüstert er vor sich hin. «Oder nicht?»

Zwei-, dreimal schreitet der Assistent die Umrisse der Leiche ab, die inzwischen mit weißer Kreide und den polizeiüblichen Nummernplättchen markiert sind. Er schaut auf das Opfer, das Denkmal, schaut über den Maria-Theresien-Platz. Bis weit auf den Heldenplatz hinaus. Er schaut, grübelt, schaut erneut ... und weicht dann dem fragenden Blick seines Chefs aus.

«Bist du in Ordnung?», scheint dieser Blick sagen zu wollen. Nie war Srameks Verstand wacher und lebendiger als in diesem Augenblick. Der Assistent blickt erneut auf den Toten, als überkomme ihn eine Erleuchtung, grübelt, schaut wie konsterniert auf die Position des Opfers.

Sramek sieht. Die Leiche. Das Blut. Das Denkmal. Die, wie er inzwischen fast zu glauben geneigt ist, nicht zufällige Position des Opfers.

Der Kriminalaspirant sieht. Aber nimmt er wirklich wahr, was er sieht? Und versteht er, was er sieht? *Man sieht nur, was man weiß*, hat Goethe, der alte Fuchs, erkannt. Aber was weiß Sramek schon in diesem Augenblick? Und Goethe liest im Wien des Jahres 1965 kaum jemand. Schließlich hat man als Österreicher die eigenen Klassiker.

Die SpuSi-Spezialisten am Maria-Theresien-Denkmal, das bei ihnen nunmehr als Leichenfundort firmiert, haben derweil die Inhalte der Taschen in Mantel und Sakko des Toten untersucht. Sind mehr als fündig geworden. Bargeld, Schilling und D-Mark, ferner Scheckvordrucke, Schlüssel. Und – was am wichtigsten ist – der Personalausweis des Opfers, ausgestellt vom Bundes-Polizeikommissariat der Stadt Wien. Leicht verdreckt, aber gut lesbar.

Lukacek befasst sich intensiv mit dem Dokument. Mit der Identität des Opfers. Und pfeift hörbar durch die obere Zahnreihe.

«Das ist nicht irgendwer», lässt er seinen Assistenten wissen.

«DAS IST EIN GANZ HOHES TIER.»

9.

Donnerstag, 18.2.1965
Slavkov u Brna / ČSSR

Das Treffen im Café Mír und der Brandanschlag in der Altstadt

«Dobré ráno», mein Lieber, «guten Morgen. Schau mal, Tomáš, wie sie noch glänzt!» Pavel Bangacek klamüsert mit sichtlicher Begeisterung einen Gegenstand aus einem braunen Packpapier. Der Brieftaubenfan und Tomáš Masopust sitzen sich im *Café Mir* an einem Tisch für drei gegenüber. Ein Stuhl ist leer, noch. Bis in die 1940er-Jahre heißt das Jugendstil-Café im Staré Mesto, in der Altstadt von Slavkov u Brna, noch *Café Schwejk*. Benannt nach Jaroslav Hašeks Schelmenroman über die *Abenteuer des braven Soldaten Schwejk* von 1921. Aber Altstadt? Was heißt hier Altstadt?

Der ganze Ort, dieses Austerlitz der K.-u.-k.-Epoche, Stammsitz der Dynastie der Fürsten von Kaunitz, ist Altstadt. Habsburgisch. Immer noch irgendwie Westen. Heimelig und abgesetzt von dem, was in den größeren Städten der Tschechoslowakei mit ihren Plattenbauten und grauen Einheitsfassaden als *Neue Architektur* propagiert wird.

Über den Wäldern und Feldern der mährischen Region ist ein trocken-kalter, aber nicht unfreundlicher Februartag aufgezogen. Üblicherweise weht über den nach allen Seiten offenen Paladski, den Platz am Rathaus, ein zugiger Wind. Heute, da der Wind aus dem Osten unterwegs ist, fühlt er sich noch einige Grade zupackender an als sonst. Als Pavel umständlich Schal, Pullover und Handschuhe auf dem freien Stuhl platziert und sich wieder seinem Mitbringsel zuwendet, wird Masopust leicht ungnädig: «Du Pavel, jetzt lass mal Deine Konvertiermaschine Maschine sein. Riechst Du denn nichts? Es gibt doch nun wirklich Wichtiges zu bereden.»

Diese Ermahnung braucht es eigentlich nicht. Im ganzen *Café Mir* macht sich ein latenter Brandgeruch bemerkbar. Jedes Mal, wenn die Eingangstür auf- oder zugeht, verstärkt sich dieser Geruch ins Unangenehme. Die Belästigung ist gewiss auch ein Grund, warum etliche Plätze im Café unbesetzt sind. Sonst sitzen die Menschen hier dicht an dicht.

Die Blicke der beiden Freunde krallen sich in die Schlagzeile der *Brněnský Noviny*, der lokalen Zeitung. Sie ist an silbernen Haken an den Wänden festgemacht. Wie die Zeitungen in den Cafés von Prag oder Wien. Nur nicht so viele. Die aus dem Westen von *Times* bis *Le Figaro* und *Die Presse* fehlen.

Brandanschlag auf Rathaus – Keine Verletzten, weiß *Brněnský Noviny*. Darunter zeigen Schwarz-Weiß-Fotos vom Seitentrakt des Rathauses Ort und Ausmaß der Brandschäden. Und schon wird ein nächtliches Feuer politisch. Residiert doch hier nicht allein der Bürgermeister des Städtchens. Von der oberen Etage des 1592 im Stil der Renaissance errichteten Gebäudes zieht der lokale Chef der KP der ČSSR seine Fäden. Ein Mann, dem Strenge und Unerbittlichkeit nachgesagt werden. Ein Mann, der dem Polizeichef von Brno, Viktor Panenka, was Härte angeht, in nichts nachsteht. Ihn zitiert *Brněnský Noviny* mit der markigen Aussage: «Wer immer hinter dieser feigen Tat steckt, wir werden das niemandem durchgehen lassen.»

Auf dem Weg zu ihrer Verabredung haben Bangacek und Masopust flüchtig von der Brandstelle Augenschein genommen. Das Rathaus ist in zwei Stockwerke, einen Dachaufbau und einen Turm gegliedert. Weiß gestrichen. Turm und Teile des Rathauses links, sofern man auf den Haupteingang des Gebäudes blickt, haben vorerst ihre Unversehrtheit verloren. Sie weisen schwarze Brandspuren, verkohltes Gemäuer und Aschehäufchen am Boden auf. Einige mit roter Farbe auf den Turm gepinselte Wortfetzen sind noch einigermaßen entzifferbar.

Ein Spruch gegen den Unrechtsstaat, findet Masopust heraus, könnte da gestanden haben. Und:

OPOD WIDERSTAND

«Irgendwie schaurig, findest du nicht, Pavel?» Der mustert seinen Freund kurz, ohne auf dessen rhetorische Wendung einzugehen. «Du hast doch wohl nicht Angst, Tomáš?» Jetzt ist es Masopust, der nicht direkt auf seinen Freund eingeht. Um dann aber neu anzusetzen: «Wenn alles so unsicher ist, warum treffen wir uns ausgerechnet hier, wo jeder jeden beobachten kann?»

«Das wirst du gleich sehen, wart‘ nur ab. Aber lass uns doch erst einmal etwas bestellen. Ich hätte Lust auf *věnečky* und ein frühes *Budvar*.» *Věnečky*. Die im ganzen Land beliebten Cremekränzchen oder auch Windbeutel. Das *Budvar* ist eine der berühmtesten Biersorten der ČSSR und ihrer Vorläuferregion Böhmen. Während Pavel sich beim raschen Blättern durch die Speisekarte für *Palatschinken* und einen türkischen Kaffee entscheidet, stürmt eine junge Frau das Lokal. Zielsicher steuert sie auf den freien Platz am Tisch der beiden zu. Sie umarmt Pavel Bangacek flüchtig, streift nur kurz die Wange seines Freundes und zündet sich eine *Partizanka* an. «Hallo Brüderchen», hebt sie an, während erste Kringel von Zigarettenrauch ihre Nase umspielen, «ganz schön mulmig da draußen, findest du nicht?»

«Mulmig, Jana? Du meinst wohl: aufregend. Endlich kommt Leben in diese verfrorene Stadt! Endlich wird deutlich, dass es immerhin einige gibt, die an Widerstand denken!»

«Na klar, wenn du es so siehst.»

Jana Masopust. Dunkles, kurz geschnittenes Haar, dunkelblaue Augen, vom Wind gerötetes Gesicht, eine Schönheit, ohne zu übertreiben. Jana greift erneut nach einer Zigarette, ohne sie gleich anzuzünden. Die 18-Jährige trägt einen dunklen Rock, eine weiß-blau gemusterte Bluse, dazu ein schick geschnittenes Jäckchen. Es verleiht ihr – sehr passend – etwas Verspieltes. «Zum Glück gibt es meine Mutter, die mir immer mal wieder etwas schneidert», pflegt sie auf Nachfragen zu antworten.

Fragen nach einem besonderen Kleidungsstil sind in einem Land verständlich, das der Jugend wenig Spielraum lässt, individuell zu sein. Sich individuell zu kleiden. Drei, vier Kleider, zwei Paar Schuhe, das eine braun, das andere schwarz. Das ist für die meisten das ganze Arsenal an Kleidung.

Jana greift einen in Papier eingeschlagenen Gegenstand aus ihrer Handtasche. «Schau, Pavel, aber bitte damit vorsichtig umgehen. Du musst nicht ständig Milan Kundera lesen.» Was sie ihrem Freund mit vielsagenden Blicken in die Hand drückt, ist ein Buch. Schon etwas abgegriffen der

Umschlag und ein Großteil der Seiten. *Verspätete Reportagen* von Ladislav Mňačko. Eine deutsche Übersetzung der slowakischen Originalfassung. Unter dem Titel *Der rote Foltergarten* in der Bundesrepublik erschienen. «Frag mich besser nicht, wie ich drangekommen bin.» Und mit verschmitztem Lächeln: «Man hat eben so seine Verbindungen.»

Die beiden ihr gegenüber nicken mit einem leichten Lächeln auf den Lippen. Alle drei denken in diesem Augenblick an den einen, den sie gerade so schmerzlich vermissen. Den mit der blutunterlaufenen breiten Narbe über der linken Augenbraue. Sie denken an Franticek.

Um das vor zwei Jahren, 1963, im Westen veröffentlichte Bändchen in die Hand zu bekommen, braucht es in der Tat «Verbindungen». Mňačkos Schrift steht in der ČSSR auf der roten Liste der Staatssicherheit. Sie ist eine schonungslose Abrechnung mit der Misswirtschaft in Verwaltung und Rechtswesen in der Zeit des kommunistischen Personenkults. Sie überhaupt zu ergattern, braucht es Verbindungen beispielsweise zu Anhängern des Taubensports in anderen Ländern. So zu Katarina, der guten Freundin in Guben, einem Ort im Braunkohlengebiet der DDR, die Reisetauben liebt. Und die eine oder andere nicht ernst gemeinte Turtelei mit Bangacek in Briefen. Bis zu sechs Wochen brauchen sie, um von Guben über Cottbus und Ost-Berlin nach Brno zu gelangen.

Auf diese «Verbindungen» setzen die Freunde auch beim *ODPOR*!-Projekt. «Du weißt», flüstert Jana Pavel zu, «dass für Katarina der große Tag näherkommt. Übermorgen.» Am Nachbartisch hätte man noch die Worte «Wien» und «Brieftauben» oder «flugbereit» vernehmen können, die für einen Außenstehenden ohnehin keinen Sinn ergäben.

Urplötzlich fällt ein Knallen in Jana Masopusts letzte Sätze. Zwei Uniformierte dringen durch die Vordertür in das *Café Mir* ein. Laut, lärmend, als gehöre ihnen das Café ganz allein. Die drei am Tisch begreifen sofort. Die Fahndung nach den Tätern, die für den Anschlag auf das Rathaus verantwortlich sind, läuft. Nicht nur in den Quartieren der «üblichen Verdächtigen». Auch hier im *Café Mir*, wo sich die harmlosen Bürger treffen. Die vermeintlich harmlosen.

Jetzt gibt das Knarren von zwei Paar Lederstiefeln den Takt vor. «Bleiben Sie ruhig auf Ihren Plätzen. Unsere Untersuchung ist auch in Ihrem Interesse!» Die Uniformierten warten nicht erst lange ab, ob sie verstanden werden. Sie mustern Tisch für Tisch die Cafébesucher. Lassen sich in Einzelfällen die Ausweisdokumente zeigen. Am Tisch der drei Brieftaubenfans machen die beiden nur kurz Station. Was soll schon auffällig sein an diesen sympathischen jungen Leuten, die sich im Café treffen? Die eine blinkende Konvertiermaschine in ihre Mitte platziert haben? An einer jungen Frau mit eigenem Stil? Die so freundlich lächelt?

Das Mňačko-Buch sehen sie nicht. Es hat unter Janas dunklem Rock ein intimes Asyl gefunden.

«Siehst du», wendet sich Bangacek an seinen Freund, «ich habe doch gleich gesagt, warum wir uns hier treffen. Die beste Tarnung ist es, sich nichts anmerken zu lassen. Eben nicht abzutauchen.»

«Und von *Serbischen Hochfliegern* zu sprechen», fällt ihm Jana ins Wort. «Und von Karpfen im Speckmantel mit Knödeln und Sauerkraut. Darauf hätte ich jetzt nämlich richtig Lust. Lass uns bestellen!»

10.

Freitag / Samstag / Sonntag, 19. / 20. / 21.2.1965
Rietberg – Wiedenbrück

Der vermisste Pharmazeut und die Fahrradspur zum Fundort des Opfers

«Nun drängeln Sie doch nicht so, Herr Kollege!» Zwei Pressevertreter, einer von der *Glocke*, der zweite vom Regionalblatt *Die Westfälische*, liefern sich am Eingang zum Alten Rathaus der Stadt Rietberg ein kleines Handgemenge. Zu dem idyllischen Schmuckstück im Stil eines Landhauses im Fachwerkdesign passt die kleine Turbulenz eigentlich nicht. Noch weniger zum Anlass des Medientermins. Harald Norpoth, Gewinner der Silbermedaille über 5000 Meter bei den Olympischen Spielen im Vorjahr in Tokio hinter dem US-Amerikaner Bob Schul, trägt sich ins Goldene Buch der Stadt ein. Auf Einladung des Bürgermeisters Anton Paehler.

Verlegen blickt der hoch aufgeschossene Leichtathlet in die Linsen der Fotoreporter. Als wolle er sagen, die erreichte Zeit von 13:49,6 Minuten sei für ihn zwar von Bedeutung, ansonsten aber nicht weiter weltbewegend. Einige freundliche Sätze des Bürgermeisters. Eine Platte mit Schnittchen – Pumpernickel mit westfälischem Schinken – zum obligatorischen Glas Orangensaft. Händedruck hier und da. Und schon ist die Sache vorüber. Eine Sache, die in der Kleinstadt an der Ems zwischen Münster und Paderborn ein «Ereignis» genannt wird.

Davon wird Josef Brockentrup erst am Folgetag in seiner Heimatzeitung lesen. Gefühlt ewig wohnt er in einem einfachen Fachwerkhaus am Kirchplatz, wenige Steinwürfe vom Alten Rathaus und der katholischen Pfarrkirche St. Johannes Baptista entfernt. Obgleich Junggeselle und seit bald zwei Jahrzehnten Leiter der Kreispolizeibehörde, hat Brockentrup sich stets gegen einen Umzug nach Wiedenbrück entschieden. «Die 13 Kilometer über die Bundesstraße», lautet sein Hauptargument, «sind es nicht.» Tag für Tag bieten sie ihm überdies die Chance, die Radioskala in seinem privaten grau-weißen Opel Kadett abzusuchen. Herauszufinden, ob gerade seine aktuellen Hits gespielt werden. *Wheels* von Billy Vaugn etwa. Oder *Il silencio* von Nini Rosso.

Außerdem gehört das Panorama der kleinen Stadt mit der großen Vergangenheit im 18. Jahrhundert zu den Anblicken, die er nicht missen möchte. Die Lange Straße zwischen Nord- und Südtor. Das Franziskaner-Kloster vis-à-vis dem Progymnasium, dem Nepomucenum. Das Haus Münte mit seiner imponierenden, in mediterranem Gelb gestalteten Fassade. Seinem großen Park und den riesigen Kastanienbäumen. Sitz der Familie Tenge-Rietberg. 1822 vom Osnabrücker Kaufmann Friedrich Ludwig Tenge aus dem Besitz der Dynastie der Fürsten Kaunitz erworben. Die schattigen Baumalleen rund um den Stadtkern, zum Teil entlang der Ems. Die Johanneskapelle an der Straße nach Paderborn. Ein verspielter, am Ende des Johanneswegs gelegener Spätbarockbau mit einem unübersehbaren Wappen über dem Haupteingang.

1748 ist die Kapelle nach Plänen aus Brünn und Wien von

einem Tiroler Baumeister an der Stelle erbaut worden, wo früher die Zufahrt zum Schloss Rietberg von der Delbrücker Straße abgezweigt ist. Zu jenem Schloss der Rietberger Grafen, das zu Beginn des 19. Jahrhunderts abgebrochen und abgetragen wird. Auf dessen früheren Befestigungswällen der kleine Brockentrup in Schneewintern Schlitten gefahren ist. Und wie!

«Ist das nicht merkwürdig, Herr Brockentrup? Die Leute reden ja schon.» Von Alwine Heimann, seiner Haushaltshilfe, erfährt der Ermittler beim Frühstück von einer Begebenheit, die ihn womöglich bald auch beruflich interessiert. Zumindest schon mal irritiert. Alwine ist zweimal pro Woche als Putzhilfe in der *Westfalen-Apotheke* in der Mitte des Orts tätig. Die Frau des Apothekers sei in großer Sorge. Sie wisse nicht, wo sich ihr Mann, der Apotheker Dr. Hans-Hermann Tremmner, aufhalte. Ungewissheit schon seit zwei Tagen.

«Seit zwei Tagen also?» Brockentrup runzelt die Stirn und legt *Die Westfälische* mit dem Bericht über den Norpoth-Empfang zur Seite. Um dann noch den herzigen Rat zu hören: «Behalten Sie es aber für sich, Herr Brockentrup.»

Tremmner ist ganz Rietberg ein Begriff. Natürlich auch dem Hauptkommissar. Wer würde sie nicht kennen, die oberen Zehntausend? Deren Zahl dürfte sich in Rietberg in Wahrheit bei zwei Dutzend Personen einpendeln. Bekannt und in einem Teil der Bevölkerung beliebt ist der Eigentümer der *Westfalen-Apotheke* als emsiger Förderer zahlreicher lokaler Vereine und Institutionen. Bei den Festsitzungen der *Grafschaftler Karnevalsgesellschaft* zählt er zu den ersten Honoratioren der Stadt, die Sitzungen und Umzüge auch finanziell ermöglichen.

Als dritter Vorsitzender des Sportvereins Viktoria Rietberg pflegt er die Spieler und Betreuer des Fußball-Kreisligisten regelmäßig zu einer oder zwei Runden *Herforder Pils* in das Vereinslokal einzuladen. Praktischerweise liegt der *Landgräber* gleich neben der Apotheke. Kundige wissen um den breiten Streifen vor dem Eingang des Lokals *Zum alten Grafen*. Wissen, was es mit den dicken quer verlaufenden Bohlen auf sich hat. Auf der alten Waage werden früher die Lasten der von Pferden gezogenen Fuhrwerke gewogen, für den Handel wie den Zoll. Tremmner hat auch Anteil am gelungenen Umzug der Viktoria vom Schützenplatz zur neu errichteten Berglage. Dort trägt die Seniorenelf seit 1964 ihre Pflichtspiele aus.

Auf der Fahrt zur Dienststelle Wiedenbrück geht Brockentrup der Hinweis der Heimann durch den Kopf. So intensiv, dass sein Blaupunkt-Autoradio diesmal ausgeschaltet bleibt. «Tremmner? Hmm! Und wieso jetzt?» Der Ermittler erinnert sich an einen vor Jahren in der *Apotheken-Schau* gelesenen Artikel. Darin wird der Eigentümer der *Westfalen-Apotheke* als Mitglied des Vorstands der Vereinigung der Pharmazeuten in NRW vorgestellt. «Rietberger setzt sich für Weiterentwicklung des Verbands der Apotheker an Rhein und Weser ein», lautet dessen Tenor. Also hat oder hatte Tremmner Kontakt mit Pharmazeuten weit über die Emsregion hinaus. «Und», kombiniert der Ermittler, «vielleicht schon früher!»

Kaum hat Brockentrup seinen Kadett auf dem Dienstparkplatz abgestellt, berichtet ihm Polizeiobermeister Westerholte vom jüngsten Erfolg der Spurensicherung. Er ist eine Folge der Ausweitung der Suchaktionen im Umkreis des Leichenfundortes auf Anweisung der Staatsanwältin Hansmann. Um einen Kilometer ist der Radius in der vergangenen Nacht vergrößert worden. «Da hat Schulze-Kappen, Chef, einfach Druck auf die Hansmann gemacht.»

Außerdem hat es einen Anruf bei der Polizeiwache gegeben, der sich als wertvoller Hinweis herausstellt. «Anonym, weibliche Stimme, aber immerhin!» Beim Haus der *Wiedenbrücker Schule* sind auffällige Spuren im aufgeweichten Boden entdeckt worden. «Wahrscheinlich eine Auseinandersetzung, Chef, vielleicht ein Kampf.»

Das genannte Haus liegt an der Hoetger-Gasse, ein Stück versetzt von der Rietberger Straße, Hausnummer 6. Wenige Hundert Meter vom Fundort der Leiche entfernt. Das Gebäude ist im Stil der Bahnhofsarchitektur erbaut. Jetzt, zu Beginn der 1960er-Jahre, macht es einen verlassenen bis verfallenen Eindruck. Nahezu leer bis auf die Flächen, die als Lager für Materialien genutzt werden. Oder als Ort für die vorläufige Aufbewahrung von Gegenständen aus besseren Zeiten.

Von der Mitte des 19. bis Anfang des 20. Jahrhunderts hat das Kunst- und Sakralhandwerk Westfalens hier seine Heimat. Danach steht das Gebäude symbolisch für die Kunstrichtung der *Wiedenbrücker Schule*. Mit dem Fokus auf Historismus. Die *Wiedenbrücker Schule* hat namhafte Künstler hervorgebracht. Auch in der Nazi-Zeit. Ihr Ruf hat sich bis heute erhalten. Bedauerlicherweise vorrangig in den falschen Kreisen.

Im Kunstunterricht am Wiedenbrücker Ratsgymnasium fällt allerdings zu alldem kein Wort. Ist es kein Thema, auch wenn es geradezu auf der Hand liegt.

Die aufgewühlte Stelle seitlich des Haupteingangs vermittelt den Eindruck einer Rundung. Die daraus entspringenden Aufschürfungen des Bodens, etwa vier Zentimeter tiefe Rillen, verlaufen weg vom Gebäude hin in Richtung Stadtmitte.

Solche Bodenrillen, so die Erstanalyse der SpuSi, entstehen beim Schleifen eines schweren Gegenstandes. Oder eines menschlichen Körpers. «Sehen Sie selbst, Kollege Brockentrup, was hier besonders auffällig ist. Die am Boden verlaufenden Schleifspuren gehen nach einer gewissen Entfernung, etwa acht bis zehn Metern, in schmalere Spuren über, die in die Richtung unseres Leichenfundortes weisen.»

Brockentrup sondiert in aller Eile, was sich als Lösungsansatz der rätselhaften Beobachtung anbieten mag. Und er Schulze-Kappen gegenüber vertreten kann. Ist die Vorstellung realitätsnah, dass eine Person von einer anderen an der aufgewühlten Stelle im Boden angegriffen und niedergeschlagen wurde? Auf derselben Stelle gedreht und in eine bestimmte Richtung bugsiert wurde? Kann es sein, dass der oder die Täter mit dem Fahrrad zum Tatort geradelt sind? Und sich nach der Tat wiederum mit dem Rad zum Fundort bewegt haben? Mit dem Opfer auf dem Gepäckträger?

«Mit einer Leiche auf dem Gepäckträger? Wie bitte?»

Brockentrup zieht die Schultern zusammen, denkt sichtbar angestrengt nach. «In der Tat könnte das Opfer auf dem Rad fixiert worden sein. Oder festgehalten von einer zweiten Person auf der Strecke von der Hoetger-Gasse zum Kirchplatz.» Über eine Strecke von knapp einem Kilometer.

«Dann, ja dann», kombiniert Westerholte, «würde es sich um mehr als einen Täter handeln.»

Zwei Täter? Zwei Täter, weiß die kriminologische Erfahrung, sind zielsicherer zu ermitteln als einer. Weil zwei Täter mehr Spuren hinterlassen als einer. Wenn zwei Personen nach einem gemeinschaftlich verübten Verbrechen weiterhin Kontakt halten.

KONTAKT HALTEN MÜSSEN

11.

Montag, 7.12.1964
Stukenbrock / Westfalen

Die Exkursion des Schreckens und das Zwangsarbeiterelend in der Senne

«Lass mich mal. Einfach mal durchatmen!» Abrupt, mitten in der Bewegung, ist die junge Frau stehen geblieben. Sie schlägt kurz die Hände vor das Gesicht, gewinnt wieder ihre Fassung. Schaut sich um, sieht Konturen der notdürftig als Unterschlupf dienenden Erdlöcher. Nissenhütten. Ehemalige Baracken. So das Arresthaus. Ferner unbefestigte Straßen und Wege, die sich bei starken Regenfällen in Morast verwandeln. Erblickt Überreste von Stacheldraht und Wachttürmen. Es ist gerade einmal 20 Jahre her, dass sie ihren Zweck erfüllen, unüberwindbare tödliche Barriere zu der Welt drumherum zu sein. Zu der öden Sandlandschaft, der Senne. Diesem Niemandsland, in dem jeder Fluchtversuch tödlich geendet hätte. Ein Ort des Elends. Ein Ort, der das Herz einschnürt.

«Es geht schon wieder», wendet sich die Studentin der Geographie und der Geschichtswissenschaft an der Universität Frankfurt an ihren Begleiter. Die junge Frau, Anfang 20, hakt sich bei ihm ein. Frierend und niedergeschlagen. Hans, 23-jährig, und Almut sind Teilnehmer einer Fachexkursion durch das Stalag 326, das Stammlager VI K (326). Von 1941 bis 1945 betreibt die NS-Kriegsmaschine hier in der Senne bei Stukenbrock eines der größten Rekrutierungs- und Durchgangslager für Kriegsgefangene.

Die beiden haben mit einer Gruppe von Geographie-Studenten eine wissenschaftliche Führung durch die einstigen Lagerbaracken absolviert. Einige sind verfallen, andere in neuer Nutzung. Schweigend sind sie an den scheinbar endlosen Gräberfeldern entlanggegangen. Das ganze Gelände soll einmal eine Gedenkstätte werden. Geeignet, Tausende von Besuchern zu begrüßen und mit dem Lager und seiner Geschichte vertraut zu machen.

In der Gegend gibt es Stimmen, die sich gegen ein solches Zeichen der Erinnerung wenden. Man solle das Ganze nicht «an die große Glocke hängen», meinen diese. Auch die Kosten für ein solches Projekt werfen sie in die Waagschale der Ablehnung. Diejenigen, die anders denken, lassen sich jedoch nicht beirren. Sie verfolgen ihr Projekt der Gedenkstätte um den Obelisken weiter. Dieser wird 1945 von Überlebenden zum Gedenken an die Toten errichtet. Die Gedenkstätte soll vor allem an die mehr als 300 000 internierten sowjetischen Kriegsgefangenen erinnern.

Viele von ihnen sind via Stalag 326 als Zwangsarbeiter in landwirtschaftlichen und anderen Betrieben eingesetzt worden. Sowie im Ruhrbergbau weiter westlich. Unter erbärmlichsten Bedingungen. Quellen geben die Zahl der Toten, die sich buchstäblich zu Tode schuften oder an Krankheiten sterben, mit annähernd 65 000 an.

Doch im Augenblick steht Almut nicht der Sinn nach Zahlen. Die gerade gehörte Geschichte des Lagers hat sie regelrecht mitgenommen und aus allen akademischen Gedanken geschleudert. Die ersten Gefangenen, weiß sie jetzt, werden kurz nach dem Überfall der deutschen Wehrmacht auf die Sowjetunion 1941 zum Bahnhof Hövelhof transportiert. Mit Waggons der Reichsbahn, in denen sie sich wie in einem Viehtransport empfunden haben müssen. Von da zu Fuß zum Zielort getrieben. Sie werden gezwungen, mit primitivem Werkzeug das Lager selbst zu errichten. Ihre eigene Hölle zu bauen.

Einen Kilometer in der Länge und 450 Meter in der Breite umfasst das Areal von Stalag 326, das als Durchgangs- und Verteilstation für die sogenannten Russeneinsätze dient. Nach und nach werden auch polnische, serbische und französische Gefangene durch das Lager geschleust. Der Arbeitskräftebedarf des Regimes ist enorm. Die deutschen Männer werden an der Front eingesetzt. Frauen allein können die «Kriegswirtschaft» nicht aufrechterhalten.

«Du, Hans», verschafft sich Almut eine Denkpause, «hast du von diesen Lagern gewusst?»

«Erst nicht. Überleg‘ doch einmal, wo wir zur Schule gegangen sind. Wie naiv man uns gehalten hat.»

Almut und Hans stammen aus dem Münsterland. Sie aus Nottuln. Er aus Havixbeck. Der Landstrich, die Küche, die Art der Leute in der Region haben für die Begriffe von Hans etwas Eigenes. «Nur nicht so mondän wie Wiedenbrück», pflegt er zu scherzen. Hans hat Verbindungen zu der Kreisstadt an der Ems, wo er Seelenverwandte seiner besonderen Interessen kennt. Er ist Schachspieler und interessiert sich für Kryptologie.

Beide haben das Kardinal-von-Galen-Gymnasium in Münster besucht und dort ihre Gemeinsamkeiten entdeckt. Beispielsweise ihr Interesse am Fürsten Wenzel Anton von

Kaunitz-Rietberg. Auf seine Spuren sind sie in Wiedenbrück, Rietberg und weiteren Orten an der Ems gestoßen. Fast Hand in Hand entscheiden sie sich für die Aufnahme ihres Studiums an der Universität in Frankfurt. Dort wissen beide ihre Fachrichtung der Neueren Geschichte in den besten Händen.

«Frankfurt», findet Almut, «ist der Ort in Deutschland, an dem wir uns am besten mit dem auseinandersetzen können, was vor 1945 war.» Der Auschwitzprozess, der 1963 beginnt, ist hierfür die plausibelste Bestätigung.

Klar, sie studieren beide. Sie sind aber auch ineinander verliebt. Dieser Zustand weist schon eine ziemlich lange Geschichte auf. Beginnt noch vor dem Abitur. Seitdem machen sie fast alles gemeinsam. Heute die Exkursion in eine Welt des Schreckens. Gedacht als Grundlage einer akademischen Arbeit. *Zerstörung und Ordnung des Raumes als geographische Planinstanz nach 1945.* So soll die Forschungsfrage lauten, die sich die beiden vorgenommen haben.

«Und diese Zahlen», bleibt Almut statistisch wie empathisch beim Lager-Thema, «diese ungeheure Größenordnung.»

Ende 1944 sind knapp acht Millionen ausländische Arbeitskräfte im Gebiet des Deutschen Reichs registriert. Zwei Millionen Kriegsgefangene und sechs Millionen zivile Zwangsverschleppte, darunter Kinder. Vom zehnten Lebensjahr an werden sie zu Arbeiten eingeteilt.

«Im Grunde», greift die wissbegierige Studentin die Zahlen auf, «müssen dann praktisch alle Deutschen von der Zwangsarbeit gewusst haben. Auch weil Tausende auf den Bauernhöfen eng mit den Einheimischen zusammengelebt haben. Und das über längere Zeit.»

«Das stimmt», nimmt Hans den Gedanken auf. «Es ist wie bei den Juden, die ja auch mitten unter ihren Landsleuten gelebt haben. In derselben Straße, im selben Stadtviertel. Kein Deutscher kann sagen, er hätte nichts gewusst, nichts von Zwangsarbeitern, nichts von deportierten Juden.»

«Es ist ja alles noch schlimmer», führt Almut den Gedankengang weiter. «Wie wir doch eben von der Exkursionsleitung gehört haben, drücken sich bis heute viele vor Entschädigungszahlungen, die von den Zwangsarbeitern profitiert haben. Unternehmer, Zechenbarone, Großbauern.»

Wie aufs Stichwort fällt beider Blick in diesem Augenblick auf die Leiterin der Exkursion. Unter dem Vordach der Verwaltungsbaracke bespricht sie sich gerade mit einem auffällig elegant gekleideten, offenkundig gut situierten Mann. Typ feiner Herr.

Der laue Wind weht dünne Ausrisse aus ihrer Unterhaltung herüber. *Hausberge. Porta Westfalica. Eingeschlossene im Bergwerksstollen*. Stichworte, die so gerade verstehbar sind. *Dokumentationsstätte, unbedingt*.

Almut, jetzt neugierig geworden, schätzt den Mann auf Anfang 40. An die 1,90 groß. Insbesondere fallen sein Kamelhaar-Mantel, der in einen bordeauxroten Seidenschal überzugehen scheint, und ein schwarzer Homburger mit hellgrauer Krempe auf. Am linken Unterarm blitzt für eine Sekunde ein Davidstern auf, der in ein silbriges Amulett eingefasst ist.

Die Finger in grauschwarzen Handschuhen aus glattem Leder umfassen mit einer Intensität, die auch auf die Entfernung hin spürbar ist, eine Art Aktenstück. Nicht gerade neu. Der Titel schon etwas abgegriffen. Sein Inhalt aber lässt sich auf die Entfernung nicht entschlüsseln.

Was der feine Herr übergibt, ist das Protokoll vom Neuengamme-Hauptprozess. In dem wird 1946 über Kriegsverbrechen geurteilt, die an KZ-Häftlingen und Zwangsarbeitern in dem Lager bei Hamburg im Rahmen der NS-Strategie *Vernichtung durch Arbeit* verübt worden sind. Es enthält die Wiedergabe kompletter Prozesstage, darunter Zeugenaussagen früherer Häftlinge zu den Gräueln, die den Angeklagten zur Last gelegt werden. Protokolle, wie sie die beiden Teilnehmer der Exkursion heute besser nicht zu sehen bekommen. An einem Tag, an dem sie schon seit Stunden nicht mehr unbeschwert sind.

Es sind Protokolle wie dieses eines Tatbeteiligten über einen von ihm erlebten Mord an einem Zwölfjährigen. Wie darin ausgeführt ist, nahm der stellvertretende Leiter eines Außenlagers von Neuengamme den Jungen «auf den Arm und sagte zu den anderen: ‚Er wird jetzt ins Bett gebracht.' Er ging in einen Raum ..., und dort sah ich schon eine Schlinge an einem Haken.» In diese habe der Täter den Kopf des schlafenden Jungen gelegt. «Und hängte sich mit seinem Körpergewicht an den Körper des Jungen, damit die Schlinge sich zuzog.»

Während die Exkursionsleiterin dem feinen Herrn bedeutet, die Baracke zu betreten, dreht sich die Unterhaltung der beiden Studenten um das, was sie in den letzten Stunden gesehen und gehört haben. Ein Punkt aus den Schilderungen des Nachmittags gibt Almut besonders zu denken. «Wie mit den Kriegsgefangenen verfahren wurde, die in die Hände der Wehrmacht gefallen sind, ist ja geradezu heimtückisch. Und – weißt Du warum, Hans?» «Ihnen», spricht Almut fast ohne Unterbrechung weiter, «wurde die vorzeitige Entlassung unter der Bedingung in Aussicht gestellt, dass sie sich freiwillig zum Arbeitseinsatz meldeten.» «Freiwillig», schluckt die Studentin, erfüllt von spontaner Bewegung, «ist natürlich ironisch zu verstehen. Jedenfalls verloren die Kriegsgefangenen so ihren Status, der ihnen nach der Genfer Konvention bestimmte Schutzrechte gewährte.»

«Danke», verabschiedet sich die Leiterin der Exkursion von ihren Schützlingen, «dass Sie sich so intensiv mit dem Thema der Zwangsarbeiter und des Zwangslagers auseinandergesetzt haben. Danke vor allem für die Ernsthaftigkeit, die ich bei Ihnen angetroffen habe.»

«Du», wendet sich Hans an seine Begleiterin auf dem Weg zum Kleinbus für die Rückreise, «erinnere mich doch daran, dass ich heute noch meinen Onkel anrufe.»

«Du meinst den im Ruhrgebiet, den mit dem Taubentick?»

«Genau den!»

Kaum am Kleinbus für die Fahrt zurück zum Bahnhof eingetroffen, zieht Almut aus der Stalag 326-Informationsmappe eine Zusammenstellung von Pressezitaten heraus. Die eine, die sie besonders beeindruckt, stammt vom Kriegsberichterstatter John M. Mecklin. Er schreibt am 4. April 1945 in der *Chicago Sun* über die Öffnung des Lagers durch US-Truppen:

«Wenn die Amerikaner, die heute hier waren, die Deutschen nicht sowieso schon haßten, dann tun sie es jetzt. Es ist schwer für einen Amerikaner zu begreifen, daß es so einen Ort überhaupt geben kann. Es ist ein Ort voller Dreck und Elend, so verkommen, daß einige unserer Truppen sich erbrechen mußten .... Es ist ein Ort, an den man sich erinnern muß, wenn der Nazismus einmal zur Rechenschaft gezogen werden wird.»

«... sich erinnern muss, Hans. Von dem man mehr erzählen muss, damit mehr Menschen von diesem schreienden

Unrecht erfahren. Wahrscheinlich braucht es auch mehr öffentliche Fürsprecher. Wenn nicht unter denen, die es bezeugen können, dann in unserer Generation.»

Hans, der rationale Schachspieler, reagiert etwas erstaunt, aber mitfühlend auf Almuts Ausbruch. «Und dann diese Ignoranz, Hans, auf der Seite der Profiteure. Diese Mitleidslosigkeit. Dass sich bis heute die von damals, Unternehmer in der Rüstungsindustrie, Grubenbesitzer, Großhändler, Bauern, davor drücken, Entschädigungszahlungen zu leisten. Und dass die dabei einfach so weiterleben. Völlig unbehelligt.»

VÖLLIG UNBEHELLIGT

12.

Sonntag, 21.2.1965
Wien

Der Polizeipräsident und die Augen Metternichs

«Selbstverständlich, Herr Minister, wie Sie es für richtig halten! Selbstverständlich. Auch am Sonntag.» Das Telefonat, das Wiens Polizeipräsident gerade geführt hat, geht praktisch bruchlos in das nächste über, unterbrochen lediglich von einer kurzen Wählpause. «Meine Herren, Lagebesprechung in einer Stunde. Großer Besprechungsraum. Bitte pünktlich und keine Ausnahme.» Rudolf Halicek lässt sich in seinen Schreibtischsessel aus schwarzem Leder mit Drehmechanismus fallen. Wendet sich der Fensterreihe Richtung Parkring zu, an dem das Polizeipräsidium liegt.

Die Nachricht vom Todesopfer am Maria-Theresien-Denkmal hat den Polizeichef auf den Plan gerufen. Er fühlt sich angespannt wie schon lange nicht mehr. Mit den Fingern der rechten Hand veranstaltet er ein kleines Trommelkonzert auf dem Schreibtisch aus dunklem Palisander. «Auch das noch, ein politisches Verbrechen», geht fast lautlos über seine Lippen.

Dabei müsste er sich mit seiner Stimme gar nicht zurückhalten. Es ist Sonntag. Und er ist allein. Nur die Schlüsselfiguren der polizeilichen Präsenz sind zum Dienst gerufen. Wegen der Februarkälte sind außerdem die Fenster zum Parkring geschlossen. Auch die Vorhänge sind nur halb geöffnet. So lassen sie nur wenig von dem Winterlicht draußen herein. Dadurch wird die düstere Atmosphäre der ersten Amtsstube im Haus noch eine Spur düsterer.

Die Türen zum Inneren des Gebäudes, auch zu seinem Vorzimmer, sind weitgehend dicht. So dicht, wie man dies von einem alten Kasten sagen kann. Doch so lange wird dieser Zustand nicht mehr anhalten. Eine Übersiedlung in ein moderneres Gebäude ist in der Planung. Eigentlich das Lieblingsprojekt des Polizeipräsidenten. «Unseren Umzugspräsidenten» nennt man ihn teilweise intern. Teils anerkennend, teils geringschätzig.

Halicek geht zum wiederholten Male die halbe Seite mit Informationen zur Tat am Denkmal in der schmalen Akte durch. Vertraulich – Nur für den Dienstgebrauch lautet ihr Aufdruck. «Das wird Kreise ziehen. Hoffentlich finden wir die Täter möglichst schnell», geht ihm durch den Kopf. Art und Ausführung der Tat lassen ihn spontan die Annahme verwerfen, es könne sich um einen Einzeltäter handeln. Reine Spekulation? Oder erste gefühlte Gewissheit?

Das dunkelbraun getäfelte Dienstzimmer des Polizeipräsidenten würde sich wie das weit geschwungene Treppenhaus mit Marmorstiegen jederzeit als *location* für einen Polizeikrimi eignen. Am besten im Genre *film noir*. Oder für ein Filmprojekt von Jean-Pierre Melville. Gern auch Alfred Hitchcock. Doch das ist heute nicht die Gedankenwelt des Polizeipräsidenten. Sonst durchaus. Will er dem Sog seines Dienstzimmers entrinnen, bleibt immer noch ein kurzer

Gang durch den Stadtpark zur anderen Seite des Gebäudes. Richtung Heumarkt.

Die Jugendstillampe auf Haliceks Schreibtisch neben den beiden Telefonen, das eine in Schwarz, das zweite in Rot, brennt mit halber Stärke. Ein schmaler Lichtstrahl fällt auf das Porträt des österreichischen Bundespräsidenten Adolf Schärf. Sein Schwarz-Weiß-Foto gehört zur üblichen Ausstattung der Dienststellen in der Alpenrepublik. Auffälliger an der holzgetäfelten Wand links von der Fensterphalanx erscheint ein Gemälde, das Staatskanzler Fürst von Metternich in staatsmännischer Pose zeigt. Metternich ist auf dem Höhepunkt seiner Macht der kategorische Gegner aller liberalen Bewegungen im nachnapoleonischen Europa. Und einflussreichster Diplomat beim Wiener Kongress.

Das um 1820 entstandene Bild stammt vom englischen Maler Thomas Lawrence, von einem der gefragtesten Modemaler seiner Epoche. Natürlich ist die Abbildung eine Kopie. Das

Original hängt im Kunsthistorischen Museum Wien. Halicek hat das Metternich-Porträt in seinen gut zwanzig Jahren als Polizeipräsident gewiss einige Hundert Male betrachtet, mehr oder weniger intensiv.

Ob er über die merkwürdige Kopfhaltung des Porträtierten, eines der führenden Hardliner der Restauration in Europa, wirklich intensiver nachgedacht hat? Über die signifikante Position von Metternichs linkem Auge in der Sicht des Thomas Lawrence? Es sticht bei ihm gleichsam aus dem Gesicht Metternichs hervor. Wie die vorspringende Nase. Und hat – nicht zuletzt – der Polizeipräsident diese stärker als üblich konturierte Spalte im Oberlid des fürstlichen Auges bemerkt? Medizinisch *Palpebra superior perculsus*?

Am Mittag dieses 21. Februar, an dem ein royaler Staatsbesuch und die Turbulenzen nach einem Kapitalverbrechen wie ein Orkan über die Sicherheitslage der Hauptstadt hereinzubrechen drohen, hat der Polizeipräsident keine Zeit für beliebige Gedanken. Am wenigsten um die von einem Maler festgehaltene Augenpartie des Fürsten Metternich.

Halicek zitiert seinen Büroleiter zu sich. «Noch vor unserer internen Runde will ich Lukacek sehen. Sorgen Sie dafür!»

«Und stellen Sie keine Anrufe von meiner Frau durch, sollte sie nach mir verlangen. Sagen Sie ihr, sie soll den Staatsbesuch aus Thailand verfolgen. Wozu habe ich für Zuhause einen Fernseher angeschafft?»

«Nur noch zwei Stunden», meldet *Radio Österreich*, «bis Beginn des Staatsbesuchs. Das thailändische Königspaar im Anflug auf Wien-Schwechat.» Direkt danach kündigt das Radio Organisatorisches an: «Über die Absperrungen und sonstigen Verkehrsbeschränkungen informieren wir Sie nach den nächsten Titeln.» Angesagt werden *North to Alaska* von Johnny Horton und *Vergangen, Vergessen, Vorüber* von Freddy Quinn. Der Nummer-eins-Hit des norddeutschen Barden ist natürlich Augenwischerei. Nichts ist an diesem Tag der Unruhe vergangen, geschweige vergessen. Erst recht nicht ein Kapitalverbrechen zu Füßen der Habsburg-Monarchin in Granit und Bronze.

Die Stille auf dem leergefegten Maria-Theresien-Platz erscheint in einem kuriosen Verhältnis zu dem Trubel auf den Straßen in Wiens Innenbezirk, der sich Minute für Minute in Gestalt von neugierigen Menschenströmen aufbaut. Zwei Reporterteams steuern den Fundort von Wiens derzeit spektakulärster Leiche an. Obwohl die längst in die Gerichtsmedizin verlegt worden ist. Obwohl die Absperrmaßnahmen keinerlei Durchlass erlauben. Obwohl König Bhumibol und Königin Sirikit eigentlich den vollen Einsatz der journalistischen Ressourcen verlangen.

Für Sie im Einsatz – Ihr Kurier ist in roten Buchstaben auf den Seiten des einen Reporterwagens längs der Türen links und rechts aufgesprüht. *Wien liebt Die Krone* blau-schwarz auf dem zweiten.

Die Batterie an Fragen, die *Krone*-Reporter Kurt Holubek in Sekunden an die Wachtposten rund um das Habsburg-Denkmal abfeuert, steht in keinem Verhältnis zu der Fähigkeit der Sicherheitskräfte, diese einfach abprallen zu lassen. Wie Regentropfen von einer schmutzigen Fensterscheibe.

Können's schon was sagen?

Jemand Berühmtes?

Raub?

Gibt es Spuren eines Gewaltverbrechens?

Spuren, die zum Täter führen können?

Wurde die Tatwaffe gefunden?

Alles naheliegende Fragen. Die mögliche nach einem politischen Zusammenhang stellt niemand. Auch der Reporter des *Kurier* nicht. Irgendwie verwunderlich, ist doch der Tote nicht in der Provinz, in St. Pölten oder Mattersburg, aufgefunden worden. Nicht in einem Boudoir in einem Haus der Hauptstadt mit zweifelhaftem Ruf. Verwunderlich auch, weil in diesen Tagen die politische Elite der Hauptstadt angespannt auf alles reagiert, was die *Wiener Ordnung* stören könnte.

Wiener Ordnung? Dieser Schwebezustand zwischen gelenkter Anarchie und Regeln ohne Zwangsjacke.

«Heute Nachmittag Pressekonferenz», lassen sich die Wachtposten immerhin entlocken.

«Wo?»

«Im Polizeipräsidium. Wo sonst? Dachtet Ihr, in der Hofburg?»

Über den Tatort ziehen einige Tauben hinweg. So hoch, dass ihre Spezies oder Rasse nicht zu erkennen ist. Immerhin ließe sich ihre Flugrichtung beobachten. Aber das interessiert unten am Maria-Theresien-Denkmal niemand. Dort, wo ein abgesperrter Ort scharf bewacht wird, an dem sich üblicherweise Wiener aller Schichten und Bekenntnisse, Monarchisten und Touristen ein Stelldichein geben. Dort, wo jetzt nichts mehr ist, wie es noch wenige Stunden zuvor war.

Österreich ist seit zehn Jahren neutral. Die letzten sowjetischen Soldaten wie die der Westalliierten haben vor einem Jahrzehnt das Land verlassen. Die Zweite Republik sucht nach einer neuen Rolle in der Völkerfamilie. Etwas wie eine Brücke über den reißenden Fluss. Wen interessieren dann noch Flugbewegungen von Ost nach West oder auch von West nach Ost? Zumal von Tauben.

13.

Mittwoch, 13.1.1965
Brno

Heraldiker unter sich und die zwei gekreuzten silbernen Seerosenblätter

Zu den Lieblingsplätzen, die Tomáš Masopust in Brno regelmäßig aufzusuchen pflegt, gehört die Bibliothek in der Privatwohnung seines Onkels. Milan Veselý schirmt sie meistens gegen Gäste ab, weil sie ihm nichts weniger bedeutet als ein Refugium. Tomáš nennt Onkel Milan liebevoll *Prvni Strýc*, was auf Deutsch, der traditionellen Zweitsprache in der Gegend, als *Erster Onkel* umschrieben werden kann. Milan macht bei seinem Neffen gern eine Ausnahme.

Professor *Erster Onkel* ist ein emeritierter Heraldiker mit einer Reputation, die über Mähren und die ganze Tschechoslowakei weit hinausgeht. Warum das so ist, kann Tomáš zwar nicht so genau einschätzen. Er folgert dies aus den vielen Briefen, die im Haus von Professor Veselý regelmäßig landen. Genauer: in der besagten Bibliothek.

Das Refugium alias Bibliothek ist als Arbeitszimmer ausgestaltet. Es liegt im ersten Stock von Veselýs Haus in Komárov. Also in dem Stadtteil von Brno, in dem auch

Tomáš zu Hause ist. An den dunklen Wänden eine ganze Phalanx von Gemälden mit Motiven aus der Geschichte Mährens und Böhmens sowie der früheren Hegemonialmacht, des Hauses Habsburg. Dann Dutzende von Wappen, in Abbildungen, als Reliefs in Rio-Palisander-Holz oder Gips. Einige gar in Gusseisen geschmiedet. Tausende Bücher in antiquierten Einbänden, die sich bis an die Decke stapeln. Ausgetretene Holzleitern zum Anlehnen, um auch die bibliophilen Schätze in den obersten Regalen zu erreichen.

Dazu Ledersessel mit Polstern in Englisch-Grün, ein Kachelofen im mährischen Stil und ein dunkelbraun gebeizter Schreibtisch mit einer Jugendstillampe, der zum Arbeiten geradezu verführt. «Den wirst Du einmal bekommen, Tomáš, wenn ich nicht mehr bin.» Der Angesprochene vermeidet es stets, hierauf einzugehen. Dafür ist ihm Onkel Milan einfach zu nah. Und zu wichtig, wenn es um das Leben geht, besonders um Politik. Darunter verstehen beide den Widerstand gegen die Ausschaltung demokratischer Verhältnisse und der individuellen Freiheit im Lande.

Tomáš hört seinem Onkel auch dann gern zu, wenn der aus seinem Fachgebiet, der Wappenkunde, erzählt. Sie hat wesentlich mit den Adelsgeschlechtern der europäischen Fürstentümer und Monarchien, speziell von Österreich-Ungarn zu tun. Kein Wunder, dass der Stellenwert der Heraldik in der kommunistischen ČSSR stark gesunken ist.

Onkel Milan scheint Masopust an diesem Nachmittag eine Spur unruhiger, nervöser als sonst. Ob ihn Nachrichten sehr beschäftigen, denen zufolge sich der Kurs der KPdSU mit der Übernahme des Amts des Generalsekretärs durch Leonid Breschnew einschneidend verändern wird? Und damit ganz entscheidend das Maß der Freiheit im Land der Tschechen und Slowaken?

«Ich bin gleich zurück, Tomáš», entschuldigt er sich. Und mit einer Geste in Richtung der Karaffe mit Ararat, dem armenischen Cognac, auf dem Schreibtisch: «Nimm dir, was du möchtest.» Kaum hat der Professor den Raum verlassen, wendet sich Masopust dem Schreibtisch zu. Was ihm dabei sofort ins Auge fällt, ist der Briefkopf eines Schreibens an den «lieben Kollegen und geschätzten Freund Milan». Es liegt oben auf den verstreuten Papieren. Geöffnet.

Heraldisch-Genealogische Gesellschaft ADLER Wien

Die Wiener ADLER-Gesellschaft hat eine beachtliche Tradition. In fünf Jahren soll das einhundertjährige Bestehen begangen werden. Eingedenk der Bewahrung und Entwicklung einer Kunstfertigkeit, die sich aus der Aufgabe von Herolden entwickelt hat, bei Turnieren die Wappen der adeligen Kämpfer auf ihre Echtheit zu prüfen.

Das Schreiben an Milan Veselý ist noch im alten Jahr verfasst und abgeschickt worden. Dass Briefe zwischen Heraldikern in Brno und Wien problemlos hin und her wandern, auch wenn sie regelmäßig auf der Seite der ČSSR geöffnet werden, ist im «Kalten Krieg» keine Überraschung. Wappenforscher gelten als unpolitisch und unverdächtig.

Tomáš, das Schreiben nach wie vor in der Hand, will nicht zu indiskret gegenüber seinem Onkel sein. Er überfliegt daher nur den Schlussabsatz in aller Eile.

Recht betrachtet, mein lieber Freund und Kollege, kann es sich also nur um die zwei gekreuzten silbernen Seerosenblätter in Rot handeln. Ihre sich auf die am oberen Ende einwärtsgebogenen Blätter beziehende Annahme entbehrt also der sachlichen Grundlage.

Wenn ich demnächst wieder einmal – an der bekannten Stelle – Gelegenheit haben sollte, ein Foto zu machen, schicke ich es Ihnen sehr gern als Beleg, natürlich in Farbe.

Seien Sie herzlich gegrüßt und kommen Sie gut in ein hoffentlich friedvolles 1965

AN DER BEKANNTEN STELLE

Masopust stutzt. Schaut noch einmal auf den letzten Briefabsatz. Denkt nach.

«Natürlich», scheint seine Miene einige Sekunden später zu sagen, «das wäre doch ein Weg. Etwas öffentlich zum Sprechen zu bringen, ohne etwas zu sagen. Ein Zeichen für Gerechtigkeit zu setzen, ohne sein Geheimnis zu verraten.»

«Irgendwie schade», führt der junge Gast ein knappes Selbstgespräch, «dass Gerichtsmediziner keine Heraldiker sind. Schon schade.»

14.

Sonntag, 21.2.1965
Wien

Ein Abstecher ins *Café Prückel* und die falschen Leute auf dem Heldenplatz

«Ich fürchte, wir haben nicht allzu viel Zeit.» Lukacek und sein Assistent haben ihren Weg zur Landespolizeidirektion Wien auf einen Abstecher ins *Café Prückel* am Stubenring unterbrochen. «Ich bin sicher, der Alte wird schon nach mir gefragt haben.» Mit dem «Alten» ist der Polizeipräsident gemeint, der natürlich weiß, was er an Lukacek hat. Ohne dies jemals offen zu sagen. Lukacek verehrt das *Prückel* geradezu. Ein Traditionshaus im Stil der 1950er-Jahre mit geweißter Fassade. Am liebsten hält er sich im Schanigarten auf, der von der typischen Sonnenjalousie schattig gehalten wird. Jetzt allerdings ist es zu kalt, draußen zu sitzen. Kaiserschmarrn und später *Franziskaner* im Schanigarten. Für Lukacek Lebensqualität pur.

Das *Prückel* hat geöffnet, ist zu dieser Stunde aber nur halb gefüllt. Das hat auch mit der Staatsvisite des thailändischen Königspaares zu tun. Der Ermittler hat Sramek zu Frankfurter Würstl mit Senf eingeladen. «Damit es schneller geht!» Ein *Puntigamer* oder *Ottakringer* Bier oder auch ein *Zweigelt* sind zu dieser Stunde tabu. Es gibt Hochquellenwasser und, wenn noch Zeit bleibt, einen *Verlängerten Braunen.*

«Du weißt, Sramek, dass du an der Besprechung beim PP gleich nicht teilnehmen kannst.»

«Jawohl, Chef, weiß ich.»

«Dafür werde ich dich danach direkt informieren.»

Und mit einer leichten Spur Leutseligkeit, sicherlich ungewollt: «Wahrscheinlich brauche ich dich in dieser Sache mehr als üblich. Möglicherweise müssen wir ziemlich schnell Direktiven nachgehen, die von oben kommen.»

«Verstehe, Chef, geht schon klar», entgegnet der Kriminalaspirant.

«Und, nicht dass du drängelst, wie es schon mal deine Art ist, Sramek. Bist halt ein junger Kerl. Du kennst ja meinen Leitspruch: *Das Gras wächst nicht schneller, wenn man daran zieht.*»

Den Spruch mit dem Gras kennt Sramek in der Tat und auch schon länger. Die Sache mit dem Gras sieht er dagegen völlig anders. Aber das behält er schlicht für sich. Die Zeit, denkt er, wird für ihn spielen. Vielleicht schon im Fall des Toten vom Maria-Theresien-Denkmal. *On verra.* Diesen Ausdruck verwendet Sramek immer wieder gern, seitdem er sich mit Voltaire so etwas wie französische Umstände privat ins Haus geholt hat.

«Nun, dann schauen wir mal, was wir bislang haben.» Lukacek versteht es prächtig, beim Räsonieren störungsfrei Kauen, Schlucken und Sprechen zu vereinbaren.

Ja, was also hat die Wiener Polizei? An Fakten? Konkreten Spuren?

Einen prominenten Toten. Soweit rückt der Ermittler immerhin schon mit Tatsachen heraus. *Klare Indizien für eine*

Mordtat. Einen spektakulären Fundort. Rätselhafte Stichwunden, die alles andere als zufällig sind. Eine Namensliste in der Kleidung des Opfers, auf der sich auch der Name unseres Toten befindet. Spezielle Umstände zum Todeszeitpunkt am Fundort.

«Klar», erlaubt sich Sramek einen Kurzkommentar, «nur Leute von Amts wegen oder mit einem Sonderausweis waren befugt, in den abgesperrten Sektor vorzudringen.»

«Aber wohl nicht», nimmt Lukacek den Ball auf, «irgendwelche Leute, gewöhnliche Leute.»

Sramek wird unterschwellig bewusst, dass sein Chef, Polizeimajor Aloys Lukacek, für den Assistenten eine Instanz, auf einen bestimmten Punkt zusteuern möchte. Ganz offenkundig, Lukaceks Miene zufolge, bereitet dieser Punkt ihm Kopfschmerzen. «Was Politisches», fragt Sramek rhetorisch, «können wir ausschließen?» «Nein», entgegnet sein Chef, während er langsam den Löffel im *Verlängerten Braunen* rührt, «keineswegs. Nur will ich damit nichts mehr zu tun haben.»

Unvermittelt holt Lukacek wie zu einer Rede, wie zu einer Rechtfertigung aus.

«Die alten Zeiten, als die falschen Leute auf dem Heldenplatz standen, sind zum Glück vorbei.»

«Wirklich?», versucht sein Gegenüber einzuwenden. Aber er kommt damit nicht weit.

«Meine Generation hat es verdient, in Ruhe gelassen zu werden. Täter? Ja, keine Frage, sie, wir waren Täter, haben mitgemacht. Haben zum KZ Mauthausen, der *Todesstiege*, zu Gusen und den anderen Lagern auf dem Boden Österreichs, insbesondere zu den Camps für die Zwangsarbeiter, geschwiegen. Aber wir waren auch Opfer.»

Und nach einer kurzen Pause: «Diese Generation wurde immer geschlagen, von ihren Eltern und Großeltern, von den Gegnern im Ersten Weltkrieg, vom Schicksal. Schlussendlich blieb ihr nichts anderes, als selbst zurückzuschlagen. Natürlich auf die Schwächeren, Kinder, Benachteiligte, Frauen, ja auch ihre eigenen Frauen. Danach kam dann nicht mehr viel, höchstens Schweigen. Wenn Sie, Sramek, dieses Schweigen kritisieren, lernen Sie erst einmal die Gründe verstehen. Verstehen, warum.»

«Ich», gibt Sramek zu bedenken, «habe zwei Semester an der Universität damit verbracht, die Gründe zu verstehen. Gelesen habe ich viel. Diskutiert noch mehr. Verstanden habe ich nichts.»

Lukacek drängt nun vehement in Richtung Aufbruch. Das hindert seinen Begleiter allerdings nicht, noch einmal nachzusetzen, als die beiden schon fast das Café verlassen haben. «Und was ist mit der Liste, dieser Namensliste?»

«Geduld, junger Mann. Das werden wir wohl noch heute erfahren. Und Sie dann auch.»

Fast kommt es Sramek nun schon peinlich vor, seinem Chef noch ein persönliches Anliegen zuzumuten. «Eigentlich steht bei uns privat heute ein Kinobesuch im *Odeon* in Ottakring an. Friederike, meine Freundin, will Omar Scharif in *Doktor Schiwago* sehen. Natürlich mit mir.»

Der Film nach dem Roman von Boris Pasternak ist das aktuelle Kinoereignis Wiens. Grundsätzlich mag der Polizeimajor die Freundin, *das Mädel* seines Assistenten. Nur heute muss Dienst vorgehen. «Nein, Sramek, das könnt ihr euch für heute abschminken. Und wenn du deine Friederike nächste Woche mitbringst zum Landespolizeiball, will ich ihr das gern erklären. Falls das dann überhaupt noch notwendig ist.»

15.

Sonntag, 21.2.1965
Wien

Die Pokale der Polizeisportler und die Befunde der Kryptologen

Haliceks «Unterredung» mit Lukacek im Vorraum zum Besprechungssaal des Polizeipräsidiums entpuppt sich als eine kurze Angelegenheit. «Ich möchte klarstellen, dass alle Ermittlungsdetails direkt und ständig mir zu berichten sind. Alle.» Und dann noch, Lukacek fast fixierend: «Ich verlass mich da auf Sie.»

Minuten später. Der Parkplatz des Präsidiums ist voll von Dienstfahrzeugen aller Provenienz. Im schalldichten Besprechungsraum sitzen rund um den stattlichen Eichentisch die beieinander, die in der Wiener Polizei Rang und Namen haben. Oder eine spezielle Ermittlungseinheit führen. Der Polizeipräsident schlägt auf eine Klingel, wie man sie auch aus Justizverhandlungen kennt. Lässt den Ton langsam ausschwingen.

Abgesehen von den weiblichen Servicekräften, die Flaschen mit Mineralwasser sowie Kaffee in schwarzen Kannen herbeischaffen, sind nur Männer im Saal. «Meine Herren», insoweit eine korrekte Ansprache, «eines will ich gleich betonen. Wir arbeiten bei diesem Fall sehr, sehr eng mit der Generaldirektion für die öffentliche Sicherheit Österreichs, unseren geschätzten Kollegen vom Bundeskriminalamt (BK), zusammen.»

Und mit einer leichten Geste zur Seite: «Den Leiter der Abteilung Politische Straftaten im BK, Polizeidirektor Raimund Wydrenka, kennen die meisten von Ihnen ja bereits.»

Lukacek schaut bei den Worten Haliceks aufmerksam in die Richtung Wydrenkas, des Polizeidirektors aus der Zentralstelle zur landesweiten Kriminalitätsbekämpfung. Wie es der Zufall will, fällt dabei Lukaceks Blick genau auf eine prall mit Pokalen gefüllte Vitrine. Die Auszeichnungen hat die Wiener Polizei gefühlt seit der Jahrhundertwende bei diversen landesweiten Polizeisportfesten errungen. Die Vitrine steht rücklings zur Wand und ist mit einer Minimalleuchte von innen illuminiert.

In solchen Momenten leidet Lukacek förmlich an seinem gesundheitlichen Zustand, der ihm sportliche Aktivitäten seit vielen Jahren verbietet. Vor allem an seinem Asthma, mit dem er sich ansonsten einigermaßen arrangiert hat. «Nun ja», denkt er, «auf den Mittelstrecken hätte ich bestimmt etwas für die Wiener Polizei geholt.»

Nach der Sekunden-Abschweifung zwingt sich Lukacek zur Konzentration. Polizeidirektor Wydrenka hat sich neben einem Flipchart-ähnlichen Gestell postiert. Darauf hat er den Namen des Opfers vom Maria-Theresien-Denkmal aufgeschrieben.

Dr. Franz-Rudolf Sedlenitzky

Magistratsdirektor

Darunter sind der Fundort, die Absperrungen und der Innere Ring skizziert.

Was die Runde der Ermittler und Sicherheitsexperten in den nächsten 20 Minuten vom Polizeidirektor erfährt, ist nichts weniger als Sprengstoff für ganz Wien. Danach war das Opfer, Jahrgang 1899, verheiratet, drei Kinder, Jurist, einer der drei Spitzenbeamten in der Wiener Stadtverwaltung. Mit Kompetenzen und Zuständigkeiten in den Bereichen Administration, Finanzen, Personalwirtschaft. Mit einem steilen Aufstieg innerhalb der Verwaltung, der nach dem «Anschluss» Österreichs 1938 an das Deutsche Reich noch an Fahrt gewinnt.

«Am Sedlenitzky», bemerkt Lukaceks Nachbar fast flüsternd zu seinem Gegenüber an der Längsseite des Tisches, «kam doch niemand vorbei. Wenn der seine Hand über jemand hielt, dann konnte sich dieser fast alles erlauben. Vor allem wenn der politisch angesagt war.»

«Liebe Kollegen, meine Herren», versucht der Polizeidirektor das anfänglich brandende Gemurmel zu übertönen, «ich bitte schon jetzt um äußerste Diskretion und Zurückhaltung. Dafür ist der Fall unseres getöteten Mitstreiters und Freundes viel zu brisant.» Beim Wort *Freund* stutzt Lukacek kurz, schenkt seiner Reaktion aber zunächst keine sonderliche Bedeutung. Vorerst jedenfalls.

Wydrenka rapportiert den Sachstand an Befunden und Erkenntnissen. Auch in der knappen Fassung, die für die Pressekonferenz am Nachmittag vorgesehen ist. Die Unterrichtung der Medien ist für 15 Uhr anberaumt. «Aber da steht Wien doch noch im Zeichen des Staatsbesuchs», versucht der Sprecher der Polizei Einfluss zu nehmen.

«Eben darum», kontert Halicek seinen Mitarbeiter mit ungewohnter Vehemenz. «Dann ist die öffentliche Aufmerksamkeit nicht allzu sehr auf uns, die Polizei, gerichtet.»

Diese Einschätzung ist natürlich nur von befristeter Haltbarkeit. Die Umstände des Falles lassen es als wahrscheinlich erwarten, dass der Tod des mutmaßlich ermordeten Magistratsverwaltungsdirektors Wien und das ganze Land wie ein Lauffeuer entzünden wird. Vermutlich noch bevor Thailands König und Königin den Weiterflug nach London angetreten haben werden.

Da sind nicht nur die spektakulären Dimensionen und geheimnisvollen Details des blutigen Anschlags. Da ist nicht nur die rätselhafte Verbindung einer Tat mit dem Tatort. Da ist insbesondere die inzwischen in Rekordzeit von Spezialisten des Bundeskriminalamts weitgehend entschlüsselte Personenliste, die unter dem verbluteten Sedlenitzky gefunden worden ist.

«Am besten wäre es», resümiert Wydrenka, «über diesen Vorgang eine Nachrichtensperre zu verhängen. Aber natürlich geht das nicht. Wir sind ja nicht im Ostblock, nicht wahr, meine Herren.»

Was die Kryptologen des Bundeskriminalamts innerhalb weniger Stunden herausgefunden haben, ist weit von jeder Ermittlungsroutine entfernt. Wydrenka kommt förmlich in Fahrt.

«Die Liste enthält die Namen von zwei Dutzend männlichen Personen, die zwischen 1890 und 1905 geboren worden sind. Alle 24 sind hochgestellte Persönlichkeiten, die Karriere gemacht haben. Die Schlüsselpositionen in Politik, Wirtschaft, Verwaltung und dem Gesundheitswesen innehaben oder innehatten. Jedem Namen sind Zahlen zugeordnet, die wie nummerierte Anschuldigungen oder Verfehlungen erscheinen. Wofür sie stehen, werden wir noch herausfinden. Die Personen lassen sich –

außer Österreich – der Tschechoslowakei und Deutschland zuordnen.»

Beim nächsten Satz hebt sich die Stimme Wydrenkas merklich.

Was besonders auffällig ist: Die Namen von zwei dieser Personen sind durchgestrichen. Einer davon ist der von Dr. Sedlenitzky. Was den zweiten betrifft, sind die Nachforschungen angelaufen.

Natürlich, beeilt sich der Polizeipräsident – nach einem Wort des Dankes an Wydrenka – mitzuteilen, habe er sofort gehandelt. Eine Aktion mit dem Ziel gestartet, die genannten Personen und ihre Familien, soweit diese zu lokalisieren seien, zu informieren und gegebenenfalls zu warnen. Diese Aktion sei parallel zur Sicherung des königlichen Staatsbesuchs angelaufen. Es bestehe höchste Dringlichkeit. Weitere Taten, geplant oder bereits ausgeführt, könnten nicht ausgeschlossen werden.

Und dann mit erhobener Stimme: «Meine Herren, ich spreche von Dimensionen eines Anschlags auf uns alle. Es ist Gefahr im Verzug.»

Als Steuerungseinheit für die Ermittlungen der nächsten Tage und Wochen durch die beteiligten Abteilungen von Mordkommission, Staatsschutz und Bundespolizei wird eine Sonderkommission *Maria-Theresien-Mord* unter Führung Wydrenkas eingerichtet. Ihr gehört Lukacek für die Kriminalpolizei an. «Aber bitte mit meinem Assistenten», hat der Polizeimajor gegenüber Halicek gemahnt. Kurz bevor sich dieser auf den Weg in Richtung Pressekonferenz zum *Maria-Theresien-Mord* begeben hat. «Sramek? Aber gewiss, Lukacek. Und – ich höre von Ihnen.»

Anton Sramek, der so informell ein Stück «beförderte» Kriminalaspirant, konzentriert sich nach dem Lagebericht

Lukaceks auf den zweiten Namen. «Was, Chef, ist mit diesem durchgestrichenen Namen?»

«Was soll da sein?», entgegnet der Polizeimajor. «Entweder wir treiben diesen Mann so schnell wie möglich auf, oder ...»

«Oder?»

«Er liegt irgendwo niedergestochen und verblutet. Wie Sedlenitzky.»

VERBLUTET WIE SEDLENITZKY

16.

Montag, 22.2.1965
Wiedenbrück

Loyalität unter Polizisten und das Geheimtreffen von Münster

«Tach, Leute!» Josef Brockentrups Begrüßung seiner Untergebenen auf der Polizeiwache Wiedenbrück fällt auch an diesem Morgen noch etwas grummeliger aus als sonst. Der Hauptkommissar hat wieder einmal mit seiner Arthritis zu kämpfen. Gelenkschmerzen in beiden Knien, häufig am Morgen. Eine eingeschränkte Beweglichkeit in der rechten Hand. Ausgerechnet. Sein Hausarzt, der auch etwas von Rheuma versteht, hat ihn beim letzten Besuch gemahnt, zu viel Fleisch, Wurst und Eier zu vermeiden. Dafür schonendes Gemüse zu bevorzugen. Paprika, Möhren, Blattsalate. Ein Rat, der die Stimmung des Hauptkommissars nicht gerade gehoben hat.

Brockentrup weiß, was fünf Tage nach der Bluttat die Stunde geschlagen hat. Es wird Zeit für Ergebnisse. «Wetten», spricht der Ermittler mit sich selbst, während er seine dritte Tasse Kaffee an diesem Morgen trinkt, «dass sich die Hansmann gleich meldet. Und Wette Nummer zwei, dass der Schulze-Kappen spätestens in einer Stunde auf den Busch klopfen wird.»

«Brockentrup, wird er sagen», so der Hauptkommissar zu sich, «das LKA wartet. Und der Minister übrigens auch.»

Und dann, als er gegen die Versuchung eines dritten Zuckerwürfels für seinen Kaffee kämpft – übrigens erfolgreich –, fällt ihm auch noch der vermisste Rietberger Apotheker ein. Klar, dass er Alwines Hinweis nachgehen muss. Heute, eigentlich gleich. Oder einen seiner Beamten darauf ansetzen. Polizeiobermeister Westerholte am besten. «Der ist tüchtig und – noch wichtiger – absolut loyal», untermauert Brockentrup seine Überlegung. Immer noch im stummen Selbstgespräch.

Die Voraussage des Hauptkommissars erfüllt sich tatsächlich. Und exakt in der vorhergesagten Reihenfolge. «Herr Hauptkommissar», hört Brockentrup die Stimme der Staatsanwältin, eine im Gegensatz zu ihm gespenstisch wache, hellwache Stimme, förmlich sagen, «Sie wollen mich doch bitte nicht enttäuschen. Ich rechne jeden Moment mit dem Eingang des Autopsieberichts der Gerichtsmedizin. Wenn Sie endlich dazukommen, mit konkreten Ermittlungsergebnissen, dann können wir heute noch die Öffentlichkeit informieren. Mit substantiellen Erkenntnissen.»

Und nach einer kurzen Pause, die der Angerufene zu einem kräftigen Durchatmen nutzt: «... und dieses ständige Herumkritisieren an der Arbeit von Polizei und Justiz kontern.»

Dass Bettina Hansmann an ein ausführliches Fernsehinterview mit sich im Fokus – möglichst landesweit – denkt, fügt sie nicht hinzu. Natürlich nicht. Brockentrup weiß es auch so. Er wiegelt erst einmal ab: «Ich melde mich gleich bei Ihnen, Frau Staatsanwältin. Erste Priorität kann im Augenblick nur die Erfassung und Bewertung der Ermittlungserkenntnisse der letzten Nacht sein. Also auf nachher.»

Kaum hat Brockentrup das Telefonat beendet, kreuzt Karl Schulze-Kappen seinen Weg. Mit einer dünnen Akte unter dem Arm, die ein Dossier sein könnte. Der LKA-Ermittler ist zum zweiten Mal seit dem Fund der Leiche von Düsseldorf nach Wiedenbrück gefahren. Ein Zeichen, dass die Nachforschungen vor einer entscheidenden Phase stehen? Er bedrängt ihn geradezu: «Wo können wir in Ruhe reden, Brockentrup?»

Im Dienstzimmer des Dienststellenleiters mit seinen halb geschlossenen Jalousien und dem in die Jahre gekommenen Mobiliar eingetroffen, legt Schulze-Kappen fast spielerisch den rechten Zeigefinger auf seinen Mund: «Was ich Ihnen jetzt mitteile, bleibt vorläufig vertraulich. Nichts nach außen, auch nicht an die Staatsanwaltschaft.»

Brockentrup nickt. Bittet seinen Besucher, Platz zu nehmen. Was er dann zu hören bekommt, bringt ihn ein Stück aus seiner gewohnten, – um nicht zu sagen – westfälisch-bodenständigen Fassung. Der vermisste Apotheker – «Wie heißt er noch einmal? Tremmner? Ja richtig, Dr. Hans-Hermann Tremmner» –, der habe sich in Münster mit Kreyssig getroffen. Siegfried Kreyssig, unserem Gerichtsmediziner. Ausgerechnet im Gasthof *Großer Kiepenkerl*. In einer der traditionsreichsten Adressen der Gastronomie Münsters.

Zufällig sei er dort von einem Kollegen der Polizeidirektion Münster beobachtet worden. Kreyssig – durchaus kooperativ – sei dann noch am selben Abend polizeiintern befragt worden.

«Er hat – stellen Sie sich das vor, Brockentrup – dabei zugegeben, mit dem Rietberger Apotheker über den Autopsiebericht im Fall der Wiedenbrücker Leiche gesprochen zu haben. Über das Protokoll exakt der Autopsie, auf das wir so ungeduldig warten!» Kreyssig habe dann einen Hinweis bestätigt, den der Münsteraner Polizeibeamte im *Großen Kiepenkerl* aufgeschnappt habe. Er, Kreyssig, habe eine Beobachtung an der Leiche in seinem Bericht bewusst ausgeklammert. «Bewusst, mein lieber Brockentrup, also vorsätzlich.»

Am Folgetag, vervollständigt Schulze-Kapppen seine Instruktion, habe das Polizeipräsidium Münster Kreyssig suspendiert. Im Benehmen mit der Leitung des Forensischen Instituts Münster. Auf Betreiben des LKA. «Vorläufig.» Es werde eine zweite Autopsie durch einen anderen, einen neutralen Gerichtsmediziner vorbereitet. «Dafür habe ich mich ganz schön einsetzen müssen.» Warum auch sollte der LKA-Ermittler seinen Anteil an dieser Entscheidung verschweigen?

Auf Brockentrup wirkt Schulze-Kappen jetzt wie abwesend. Der LKA-Ermittler grübelt sichtlich, während seine Augen aus der Polizeiwache starr in Richtung des Leichenfundorts gerichtet sind. Seine Finger umklammern das leere Wasserglas in seinen Händen, als wollten sie es zum Zerbrechen bringen.

Klar, die *Kiepenkerl*-Irritation hat den stets auf korrekte Abläufe erpichten LKA-Ermittler misstrauisch gemacht. Mit ihm, dem *Gehirn*, eventuell ein Spiel spielen zu wollen? Nicht mit Schulze-Kappen! Jedermann, sagt ihm sein Gefühl, werde es mit ihm zu tun bekommen, der ihn an der Aufklärung eines Mordes in der Provinz hindern wolle.

Jedermann! Ein Wunder, dass das Wasserglas diesen Moment unbeschadet übersteht.

Einen Schulze-Kappen kann die der Gerechtigkeit geschuldete Aufklärung einer Bluttat in einen Tiger verwandeln. Ganz besonders dieser Bluttat, deren Umstände womöglich in die jüngste Zeitgeschichte weisen. Dem Verbrechen, kombiniert der historisch versierte LKA-Aufklärer, ist ein Mann zum Opfer gefallen, der in seinem Todesmonat etwa 60 Jahre zählt. «Also 1933 wahrscheinlich 28 Jahre alt ist.»

Westerholte rudert im Eingangsbereich zur Polizeiwache mit den Händen, um Brockentrups Aufmerksamkeit zu gewinnen. Der versteht, dass der Polizeiobermeister ihm die Ermittlungsergebnisse der letzten Nacht berichten möchte. Brockentrup signalisiert zurück: «Gleich, noch ein paar Minuten!»

In diese Verständigung via Zeichen fällt noch einmal Schulze-Kappen brüsk ein. «... und dann noch das Treffen in Münster. Brockentrup, versuchen Sie alles über diesen Apotheker herauszubekommen. Mit wem er verkehrt, was mit seiner Familie ist, welchen Verbindungen er möglicherweise angehört, was er in den Jahren der Nazi-Zeit gemacht hat. Sie sind doch Rietberger, wenn ich recht erinnere. Und bitte: rasch! Ich arbeite an derselben Sache, morgen von unserer Zentrale aus. Melden Sie sich dann bei mir!»

Brockentrup weiß in diesem Augenblick, dass seine Pläne für den Abend auch diesmal Schall und Rauch sind. Auf Platz eins seiner Wünsche steht die Sendung des neuen WDR-Hörspiels *Daud un Düwel.* Auf keinen Fall möchte er es verpassen. Es stammt von Karl Wagenfeld, der im Westfalen der 1960er-Jahre einen zweifelhaften Ruf genießt. Brockentrup verehrt den Dichter, der vornehmlich Stücke für die Bauernbühne schreibt, als Promotor der westfälischen Heimatbewegung.

Eine kritische, in Westfalen relativ kleine Öffentlichkeit

sieht in ihm einen Repräsentanten der unheiligen gestrigen Ideologie. Wagenfeld werden rechtsextreme und fremdenfeindliche Ansichten im antidemokratischen Gebäude der NS-Doktrin vorgehalten.

Brockentrup kennt zwar die diversen ideologischen Auslassungen Wagenfelds. So seine Ansicht, zum Schutz des «Stammes- und Blutserbes der Väter» müsse gegen «Fremdrassiges» vorgegangen werden. Dennoch lässt er sich seine Wertschätzung des Dichters der westfälischen Heimat dadurch nicht nehmen. Zumal an diesem Februartag, der Erstsendung von *Daud un Düwel*.

Wenn es doch wenigstens eine Technik gäbe, denkt Brockentrup, die die Aufzeichnung der Sendung erlaubte, um sie später hören zu können, wenn es passt. Ja, wenn ...

Jetzt und gleich «passt» nicht einmal der Moment für die anstehende dienstliche Unterredung mit Westerholte. Aus dem Vorzimmer der Polizeiwache wird dem Hauptkommissar ein Zettel gereicht.

Berichtet wird von einem Anruf eines Mitglieds der Abiturientia 65 bei der Polizei. Ob es schon konkrete Spuren gebe? Verdächtige? Und ob die Polizei über Erkenntnisse verfüge, die Lia, dem Mädchen aus der Obertertia des Ratsgymnasiums, helfen könnten, dem anhaltenden Schockzustand zu entkommen? Die Abiturienten, heißt es in der Nachricht, wollten etwas für Lia tun, irgendetwas Vernünftiges. Hauptsache, es hilft.

In den fünf Tagen und vier Nächten seit der grausigen Entdeckung auf dem Kirchplatz haben sich die Sensiblen der Abiturientia 65 untereinander immer wieder angerufen. Nur bei dem, der am intensivsten auf einen Anruf von Lia wartet, klingelt das Telefon nicht. Lia anzurufen, hat Michael nach der erlebten Abfuhr einfach nicht gewagt. Außerdem existiert da noch diese unangenehme Barriere zu Hause. Der graue Apparat als Herrschaftsmittel. «Das Telefon gehört Deinen Eltern, Junge», pflegt der Vater zu sagen.

Jener Vater, der die Schülerliebe zwischen Lia und Michael von Beginn an mit unbegründeter Ablehnung verfolgt. Bis zu dem Augenblick, in dem er seinem Sohn jegliche Kontaktaufnahme mit Lia untersagt. Natürlich unter Ankündigung von Sanktionen. Mit dem Hosengürtel vermutlich. Natürlich ohne darüber nachzudenken, was eine solche Brüskierung in der Seele eines Jugendlichen anrichten kann.

Ja klar, geht es Brockentrup durch den Kopf, der Anruf. Die 17-Jährige, die vor vier Nächten über die Leiche gestolpert ist. «Jetzt nicht», wimmelt der Ermittler das im Augenblick für ihn unpassende Thema ab. «Später!» Um sich unmittelbar danach wieder Schulze-Kappen zuzuwenden: «Benutzen Sie vorerst mein Büro. Und fühlen Sie sich dort, als wären Sie in Ihrem eigenen.»

Schulze-Kappen lässt sich dies nicht zweimal sagen. Er strapaziert das schwarze Diensttelefon gleich mehrfach. Zugleich studiert er das mitgebrachte Dossier mit einer Intensität, als gelte es eine polizeiliche Beförderungs- oder Abschiedsrede im Gedächtnis zu scannen. Das *Gehirn* scheint in Bestform. Durch die Glaswand des Büros verfolgt Schulze-Kappen auch noch, wenngleich oberflächlich, wie der Wiedenbrücker Chefermittler mit seinem Polizeiobermeister spricht.

Dessen Bericht fällt knapp aus. *Die Spurensicherung und die sie unterstützenden lokalen Polizeikräfte haben die Erkenntnisse aus den letzten 36 Stunden weitestgehend bestätigt. Zwei oder mehr Täter. Tatort am Haus der Wiedenbrücker Schule an der*

Hoetger-Gasse. Transport der Leiche hin zum Fundort Kirchplatz mit einem Fahrrad oder einem vergleichbaren Gefährt. Keine Tatwaffe aufgefunden. Keine Spuren vom Verlassen des Tatorts wie des Fundorts seitens der Täter wegen Starkregens. Keine Hinweise aus der Bevölkerung zu Tätern oder Tatgeschehen. Auch nicht von Anwohnern des Kirchplatzes oder entlang der Rietberger Straße bis zum Kirchplatz. Keine anonymen Hinweise, jedenfalls bislang.

Der LKA-Emissär klappt exakt in dem Augenblick, in dem Westerholte seinen Bericht beendet, das Dossier zu. Erhebt sich schwungvoll aus Brockentrups Schreibtischsessel und eilt zu den beiden. An Ort und Stelle lässt Schulze-Kappen mit der Fähigkeit des Profis eine Kunstpause entstehen. Westerholte deutet sie nach kurzem Überlegen zutreffend und entfernt sich.

«Wir müssen», legt Schulze-Kappen los, «mit unserer Pressekonferenz noch warten, Brockentrup. Es gibt einen neuen Sachstand. Ich veranlasse das Notwendige beim Polizeipräsidium Münster und meiner eigenen Zentrale. Und Sie ziehen die Sache klar mit Ihrer Staatsanwältin.»

«... einen neuen Sachstand?»

«Nun, mein lieber Brockentrup. Wir kennen jetzt das Opfer.»

WIR KENNEN DAS OPFER

17.

Freitag, 19.2.1965
Straße von Brno nach Wien-Drasenhofen

Bim bam oder
Im Taubentransporter über die Grenze

Viel schwärzer kann eine Dunkelheit kaum sein. Es ist Nacht, nichts als Nacht. Der Lieferwagen mit seinen schmutzig-grauen Aufbauten bewegt sich mit geringer Geschwindigkeit Richtung Süden. Seine Scheinwerfer, sofern vom «Werfen» eines Scheins überhaupt die Rede sein kann, vermögen es gerade einmal, die ersten zehn Meter voraus auszuleuchten. Das Fahrzeug mit ČSSR-Kennzeichen hat auf der holperigen Verbindungsstraße von Brno nach Wien gerade Mikulov passiert, das frühere Zentrum der mährischen Juden. Dort gibt es ein Schloss auf einem felsigen Hügel, von dem natürlich auch nichts zu sehen ist. Im Kommunismus des Ostblocks werden Schlösser – diese Symbole der feudalistischen Ordnung – bei Dunkelheit weder von innen erhellt noch von außen angestrahlt.

Der Lieferwagen erlaubt keine Blicke in sein Inneres. Nur oben sorgen voll vergitterte Fenster für den Luftaustausch. Durch die Fensterzeile dringt ein vielfältiges Gurren nach draußen. Ein so irritierender wie beruhigender akustischer

Grundpegel. Die Nähe zu Tieren, von denen keine Aggressionen ausgehen, vermittelt vielen Menschen ein Gefühl von Geborgenheit. Und Wärme, was in dieser saukalten Februarnacht erst recht willkommen ist.

«Himmel», entfährt es dem jungen Mann am Steuer, «Diese ewigen Schlaglöcher!»

«Warum regst du dich so auf, Mann?», entgegnet ihm der Andere auf dem Beifahrersitz. «Diese Straßen sind Sozialismus pur, was sonst?»

Sieben Kilometer sind es von Mikulov bis zu dem Grenzübergang Drasenhofen, dem Tor zu Österreich. Und zum Weinviertel. Hier werden entlang der Weinviertler Weinstraße *Müller-Thurgau, Grüner Veltliner* und *Zweigelt* angebaut. Jetzt im Februar lässt sich der unter dem Schnee verborgene Reichtum, die endlose Reihe von Winzerbetrieben und Weinkellern, nicht einmal erahnen. Sie reicht bis Korneuburg nahe Wien.

Bim bam … Fast frohgemut pfeift der Mann auf dem Beifahrersitz den gerade in der ČSSR erschienen Schlager von Václav Neckář. Er hält inne, als ein *Tatra 603* mit hoher Geschwindigkeit den Lieferwagen überholt. «Typisch, wieder einer von den Bonzen», schickt er ihm, aus dem Pfeifen gebracht, unwirsch hinterher. Schüttelt den Kopf und zieht sich ein Stück tiefer in seinen dunklen Wintermantel zurück.

Die besonnene Art, wie der junge Mann am Lenkrad das Gefährt durch die Dunkelheit steuert, lässt darauf schließen, dass dies nicht seine erste Fahrt von Brno zur österreichischen Grenze ist. Gleichwohl nähern sich die beiden im Führerhaus mit gemischten Gefühlen dem Übergang Drasenhofen.

1945 ist das nüchterne Areal, umstellt von Grenzbefestigungen und Wachttürmen, die erste Station in Österreich für den *Brünner Todesmarsch*. Der beginnt Ende Mai 1945 und kostet Tausende aus Brünn vertriebene Deutschen das Leben. Auch im Kalten Krieg ist die Grenze hin zu Österreich ein Hochrisikogebiet. Hunderte Tote werden registriert, Flüchtige, vor allem Soldaten. Bis zu 20 000 Mannstärke erreichen die Grenztruppen der ČSSR.

Der Lieferwagen hat die Grenzanlagen erreicht. Grell angeleuchtete, mehrfach verlegte Stacheldrahtzäune kommen in das Blickfeld. Dazu Schilder in der Sprache der Tschechoslowakei und auf Deutsch warnen vor Minenfeldern. Schließlich versperrt der auf *Stop* gestellte Schlagbaum die Weiterfahrt. *Hranice! Grenze!*

«Dokumenty!» Die Reisenden sind vorbereitet. Der Fahrer reicht den Beamten die verlangten Ausweise. Den Pass und zusätzlich einen Sonderausweis mit Foto und wenigen Zeilen. Oben links Stempel von *Rychlá Pravda*. Oben rechts Stempel vom Parteibüro der KP in Brno.

Der vordere der Grenzer schaut nur kurz. Ebenso flüchtig in das Führerhaus des Transporters. Nicht aber in den Laderaum. Nickt mit einer Attitüde, die Vertrautheit mit der Situation verrät. Mit etwas Phantasie könnte jemand ein knappes Augenzwinkern in seinem Gesicht erblicken. Dann gibt der Schlagbaum den Weg zur Weiterfahrt frei. *Ahoj!*

Problemlos gestaltet sich der Transfer über die Grenze zu Österreich, einige Hundert Meter weiter südlich. Die Grenzer treten nur für kurze Momente an das Führerhaus. Dokumente. Prüfende Blicke auf Fahrer und Beifahrer. Keine Frage zur möglichen Ladung. Lediglich dies: «Geht es wieder um einen Transport wie beim letzten Mal?» Einmal mehr diese Vertrautheit mit einer Situation, die offenkundig auf ihrer Wiederholung beruht. Fahrer und Beifahrer nicken zur Bestätigung.

Ob es unter den Grenzsicherungskräften Anhänger des Reisetaubensports gibt?

Das mit der Wiederholung im Übrigen stimmt. Der Februar-Trip nach Wien ist der letzte Transport mit einem Kontingent an Reisetauben. Anders als sonst sind die Tauben für ihre Heimreise nicht persönlich zuständig. Gut, dass sie dies nicht mitkriegen. Sie könnten es als Beleidigung empfinden. Die Vögel aus verschiedenen österreichischen Taubenschlägen haben sich im November letzten Jahres bei der international beschickten Ausstellung in Brno gezeigt. Und, kein Zweifel, für ihre heimischen Besitzer Ehre eingelegt. Aus technischen Gründen – Logistik, Futter, Quarantäne, wer weiß, was noch – haben sie bis gestern «Asyl» in Verschlägen in Slavkov u Brna genossen. Die Tauben Monate nach dem Abschied von ihrem Heimatstall auf die Reise zu schicken, wäre ein zu großes Risiko gewesen.

Ob die ansonsten navigationssicheren Vögel knapp drei Monate nach ihrem LKW-Trip nach Brno noch die Flugdaten für den Heimflug gespeichert hätten? Darauf gibt es keine fundierte Antwort. Braucht es momentan auch nicht, während der Lastwagen weiter Richtung Wien durch die Nacht zuckelt.

In den Beifahrer im Führerhaus kommt plötzlich Bewegung. Dreimaliges Klopfen gegen die Verbindungstür zum Laderaum. *Poch, poch, poch!* Wie es scheint, ein vereinbartes, ein ersehntes Signal. Grenzübertritt gelungen. «Ahoj Franticek, alles ok!»

Die Geschöpfe im Lastauto gehören Züchtern im

Umkreis von Wien. Sie sollen in Gumpoldskirchen, dem bekannten Weinort, abgeliefert und auf die Schläge der verschiedenen Besitzer verteilt werden. Dann wäre für die beiden im Führerhaus wieder einmal ein Transport von Ost nach West erledigt.

Für den Dritten im Bunde, Franticek, der die Fahrt hinter den Reisevolieren mitgemacht hat, eng an die Rückwand des Laderaumes gepresst, wird die Ankunft in Wien erst der Anfang sein. Osten? Westen? Für ihn keine krasse Scheidelinie. Franticek ist eh ein Grenzgänger.

Ihn kann man gut als einen Grenzüberschreiter in jeder Beziehung sehen. Er ist Sohn einer traditionell monarchistisch eingestellten Deutschen und eines vom Faschismus erfüllten Tschechen, der zur Zeit des Protektorats Böhmen und Mähren mit den Nazi-Besatzern kollaboriert und vor drei Jahren unter ungeklärten Umständen unweit der Polizeiwache tot aufgefunden wird. Franticek ist einer dieser Zerrissenen im Lande, deren Biographie die Wunden erkennen lässt, die die Unterdrückung durch Gewalt und Bespitzelung in der ČSSR bis zum Prager Aufstand und dem Einmarsch sowjetischer Truppen im Mai 1945 gerissen hat. In der Bevölkerung wie der Ehe seiner Eltern.

Manchmal fasst Franticek sich mit der rechten Hand an die Stirn. Ertastet das leicht erhabene Hämatom über der linken Augenbraue, das ihm, dem Grenzüberschreiter, die Brutalos des Viktor Panenka zugefügt haben. Vor einigen Wochen, am 27. Juni, dem Todestag des Wenzel Anton Kaunitz. Wie jedes Jahr trifft er sich mit vier Gleichgesinnten an der Kirche in Slavkov u Brna, die nach Johannes dem Täufer benannt ist. Die die Familiengruft der Kaunitz-Dynastie beherbergt. Für die jungen Leute ein Symbol.

Ein Treffen, das anders als die Zusammenkünfte in den Jahren zuvor für Franticek übel endet, während die drei übrigen jungen Leute mit knapper Not entkommen können. Franticek! In den Händen der Schergen des Polizeichefs ein gefundenes Fressen. In ihm, der sich augenscheinlich nicht an die Linie der Partei hält, treffen sie, wie sie meinen, die Erblast der Republik. In dem Sohn des Faschisten symbolisch die Verantwortlichen für die dunkelste Epoche des Jahrhunderts. In dem Sohn der Habsburg-Verehrerin exemplarisch die Gestrigen, die Harmlosen wie die Zögernden, die sich der neuen Zeit verweigern.

Langsam, aber beharrlich setzt das Lastauto seine Fahrt fort. Schon bald wird Franticek dem näherkommen, wozu er sich überhaupt aufgemacht hat. Der Erfüllung eines Plans. Einer Mutprobe. Oder eines Wagnisses. Erleichtert lässt er sich auf den Boden des Laderaums sinken. Atmet lang und intensiv durch. Mit sich im Reinen ungeachtet des Taubendrecks rundum.

An dem Geruch seiner Reisebegleiter stört er sich auch jetzt nicht. Nicht im Geringsten. Wie auch? Geht doch jemand bewusst ein großes persönliches Risiko ein. Jemand, der womöglich eine Mission zu erfüllen hat.

EINE MISSION

18.

Montag, 22.2.1965
Wiedenbrück

Ems-Idylle, Opfer-Identität und die Gruppe Schreiadler

Es gibt Flüsse, die das Verbrechen förmlich anziehen. Wie dunkle Wälder. Gewiss immer wieder auch Menschen, die den Tod suchen. Doch der Suizid spielt in dieser Geschichte keine Rolle. Die Ems, die von ihrem Ursprung nahe Stukenbrock bis zur Nordsee eine Strecke von über 300 Kilometern überwindet, gehört mutmaßlich nicht zu diesen Flüssen. Zu den Strömen, an deren Grund bis heute unentdeckte Opfer von Gewalttaten vermodern. Mit tiefen Schädelverletzungen als Folge von Schlägen, die mit roher Gewalt und todbringenden Werkzeugen ausgeführt worden sind. Oder gebrochenem Genick. Oder herausgequollener, blau angelaufener Zunge.

In der Geschichte der Ems sind allerlei Unglücke auszumachen. Allerdings nicht allzu gravierende. So der Beinahe-Sturz der Dampflokomotive *Venus* am 26. Juli 1913 auf der Emsbrücke bei Hilkenborg in den Fluss. Als sich die Lokomotive kurz vor Mitternacht der Drehbrücke nähert, ist eins der Brückenteile noch geöffnet. Eine Vollbremsung verhindert Schlimmeres. Zum Glück kommen keine Personen zu Schaden.

Wahrscheinlich ist die Ems dort, wo sie durch Rietberg, Wiedenbrück und das anschließende Rheda Richtung Warendorf fließt, viel zu schmal und viel zu seicht, um ganz sicher das Opfer eines Raubüberfalls oder einer Beziehungstat gnädig aufzunehmen. So aus der Welt zu schaffen. Und vermutlich ist sie auch viel zu idyllisch, wie man sich am Rietberger Nordtor überzeugen kann.

Nur bestimmte Schauplätze ziehen Gewalttäter an. Da reicht ein Blick in diverse Opernpartituren. Beispielsweise in Giacomo Puccinis *Il Tabarro (Der Mantel)*, der auf einem Schleppkahn am Pariser Seineufer spielt. Der Eigner des Schiffes, zugleich betrogener Ehemann, erwürgt den Liebhaber seiner Ehefrau. Beispielsweise in Richard Wagners *Götterdämmerung*. Hagen, der Siegfried-Mörder, wird von den Rheintöchtern in die Tiefen des Rheins gezogen. Das bekommt ihm gar nicht gut und bedeutet sein Ende.

Könnte so gesehen der Leichenfundort am Kirchplatz womöglich etwas mit dem Fluss in seiner Nähe zu tun haben? Ein Gedanke, der spirituell empfindende Menschen interessieren mag. Ein Ansatz für polizeiliche Ermittlungsarbeit ist er aber nicht. Vorerst jedenfalls.

Die Sache der Ermittler läuft am frühen Nachmittag dieses Februartages in der Polizeiwache Wiedenbrück mit einer Intensität, die Aufregendes verspricht. Prompt löst Staatsanwältin Bettina Hansmann diese Erwartung ein. «So geht das aber nicht!», rauscht sie herein, um – einmal in Fahrt – den nächsten Hauptsatz hinterherzuschicken. Bevor sie an Brockentrups Schreibtisch überhaupt Platz genommen hat. «Wenn hier etwas entschieden oder verschoben wird, dann bin ich zu beteiligen.»

Brockentrups Einlassung, die Verschiebung der Pressekonferenz sei vom LKA in Abstimmung mit Kurt Ottomeyer-Tecklenburg, dem Polizeipräsidenten in Münster, erfolgt, macht bei der Staatsanwältin keinen erkennbaren Eindruck. Geschickt genug, hat er die naheliegende Frage nach der Quelle der Nachricht vom veränderten PK-Termin gleich weggelassen. «Hier gibt es den Toten», betont Hansmann energisch, «hier ist das Verbrechen verübt worden. Hier spielt die Musik.»

Die «Musik», das amtliche vom LKA vorgegebene Protokoll, hat alle Beteiligten vor wenigen Minuten auf den gleichen Ermittlungsstand gebracht. Gefasst in der Sprache der Bürokratie, ist es nicht weniger als ein Theaterstück, vor dessen erstem Akt gerade der Bühnenvorhang weggezogen ist. «Lesen Sie es gern noch einmal», beeilt sich der dazugeeilte Schulze-Kappen der «Frau Staatsanwältin» zu versichern. Blitzschnell wie immer hat *Das Gehirn* die Situation erfasst. «Danke, Herr Kollege», haucht Hansmann. Und liest.

Als Opfer ist der im Januar 1905 geborene Unternehmer Rudolf Kleisterhansmeier, mit Wohnsitz St. Vit bei Wiedenbrück, ermittelt worden. Verwitwet, zwei Kinder, selbige wohnhaft außerhalb NRWs in anderen Bundesländern. Hersteller von Düngemitteln. Mittelständler mit rund 120 Mitarbeitern, Produktionsbetriebe in Batenhorst, Rheda, Schloß Holte, Stukenbrock. Nicht vorbestraft. Keine Erkenntnisse über Aufenthalt oder Kontakt mit anderen Personen vor der Tat vorliegend.

Geführt wird Kleisterhansmeier auf einer Liste von Unternehmen, die zwischen 1942 und 1945 Zwangsarbeiter des Stalag 326 (Stukenbrock) beschäftigen. Bislang Weigerung, Entschädigungen zu zahlen. Rechtliche Mittel zur Erreichung dieser Zahlungen anhängig.

Kleisterhansmeier steht in Verbindung mit einem Kreis von Medizinern oder Pharmazeuten, deren Expertise er bezahlt. Nach jüngsten Ermittlungserkenntnissen gehören diesem u. a. der Gerichtsmediziner Siegfried Kreyssig sowie der Apotheker Dr. Hans-Hermann Tremmner an.

Aktenkundige Hinweise auf Verbindungen vor 1945 zum NS-Kommunalpolitiker Peter Winkelnkemper und dessen Bruder Toni Winkelnkemper sowie zum NS-Kreisleiter Josef Meier. Verbindung zu Toni Winkelnkemper mutmaßlich auch gegenwärtig aktuell.

«Dann ist ja die Komplexität des Falles um ein Vielfaches größer», resümiert die Staatsanwältin mit Erstaunen. «Nicht nur die Komplexität des Falles, sondern auch die der Polizeiarbeit auf unterschiedlichen Ebenen», entgegnet Schulze-Kappen. «Drei Ermittlungsstränge greifen praktisch ineinander und verdichten sich zu dem Bild, das wir jetzt haben.» Schulze-Kappens Anerbieten, den Sachverhalt systematisch nachzuzeichnen, nimmt die Staatsanwältin an. Jetzt ganz auf Kooperation eingestellt.

Die nächsten Minuten sind – logische Folge – praktisch ein Monolog. «Für die Ermittlung der Opferidentität», wird der LKA-Ermittler amtlich, «ist die bei dem Toten gefundene Personenliste entscheidend. Mit dem *Caesar's code* ...»

«Sie meinen die Caesar-Verschlüsselung?»

«Ja, den einfachen Entschlüsselungsmodus, den jeder Mathematikstudent im zweiten Semester beherrscht ... Jedenfalls ist einer unserer Spezialisten so der Identität des Opfers und vielleicht weiterer dort genannter Personen auf die Spur gekommen. Diesem Rudolf Kleisterhansmeier also. Im Dokument selbst durchgestrichen, als solle sein Tod abgezeichnet werden. Wir nehmen an, dass die ihm zugeordnete Mengenangabe 435 der Zahl der Zwangsarbeiter entspricht, die in den Betrieben Kleisterhansmeiers eingesetzt worden sind. Natürlich wird das noch geprüft.»

«Und wie kam man auf diesen speziellen Kreis, dem das Opfer angehört, besser: angehörte?»

«Kleisterhansmeier ist als Zugehöriger einer Gruppe von Ärzten und Pharmazeuten erkannt worden. Dieser Kreis, der sich *Gruppe Schreiadler* nennt, ist Teil eines Netzwerks von Medizinern und anderen, die nach 1942 in Treblinka eingesetzt waren.»

«Treblinka?»

«Ja, in einem der deutschen Konzentrationslager auf dem heutigen Gebiet Polens. Wahrscheinlich haben diese Leute in der Nazi-Zeit nach unserem heutigen Verständnis Grausamkeiten und Straftaten an Häftlingen, vor allem Juden, verübt. Seit Kriegsende ist es Sinn und Zweck der Gruppe, den jeweiligen Einfluss zur Verschleierung von Verfehlungen zu nutzen, die von vor 1945 datieren. Sich gegenseitig von Vorteil zu sein. Geschäftlich, politisch, wie immer Sie wollen. Kameradschaft im alten Sinne zu pflegen.»

«Und woher wissen Sie dies?»

Schulze-Kappen stockt einen Moment, fängt sich aber gleich wieder. «Woher wir dies wissen? Nun, von der polizeilichen Anhörung des Gerichtsmediziners Siegfried Kreyssig aus dem Treffen von Münster – Sie wissen schon –, das er unter der Hand behalten wollte.»

In dem Augenblick, als Hansmann zur nächsten Frage ansetzen will, verschafft sich Polizeiobermeister Westerholte beim LKA-Ermittler Gehör. «Presseanfragen, Herr Schulze-Kappen. Jede Menge. Was sollen wir machen?»

«Sollen warten. Klären wir sowieso gleich. Vertrösten Sie

sie auf den späteren Nachmittag. Können ja wohl noch warten, diese Wegelagerer.»

Hansmann erobert das Terrain zurück: «Was hat sich Kreyssig denn zuschulden kommen lassen? Heute, nicht damals.»

«Was Sie, Frau Staatsanwältin, noch nicht wissen können: Der Rietberger Apotheker, Tremmner, auch er Teil der *Gruppe Schreiadler*, hat Kreyssig bewegen wollen, winzige Einstichstellen im Unterarm des Opfers im Autopsiebericht nicht zu vermerken. Kleisterhansmeier war süchtig nach Rauschmitteln. Und Tremmner hat ihm regelmäßig Heroin besorgt, natürlich gegen Entgelt. Eine Win-win-Situation, wie man in der Betriebswirtschaft sagt. Kreyssig hat dies in der Anhörung bestätigt. Und die zweite Obduktion hat die erwähnten Einstiche aufgezeigt. Natürlich ist das ein Dienstvergehen Kreyssigs, wenn nicht mehr.»

«Ganz schön lebendig, diese *Gruppe Schreiadler*, wobei ...»

Bevor die Staatanwältin ihren Satz noch beenden kann, drängt Schulze-Kappen zum Aufbruch. «Wir alle setzen uns gleich zu einer Telefonkonferenz zusammen. Dann besprechen wir unsere weitere Strategie und die nächsten Schritte. Danach sind die Journalisten dran.» Und mit einem leisen Lächeln hinzufügend: «Und Sie.»

Ob er so einen Konflikt mit der jungen Kollegin vermeiden und insofern eine moderne Führungskompetenz an den Tag legen will, bleibt einstweilen offen.

Zumindest trägt Schulze-Kappen dazu bei, ihr das Gesicht zu wahren. Prompt erntet er – ein Anflug von Belohnung – einen Augenaufschlag, der mehr ist als ein natürlicher Reflex. Ihn als empathisch oder Sympathie erweckend zu beschreiben, wäre freilich vermessen.

Die Telefonkonferenz läuft streng hierarchisch ab. Polizeipräsident Ottomeyer-Tecklenburg erteilt die Erlaubnis, das Wort zu ergreifen, und resümiert die Faktenlage. Schulze-Kappen schwemmt Daten und Erkenntnisse ein. Ein externer Beobachter könnte sagen, er sei da voll in seinem Element. Ganz Diplomat und Führungspersönlichkeit, dankt er den lokalen Kripobeamten für ihre Ermittlungsarbeit. An der Spitze natürlich Brockentrup.

«Transport des Opfers per Fahrrad ...», entfährt ihm mit einem leichten Kichern in der Stimme, die sich aber sofort wieder fängt. Die Staatsanwältin schaut derweil starr vor sich hin. Manchmal nickt sie. Wie zur Bestätigung, wenn Gerechtigkeit ihren Lauf nimmt oder dies zu tun scheint. «Das ist jetzt noch nicht meine Stunde», würde der erfahren, der ihre Gedanken erraten könnte.

Brockentrup lauscht, macht sich Notizen, schmunzelt an einer Stelle, als ihm schon wieder Johannes Mario Simmels jüngstes Werk einfällt. *Lieb' Vaterland magst ruhig sein*, auf seinem Nachttischchen deponiert, wartet auf den Leser Brockentrup. Der nimmt sich sofort wieder zusammen. Er weiß, dass seine lokalen Kenntnisse gefragt sein werden. Natürlich heute, eigentlich gleich.

«Damit dürfte klar sein», zieht der Polizeipräsident eine erste Bilanz, «in welche Richtung unsere weiteren Ermittlungen nach den Tätern laufen müssen. Wahrscheinlich haben wir es mit einem politisch motivierten Verbrechen zu tun. Eine Beziehungstat oder auch ein Raubmord scheidet mit an Sicherheit grenzender Wahrscheinlichkeit aus. Das beweisen auch die Ermittlungen am Tatort wie am Fundort und das Opfer selbst betreffend. Nicht zuletzt ist die Nähe zu den Winkelnkempers ein klares Indiz.»

Schon beim Namen Winkelnkemper ist Lukacek aufgeschreckt. Der eine, Peter Winkelnkemper, geboren 1902 in Wiedenbrück, Nazi-Journalist, Mitarbeiter des Propagandablatts *Völkischer Beobachter*, Politiker, von 1941 bis zu seinem Todesjahr 1944 Oberbürgermeister von Köln. Der andere, Toni Winkelnkemper, geboren 1905 in Wiedenbrück, NS-Gau- und Reichsredner, enger Mitarbeiter von Joseph Goebbels in der Rheinprovinz, ab 1937 Intendant des Reichssenders Köln und danach des Deutschen Kurzwellensenders, Direktor bis Kriegsende des Großdeutschen Rundfunks. SS-Standartenführer, Reichstagsmitglied der NSDAP. Aktueller Wohnsitz Mexiko-Stadt.

«Wer mit den Winkelnkempers zu tun hatte, womöglich von denen unterstützt wurde ...» Während er spricht, blickt der Hauptkommissar auf den Polizeipräsidenten, als wolle er diesem beipflichten. «... der steckte tief drin in all den Verfehlungen und Rechtlosigkeiten, die wir heute mit dem NS-Regime verbinden.»

Schulze-Kappen wendet sich direkt an den Polizeipräsidenten: «Damit dürfte auch klar sein, dass wir den Medien nicht das vollständige Bild unserer Erkenntnisse offenbaren können. Weder die Einzelheiten zum Opfer. Noch unsere Ermittlungstaktik.»

Folgt man der Logik des LKA-Ermittlers, ist diese Vorgabe plausibel und nachvollziehbar. Würden die Ermittlungen, die zur Identifizierung des getöteten Kleisterhansmeier geführt haben, offen kommuniziert, hätten die Täter es in der Tat wohl nicht schwer, unerkannt zu bleiben. So aber sind die Behörden fest entschlossen, keinen Fingerzeig auf das zu liefern, was sie exklusiv wissen. Was die Öffentlichkeit erführe, würde im Zweifel auch den Tätern bekannt.

Und ihnen erlauben, polizeilichen Ermittlungen auszuweichen. Gar abzutauchen.

Sollen die Täter wissen, dass das LKA mit seinen Verschlüsselungsexperten hinter das Geheimnis der beim Opfer aufgefundenen Personenliste gekommen ist? Nein, finden die Ermittler. Andernfalls wäre der Schleier über der ganzen Polizeiarbeit wie weggezogen. Wäre die Typologie des Verbrechens womöglich einsichtig. Transparent wie ein offenes Buch, mit allen Rückschlüssen auf Motiv, Täter und Hergang der Tat.

Die Taktik der Polizei, den Kriminellen immer einen Schritt voraus zu sein, wäre durchkreuzt. Diese wiederum könnten mögliche weitere Täter warnen. Täter, die nur darauf warten, loszuschlagen.

Schulze-Kappen mustert die Runde. Registriert keinerlei Anzeichen, die als Ausdruck eines Widerspruchs zu deuten wären. Oder dessen Vorstufe. Polizeiarbeit ist Taktik, die Vorstellung einer uneingeschränkten, jederzeit gegebenen Transparenz Illusion. Ermittlungen folgen einem harten Pragmatismus, sind bei Mord und anderen Kapitalverbrechen ein Grenzfall in jeder Demokratie.

Raum, dies zu debattieren, gibt es im rechtsphilosophischen Seminar für angehende Juristen an der nächsten Universität. Gewiss nicht hier und heute.

«Auf keinen Fall», fasst Schulze-Kappen zusammen, «können wir den Medien gegenüber den vollen Namen des Opfers nennen, solange die Täter noch nicht gefasst sind. Wir sprechen also gleich in der Pressekonferenz und überhaupt von *Rudolf K.* Ist das klar, meine Herren? *Rudolf K.*»

«Und auf keinen Fall, Frau Staatsanwältin», schließt Ottomeyer-Tecklenburg an, «werden Fragen zu den anderen Personen auf der beim Opfer gefundenen Liste beantwortet. Vermutlich werden die Medien von einer Todesliste sprechen, um die Sache aufzubauschen. Das kennen wir ja zur Genüge. Was vielmehr getan werden muss – meine ureigene Aufgabe – ist, Interpol einzuschalten.»

Nicken in der Runde. «Die Ahndung von Verbrechen», fährt der Polizeipräsident fort, «kann nicht Sache beliebiger Einzelner sein, nicht von Privatpersonen, wie auch immer sie sich berufen fühlen. Wenn wir im Wissen um diese Liste unterstellen müssen, dass andere Personen, NS-Verbrecher etwa, gleichsam zum Abschuss freigegeben werden, ist das Leben von Menschen in Gefahr. Jetzt. Jederzeit. Nicht nur bei uns, womöglich auch in anderen Ländern. Österreich, Italien, zum Beispiel.»

JETZT JEDERZEIT AN JEDEM ORT

19.

Montag / Dienstag, 22. / 23.2.1965
Wien

Die rot-weiß-schwarze Rose und die Intervention von Interpol

Ganz Wien atmet immer noch tief die Aura, die das thailändische Königspaar in nicht einmal einem halben Tag geschaffen hat. Dabei ist es bereits auf dem Weg zu seiner nächsten Station, London, wo man auch seinesgleichen treffen kann. Royals zum Beispiel. Weniger angetan sind freilich diejenigen, die noch immer wegen der erfahrenen Absperrungen und erlittenen Staus verärgert sind.

«Das mit der Monarchie sollte nun wirklich vorbei sein. Langsam geht mir das am Oasch vorbei», wettert ein erzürnter Mitfünfziger in die Kamera der *Austria Wochenschau* an der Ecke Arsenalstraße/Landstraßer Gürtel. Diese Kreuzung passiert, wer sich von Süden dem Eingang zu den Belvedere-Gärten nähert. Oder ebendies nicht schafft, an diesem Ausnahmetag.

Mit latenter K.-u.-k.-Eleganz feiert die Hauptstadtpresse den zeremoniellen Glanz, den Österreichs Staatselite ihren Gästen aus Fernost bereitet hat. Natürlich dominieren die offiziellen Bilder vom Empfang von Bundespräsident Adolf

Schärf für König Bhumibol Adulyadej (Rama IX.) und Königin Sirikit im Prunksaal von Schloss Belvedere. Die *Kronen Zeitung*, einmal mehr mit breiten Beinen auf dem Boulevard, hat sich für ein Aufmacherfoto entschieden, das nur zu Herzen gehen kann.

Zu sehen ist ein kleines Mädchen, das dem Königspaar Blumen in den Nationalfarben Thailands Rot/Weiß/Schwarz in dem Augenblick überreicht, als es am Schloss Belvedere aus der Staatskarosse steigt. Das Thailand-Rot ist etwas dunkler als das Austria-Rot, die Flagge aber ähnlich gestreift wie Austrias Nationalfahnentuch.

Die Leistung der Wiener Gärtnereibetriebe, für den offiziellen Anlass eine Rose in Schwarz gestellt zu haben, kann nur bewundert werden. Die *Krone* interviewt die Eltern der fünfjährigen Josefine. Beide Anfang 30, aus Penzing, dem 14. Bezirk. Beide, wie sie verraten, nicht gerade froh über den Niedergang des Hauses Habsburg. «Unsere Kleine ist heute so richtig glücklich. Jetzt, wo sie ohne König und Kaiserin aufwachsen muss.» Und noch einmal direkt auf den Block des Reporters: «So richtig glücklich, nicht wahr, Finchen?»

Der Schatten aus dem Umfeld einer echten einstigen Kaiserin, die Nachricht vom prominenten Toten am Maria-Theresien-Denkmal, hat es dagegen noch nicht an die Front der medialen Angebote gebracht. Sie taucht gerade mal auf der zweiten Seite der *Presse* auf: *Toter am Burgring aufgefunden*. Und als Kurznachricht in der *Wiener Zeitung*, die vorrangig nach dem politischen und wirtschaftlichen Stellenwert des Staatsbesuchs fragt: *Bringt Thailands Königspaar Österreichs Wirtschaft neuen Schwung?*

Für Polizeipräsident Rudolf Halicek ein Anlass, seine, wie er glaubt, vorausschauende Einschätzung der Presselage gleich mehrfach zu betonen: «Sie sehen, meine Strategie gegenüber der Öffentlichkeit ist erst einmal aufgegangen.»

Bis zur Abendausgabe von *Zeit im Bild (ZiB)*, seit zehn Jahren *die* landesweite Nachrichtensendung des *ORF*, ist noch Zeit. Zwei, drei Stunden. Zeit, in der sich je eine Beamtin aus dem Innenministerium und der Stadtverwaltung mühen, die Ehefrau des Opfers und die drei rasch zusammengerufenen erwachsenen Kinder über den ersten Schock der Todesnachricht zu bringen. Und vor der Öffentlichkeit abzuschirmen, vor Neugierigen jeglicher Provenienz. Offiziell würden die Beamtinnen dies freilich nicht bestätigen.

Die Gunst der verbleibenden Zeit wird für hastig einberufene Lagebesprechungen im Rathaus, im Innenministerium, im Finanzministerium genutzt. Tatsachen müssen geprüft, von Gerüchten unterschieden, Prioritäten gesetzt und Aufträge vergeben werden. Selbstredend wird das Büro des Toten versiegelt. Eine Vorgabe der Ermittler. Die Akten und Dossiers des Opfers versprechen eine Fülle von Aufschlüssen über seine Mauscheleien.

Der rote Faden durch alle Konferenzen verläuft ziemlich geradlinig: Was kann jemanden motivieren, diesen Franz-Rudolf Sedlenitzky auf so grausame Weise aus dem Leben zu schaffen? Gibt es eine Verbindung des Magistratsverwaltungsdirektors zu anderen Personen auf der *Liste der 24*? Über Österreich hinaus? Insbesondere in Deutschland und der Tschechoslowakei? Kann eine Beziehungstat definitiv ausgeschlossen werden? Existieren Lücken im Sicherheitskonzept für Staatsempfänge?

Sedlenitzkys Leiche liegt noch in der Kühlbox der Gerichtsmedizin. Dort werden selbst die Außentemperaturen eines frostigen Februartages unterschritten. Vorläufig soll keine öffentliche Aufmerksamkeit dadurch erzeugt werden, dass Informationen über ein herausgehobenes Begräbnis nach draußen dringen. Zeit gewinnen, lautet die Devise. Ermittlungen vorantreiben, Fahndung nach den Tätern einleiten, sobald es hierfür Anhaltspunkte gibt.

Vorrangig macht gerade der Autopsiebericht in der SoKo *Maria-Theresien-Mord* seine Runde. Während Wydrenkas Experten tagen, geht Lukacek den neuesten Stand der Ermittlungen mit seinem Assistenten durch. Ein Stück abseits im Raum.

«Was haben wir denn jetzt wirklich fest?»

«Was wir haben?» Sramek ist nach seiner Quasi-Beförderung in das Zentrum des Ermittlungsgeschehens hochkonzentriert. Und bester Dinge, was allein seine Sache ist, niemanden etwas angeht. Ausgenommen Friederike, für die aber jetzt einfach der Kopf nicht frei ist.

«Was wir haben?» *Drei, jetzt bestätigt vier Stichverletzungen. Eine gravierende in das linke Auge. Eine zweite in die Herzkammer links, mutmaßlich Auslöser des eingetretenen Todes. Hämatome am Oberarm links und in der Armbeuge links. Ebenfalls links in der Achselhöhle zwei in die Haut geritzte Linien, die wie ein Muster das Bild von gekreuzten Blättern bilden könnten.*

«... wie ein Muster das Bild von gekreuzten Blättern bilden könnten», wiederholt Sramek mit bedeutungsschwerer Stimme aus dem Autopsiebericht.

Sein Chef hört zu, regungslos.

«Und?», lautet seine Frage. Die kommt so totsicher wie der Schuss aus einer Pistole, nachdem sie abgedrückt ist.

«Das, Chef, ist eine Tat mit Vorsatz. Welcher Mensch, der im Affekt tötet, nimmt sich Zeit, ein Muster zu hinterlassen. Ein Muster im Körper eines Mannes, der wahrscheinlich in dem Augenblick seinen letzten Atemzug macht! Ein Zeichen mit einem Messer zu placieren, nachts in der Kernstadt von Wien, an einem Platz, der zentraler kaum sein könnte.»

SoKo-Leiter Raimund Wydrenka gibt Lukacek einen Wink: «Wir sehen uns gleich.» Dem Polizeimajor kommt der kurze Augenblick sehr recht, sich noch einmal in sein Büro zurückziehen zu können. Zu telefonieren. Bescheid zu sagen, wie sein Assistent seiner Fritzi. Doch wen soll er, der seit Jahren Geschiedene mit einer mehr als überschaubaren Verwandtschaft, schon informieren? Er, der wie ein Junggeselle lebt.

Wem sagen, dass es in seinem Beruf wieder einmal gefährlich werden kann?

Wie vor zwei Jahren, als Lukacek zur Ermittlungsgruppe *Mord in der Oper* gehört und sich dabei eine Blessur holt. Und eine Beförderung. Als ein gewisser Josef Weinwurm eine Elfjährige, Schülerin im Ballett, mit mehr als 30 Messerstichen in der Staatsoper tötet. Als die Leiche erst aufgefunden wird, nachdem die Vorstellung des Abends, Richard Wagners *Die Walküre*, bereits voll im Gange ist. Als Lukacek hinter einer fliehenden Person her ist und am Beginn der Walfischgasse stürzt, was ihm anhaltende Beschwerden an seinem rechten Knie beschert. Zusätzlich zu seinem Asthma.

Aber Lukacek gehört zu einer Generation, die nicht klagt. Das Leben nimmt, wie es kommt. Keine Beschwerdeansuchen auf den Weg bringt. Nicht den psychologischen Dienst der Polizei in Anspruch nimmt. Nicht ständig wie manche Junge in der Polizei das Wort *Überstundenausgleich* im Munde führt.

So muss auch Wydrenka keine abwehrende Reaktion fürchten, als er ihm eröffnet: «Herr Polizeimajor, unser Fall entwickelt gerade eine neue Dimension. Richten Sie sich auf eine lange Nacht ein!»

Vorausgegangen ist ein telefonischer Anruf des Direktors *Deutschsprachige Länder plus Benelux* bei *Interpol*, der beim Polizeipräsidenten Rudolf Halicek eingegangen ist. Der wiederum sofort Wydrenka informiert hat. «Uns liegt eine Information aus Deutschland, Bundesland Nordrhein-Westfalen, vor. Genauer: aus Wiedenbrück in Westfalen...»

«Wieden... was? Wieden haben wir doch in Wien. Meinen Sie unseren Stadtbezirk?»

«Wieden*brück*, Herr Kollege Halicek. Wiedenbrück liegt zwischen Düsseldorf und Hannover, an der Ems. Es gibt dort einen Leichenfund. Vermutlich Mord mit politischem Hintergrund. Vielleicht Nazi-Vergangenheit. Und nun – bitte hören Sie genau zu – das Entscheidende. Beim Toten ist eine Liste gefunden worden, auf der verschlüsselte Namen von Personen vermerkt sind. Möglicherweise eine Todesliste.»

Der Interpol-Direktor macht eine kurze Pause, als wolle er seinem Gesprächspartner Gelegenheit verschaffen, das Gesagte zu verarbeiten. Dann setzt er fort.

«Auch Personen in Österreich können in Gefahr sein. In akuter Gefahr. Setzen Sie sich unverzüglich mit den Ermittlern in Wiedenbrück in Verbindung. Das dortige Landeskriminalamt ist eingeschaltet. Die Kontaktdaten übermittelt Ihnen mein Büro. Auf Wiederhören und viel Erfolg!»

Der Polizeipräsident wendet sich an seine Ermittler. «Ich denke, es ist klar, was das für uns heißt. Ich bin sicher, Lukacek, Sie sehen das nicht anders als ich. Wir müssen dieser Information nachgehen. Am besten direkt, unmittelbar dort bei den Kollegen in diesem Wiedenbrück. Wir dürfen uns nicht später nachsagen lassen, einen wichtigen Fingerzeig außer Acht gelassen zu haben.»

Wydrenka registriert mit Genugtuung, dass der Polizeimajor es nicht anders sieht. «Dann informiere ich mal meinen Assistenten. Am besten, er reist noch heute.»

Für Wiener Verhältnisse verläuft die Verständigung Lukaceks mit Sramek erstaunlich schnell. Der Assistent nickt mehrmals, nachdem er seinem Chef einige Minuten zugehört hat. Toni wird sich in der Kanzlei alle Unterlagen zum *Maria-Theresien-Mord* geben lassen. Umgehend einige Sachen für die Reise einpacken. Seine Freundin, was den eigentlich für den frühen Abend geplanten gemeinsamen Besuch im Ottakringer Tröpferlbad angeht, auf später vertrösten. Ihr aufgeben, sich um Voltaire zu kümmern, zweimal täglich sein Fressen bereitzustellen und ihm die fälligen Streicheleinheiten zu besorgen.

Und wahrscheinlich versprechen, Fritzi alle zwei Tage anzurufen, solange er bei diesen Westfalen sein wird.

«Ein Polizeiauto wird zu Ihrer Privatwohnung in Ottakring kommen und Sie zum Westbahnhof bringen», gibt ihm Lukacek mit auf den Weg. «Sie nehmen den Nachtzug. Dann können Sie am anderen Tag mittags ankommen. Ich werde auch dafür sorgen, dass Sie am Bahnhof in Düsseldorf abgeholt werden.»

Sramek wirft seinem Chef einen vielsagenden Blick zu. Dieser Augenblick mischt persönliches Erstaunen mit dienstlichem Respekt und einer kleinen Portion menschlicher Rührung.

«Und vergessen Sie, Sramek, den Landespolizeiball nächste Woche. Unser Fall, das ist Ihre Chance. Ein Verbrechen, das möglicherweise internationale Dimensionen aufweist. Eine Gelegenheit, die so rasch nicht wiederkommt. Vielleicht nie wieder in Ihrem Polizeileben.»

Und dann noch, als der Assistent sich schon zum Verlassen des Besprechungsraums wendet: «Ich baue auf Sie. Wenn es einer schafft, unsere Ermittlungen mit den Kollegen in Deutschland voranzubringen, dann sind Sie das.»

WENN ES EINER SCHAFFT DANN SIE

20.

Donnerstag, 18.2.1965
Slavkov u Brna

Höhle mit *svíčková* und das Echte im Leben

«Stop. Pozornost!» Noch ungestümer als in einer amourösen Umarmung zieht Pavel Bangacek seine Jana an sich. «Gib Obacht!» Seine Freundin will auf den letzten Metern zu seiner Wohnung die Straße, die zur Ortsmitte von Slavkov u Brna führt, möglichst rasch überqueren. Die ist an diesem frühen Abend rege befahren. Jana schaut dabei in die falsche Richtung. «Ach Jana, das mit dem Linksverkehr in der Tschechoslowakei ist doch schon zwanzig Jahre her! Und du hast die Zeit, wo die Autos wie in England gefahren sind, persönlich doch gar nicht erlebt.»

«Stimmt. Ist aber doch gut gegangen.»

«Ja, zum Glück.»

Sooft es irgend möglich ist, treffen sich die jungen Verliebten, Jana Masopust und Pavel Bangacek, in der kleinen Wohnung, die Pavels Eltern ihrem Sohn eingerichtet haben. Ein seltenes Privileg in diesem Land. Jana erlebt das Eineinhalb-Zimmer-Refugium stets wie eine verborgene Höhle. Warm genug bei der Februarkälte. Lauschig im Einklang mit den Gefühlswelten, in denen sich beide einig wissen. Und sicher, wie beide glauben, jedenfalls halbwegs sicher vor unerwünschtem staatlichem Zugriff.

Sicher, soweit die Lage unter dem kommunistischen Regime für Einzelne überhaupt sicher sein kann.

Erstaunlich, denkt Jana erneut, wie geschmackvoll Pavel sein Zuhause eingerichtet hat. Mit bequemen Sitzmöbeln in Dunkelrot. Mit einem geordneten Bücherboard. Mit Fotos von westlichen Rock- und Pop-Musikern. Elvis Presley, Buddy Holly, Marianne Faithfull, Mel Tormé. Mit einer auf feinem Papier gedruckten Urkunde, die ihn als Mitglied von *Rychlá Pravda* ausweist. Erstaunlich, wo doch dieser Pavel Technik studiert, nicht Kunst oder Architektur. Ein Refugium für Jana, weil sie dort nicht Tomáš, ihren Bruder, im Nacken weiß. Auch wenn sie ihn wirklich mag.

Aber eine Liebe ist etwas anderes. Privatsache. Intimität. Egal ob in Moskau oder Paris oder eben Slavkov u Brna. Da sind sich Ost und West, glaubt die junge Frau, gleich.

Über ihre Liebe sprechen die beiden praktisch nie. Dafür erscheint sie ihnen zu jung, zu verletzlich. Pavel mag es, ihr Profil zu sehen. Von beiden Seiten. Ein Profil, das Ernsthaftigkeit und den Zauber ausstrahlt, der junge Frauen umgibt. Und ihren geheimnisvollen Körper unter der winterlichen Kleidung, der viel verspricht.

Jana bewundert an ihrem Freund seine Gelassenheit, seinen Witz und Humor, seine Intelligenz. Die kommt doppelt daher. Die praktische und die vom Herzen. Zudem sieht er, wie sie findet, einfach gut aus. Na ja, was das heißt? Dafür würde sie jetzt länger brauchen, was aber gerade nicht passt. Jana hat nämlich Hunger.

Bangacek hat für beide gekocht. Es gibt *svíčková* mit

houskové knedlíki, Sauerrahmbraten mit Semmelknödeln, und *palacinki*, Pfannkuchen, zum Dessert. Danach *merunky*, Aprikosen, sowie den speziell von Jana geliebten Kräuterlikör *Becherovka*. Pavel reicht Jana zum Entrée ein Glas *bilé vino*, Weißwein. Die Gravur des seinen verrät den Inhalt. *Pilsener Urquell*. «Auf unsere große Sache, Jana. Da müssen wir einfach anstoßen!» Und nach einem langen Kuss: «Du weißt, wir brauchen morgen auch einfach Glück.»

Die beiden essen fast schweigend. Die sonst so gelöste Stimmung will sich nicht einstellen. Jana wirkt einigermaßen bedrückt. «Mein Gott, Pavel, wenn das morgen schiefgeht.»

«Wenn du meinst, Gott könnte in unserem vom Kommunismus beherrschten Land helfen, nur zu. *Rychlá Pravda* nimmt jede Unterstützung an.»

Jana gehört zu den wenigen jungen Menschen in der ČSSR, die sich als gläubig bezeichnen würden. Sie verehrt den Heiligen Nepomuk, den Stadtheiligen von Prag und das einstige Idol des Habsburger Reiches. Wäre ihre Heimat ein freies Land, würde sie vielleicht Theologie studieren. Und Philosophie. So aber ist die Wahrscheinlichkeit groß, im übernächsten Jahr in einer Studienrichtung zu landen, die der Einheitspartei recht ist. Raumfahrttechnik, zum Beispiel.

Beim Stichwort Philosophie kommen die beiden häufig ins Debattieren. Zumeist beim Dessert, wenn ihnen danach ist. Über Wahrheit und Gerechtigkeit. Über Selbst- und Fremdbestimmung. Heute kommt ihr Lieblingsthema weitgehend zu kurz. Schweigend denken sie – *unisono* – über die für morgen geplante Aktion nach. Über die «Mission».

Wird er heil durchkommen? Werden die Grenzer auch diesmal mitspielen? Wird der Plan, unser Plan aufgehen?

Um dem Stimmungsengpass zu entkommen, lenkt Jana auf das um, was sie aktuell liest. Erzählt von den skurrilen Geschichten, die Milan Kundera nach und nach veröffentlicht. Geschichten, die ihr gefallen. Die in Bildern unterschwellig Kritik an der politischen Lage in der ČSSR und dem Regime der Kommunistischen Partei üben. Am herrschenden System. An der systematischen Unterdrückung jeglicher Individualität. Irgendwann sollen die Geschichten unter dem Titel *Směšné lásky* gesammelt werden.

«Du meinst diesen jungen Schriftsteller, der aus Brno stammt? Unserer Stadt?»

«Was heißt jung, Pavel? Über 30 ist er schon. Egal, aber lies ihn. Und du wirst verstehen, mein lieber Pavel, wie wir betrogen werden. Dieses Regime. Sie betrügen uns, eine ganze Generation, um unsere Zukunft. Phantasieren von einer besseren Welt. In Wahrheit aber schaffen sie ein System, von dem allein Funktionäre und Bonzen profitieren.»

IN WAHRHEIT

Da ist es wieder, dieses verdammte Wort. Dieser Schlüsselbegriff. Was ist Wahrheit? «Wenn du Kundera liest, wirst du verstehen, Pavel.» Jana stockt, verstummt. Lässt einige Tränen, die ihr über die Wangen laufen, nach unten tropfen. Schickt sie mit einer leichten Handbewegung an ihren *Meruňky* vorbei. Die Wahrheit der jungen Frau ist einfach zu greifen. Eine Wahrheit, die Menschen ohne Diskussion verstehen.

Wahrheit ist für die Masopust ein Gefühl. Elementar und groß. Echt. In einem Kosmos, der kein richtig oder falsch kennt. Allenfalls schnell oder langsam. Warm oder kalt. Wahr ist es, die Haut eines Menschen zu spüren, den man liebt und von dem man geliebt wird. Die von Pavel, jetzt.

Wahrheit ist in diesem Spüren jedem Gehirn überlegen, auch und gerade dem, das ständig von der kommunistischen Propaganda beschossen wird.

Otevřete! Policie! Jäh bricht ein lautes Hämmern an der Eingangstür in die Nachdenklichkeit der Liebenden, die ihr Zusammensein genießen. Ein Stimmungsbruch, der kaum größer sein könnte. Zwei Beamte in schwarzen Polizeiuniformen füllen den gesamten Türrahmen aus, als Pavel ihnen öffnet. Allein, dass sie in ihrer wuchtigen Erscheinung vor ihnen stehen, wirkt mehr als bedrohlich. «Wir haben einige Fragen an Sie beide. Wenn Sie kooperieren, können wir das hier erledigen. Dann müssen Sie nicht zur Wache.»

Beide fassen sich. Erst mental, dann an den Händen. Nicken zustimmend.

Jana hat Angst, drängt sich eng an Pavels Seite, der es übernimmt, auf die Fragen der Uniformierten einzugehen. Die kommen in schnellem Tempo. *Kennen Sie einen Franticek? Franticek Veselý? Haben Sie Kontakt zu ihm? Haben Sie Verbindungen zu einer gewissen Katarina aus Guben in der Deutschen Demokratischen Republik? Also in dem Deutschland, mit dem unsere Republik freundschaftlich verbunden ist? Haben Sie am Deutschlandtreffen der Jugend im vergangenen Jahr in Ost-Berlin teilgenommen?*

Bangacek ist klug genug, nicht den Grund für das Auftauchen der Polizei in Erfahrung bringen zu wollen. Er verneint, geduldig, alle Fragen. Unter Aufbietung seiner ganzen Konzentration. Die nach dem Treffen 1964, von der Freien Deutschen Jugend organisiert, mit offenkundig besonderer Glaubwürdigkeit.

«Ich wäre ja gern gereist, aber mein Antrag wurde vom hiesigen Büro der KP abgelehnt, leider.» Damit scheint er bei den Uniformierten anzukommen, die irritierte Blicke tauschen. *Ein junger Kommunist, der an einem Prestigetreffen der kommunistischen Weltjugend teilnehmen wollte. Was soll da zu beanstanden sein?*

«Dann war's das für heute. Wir haben ja Ihre Namen und Adressen. Melden Sie sich in der Dienststelle des Genossen Viktor Panenka, wenn Sie die Stadt verlassen wollen. Den Namen unseres Polizeichefs kennen Sie ja wohl. Und halten Sie sich zu unserer Verfügung.» Die Uniformierten mustern nicht weiter das Interieur. Sie übersehen auch die *Rychlá-Pravda*-Urkunde an der Wand.

«Merkwürdig», denkt Bangacek, «wo sie doch nach Katarina gefragt haben.» Die Polizisten verabschieden sich grußlos. Sekunden später sind auch die Tritte ihrer Lederstiefel verhallt.

Jana fällt Pavel in die Arme, wortlos. Dann stürzen die Tränen aus ihren Augen. Andere als vorhin. Bittere. Immerhin bringt sie noch einen Satz hervor: «Unsere Mission ist in Gefahr. Wir müssen die anderen warnen.»

«Es ist zu spät, Jana, weil die Mission längst läuft. Zum Glück.»

DIE MISSION DIE NICHT AUFZUHALTEN IST

21.

Montag, 22.2.1965
Wiedenbrück

Braune Schatten oder Der Maler des Führers

Ein schon angerostetes, ziemlich verschmutztes Fahrrad. Daneben ein Pappschild, einen halben mal einen Meter groß. Rot auf Weiß. *Den unbekannten Tätern*. Das Bild, das sich Manfred Westerholte in der Nähe des Opferfundorts am Wiedenbrücker Kirchplatz bietet, spottet jeglicher Beschreibung. Wobei von «Spott» womöglich schon die Rede sein kann. Der Anruf einer Anwohnerin der Lange Straße kurz vor sieben Uhr bei der Polizeiwache hat den Polizeiobermeister auf den Plan gerufen. Minuten später. «Sie müssen kommen, Herr Wachtmeister, und sich das anschauen. Ein übler Scherz oder so was. Neben unserer Kirche! Ich bin empört!»

Um der Polizei von ihrer Beobachtung zu berichten, hat die Gläubige sogar den eigentlich geplanten Besuch der Frühmesse ausfallen lassen. «Dabei ist doch heute der Namenstag unserer Isabella.»

Westerholte macht einige Aufnahmen mit der Dienstkamera. Zurückgekehrt in die Polizeiwache, wird er Anweisung geben, die «sachfremden Gegenstände am Fundort Kirchplatz» zu entfernen. So wird es später am Tag im Dienstprotokoll heißen. Auf dem Weg zur Wache zerbricht sich der Polizeiobermeister den Kopf. Es muss doch herauszufinden sein, wer sich aus welchen Gründen die missbräuchliche Veränderung des Fundorts hat einfallen lassen. «Trittbrettfahrer des Geschehens, das ja die ganze Stadt in Unruhe hält? Unruhestifter? Gestrige, Leute von rechts, die sich über die Behörden lustig machen wollen?» Auf «Leute von links» kommt Westerholte nicht. «Nicht in unserer Stadt.»

An Bettina Hansmann fällt dem Polizeiobermeister ein ungewohnter Elan auf. Er trifft sie im Eingang zur Wache. Die Pressekonferenz mit ihr an der Spitze der Behördenvertreter scheint der Staatsanwältin offenkundig gut getan zu haben. Westerholte hat Mühe, sie von Fragen zum Presseecho von gestern erst einmal abzubringen. Ihm ist wichtig, die Begebenheit vom Kirchplatz berichten zu können. «Merkwürdig», lautet ihre Reaktion, nachdem sie einige Minuten zugehört hat. «Von dem möglichen politischen Hintergrund in der *Causa Rudolf K.* haben wir doch nur mit großer Zurückhaltung gesprochen.»

Für den anschließenden Einwand kassiert Westerholte das, was man gemeinhin einen vernichtenden Blick nennt. «Ob es klug war, die Verbindung zwischen dem Opfer und den Brüdern Winkelnkemper so konkret zu benennen?»

«Meinen Sie, Herr Polizeiobermeister», folgt prompt die Retourkutsche, «dass es klug von Ihrem Chef war, offen von der *Gruppe Schreiadler* zu sprechen? Und dies in einem Atemzug mit der Erwähnung des Lagers Treblinka?» Und weiter: «In erster Linie geht es bei unseren Ermittlungen ja wohl um ein mögliches Verbrechen. Wenn es Mord ist, müssen wir das aufklären.»

Der abschließende Satz in diesem Dialog am frühen Morgen trifft Westerholte wie ein Schlag. «Die Bevölkerung hat einen Anspruch darauf, dass wir Straftäter, Mörder, nicht frei herumlaufen lassen!» Als ob der Polizist hierüber erst extra belehrt werden müsste!

Die amtliche Sorge um eine beunruhigte Öffentlichkeit, gespielt oder tatsächlich empfunden, scheint nicht aus der Luft gegriffen. Die Schlagzeilen, die die Bevölkerung am Frühstückstisch überfallen, sind jedenfalls brisant. *Nazischatten über Mordopfer vom Kirchplatz.* Damit macht *Die Glocke* auf. *Ermittlungen in braunem Sumpf?* So fragt *Die Westfälische*. Und *DDD* deutet in einem *Korrespondentenbericht aus Wiedenbrück* an, die Tat könne auf ehemalige im KZ Treblinka eingesetzte Mediziner gerichtet sein oder mit ihnen zu tun haben. Über eine *Braune Allianz an der Ems* spekuliert *DIREKT*, das Boulevard-Blatt. Jede Menge Verdacht, Spekulation, wenige Fakten.

Die Ereignisse der letzten 72 Stunden haben die Menschen zwischen Batenhorst und Schloß-Holte, besonders die Mitarbeiter in den Betrieben des *Rudolf K.*, ziemlich aufgewühlt. Was über Jahre nicht mehr groß an die Oberfläche geraten ist, hat die Pressekonferenz im Nu neu aufgewirbelt. Noch mehr das, was die Medien aus ihr gemacht haben. «Jetzt fehlt nur noch, dass auch das Thema *Schmitz-Wiedenbrück* wieder aufgekocht wird», stöhnt Alfons Maier-Wolters bei der Lektüre der Zeitungen. Der Leiter des städtischen Presseamts sorgt sich um das Ansehen Wiedenbrücks, gerade jenseits der Stadt- und Kreisgrenzen.

In Verbindung mit einem «braunen Sumpf» erwähnt zu

werden, zwei Jahrzehnte nach Beendigung des Krieges und dem Sturz des NS-Regimes, kann nicht gut sein. Nicht gut für die Attraktivität der Stadt bei den Firmen, die da sind. Bei den Unternehmen, die sich womöglich hier ansiedeln wollen.

Der Maler Hans Schmitz, Jahrgang 1907, Künstlername *Schmitz-Wiedenbrück*, ist als Urheber von Gemälden mit ländlichen und kirchlichen Themen über Jahre ein bekannter Repräsentant der *Wiedenbrücker Schule*. Einer Vereinigung heimischer Künstler. Nach 1939 gerät sie in den Sog des Nationalsozialismus. Avanciert Schmitz durch Bilder im Stil der NS-Propaganda zum Rang eines «Malers des Führers». Hitler kauft sein Triptychon *Arbeiter, Bauern, Soldaten* sowie weitere Werke. Auch die Namen von Goebbels und Bormann finden sich in der Liste von Schmitz-Ankäufen. 1940 vertritt *Schmitz-Wiedenbrück* das faschistische Deutschland auf der Biennale in Venedig.

Von der Verquickung des Heimat-, Blut- und Bodenmalers und seiner Anhängerschaft mit der NS-Elite erfährt die Abiturientia '65 in den drei Jahren vor ihrer Reifeprüfung nichts. Weder im Kunst- noch im Geschichtsunterricht. Die Gründe hierfür sind so klar wie verworren. Sei es, dass die Lehrer wegen ihrer persönlichen Einstellung – damals wie heute – blockieren. Sei es, dass die Schulaufsicht die Lehrer via Lehrpläne hindert. Unter dem Strich läuft es für die Schüler auf dasselbe hinaus.

Dabei ist das Rathaus, in dem Schmitz-Bilder präsentiert werden, kaum einen Kilometer vom Ratsgymnasium entfernt. Dabei hätte sich die Existenz der Schmitz-Bilder in einem Amtsgebäude durchaus als Aufhänger für eine kritische Auseinandersetzung mit der Rolle der Kunst in der NS-Zeit angeboten. *Was ist Kunst? Was ist Propaganda? Was ist die Freiheit der Kunst in einem autoritären Staat? Wie verhält es sich mit ihr in der Demokratie?* Hätte, wie gesagt. Geschehen ist es nicht. Warum nur?

Für bitter nötige Antworten auf eine solche Frage ist an einem Tag, wo es an Spekulationen und Verdächtigungen nur so wimmelt, keinerlei Zeit und Raum.

«Wo ist nur Brockentrup? Wir müssen mehr wissen über diese *Gruppe Schreiadler*.» Schulze-Kappen ist auch an diesem Morgen in der Lage, mühelos die Themenhoheit auf der Polizeiwache zu übernehmen. «Die Presse wird nicht lockerlassen. Und außerdem wird uns dieser merkwürdige Greifvogel den Tätern näherbringen.»

Der sehnlich Verlangte leistet sich in der ersten Dienststunde des Tages einen kleinen privaten Luxus: Brockentrup liest den Lokalsport in der *Glocke*. Speziell die Vorschau auf das kommende Pflichtspiel der Ersten Mannschaft des FC Kaunitz, der den Aufstieg in die Landesliga anstrebt. Der Hauptkommissar ist Fan vom SC Verl. Aber in erster Linie vom FC Kaunitz, für den er früher gespielt hat. Früher, als er noch keine Probleme mit seiner Arthritis kannte. Früher, als er mit mächtigem Körpereinsatz im Strafraum Tor um Tor erzielte.

Ob in der seit zwei Jahren bestehenden Fußball-Bundesliga demnächst Borussia Dortmund oder der 1. FC Köln oder 1860 München die Meisterschale holt, interessiert Brockentrup nicht so sehr wie seine aktiven Helden in Gelb. «Hoffentlich», denkt der einstige Mittelstürmer, «ist diese leidige Mordsache bis zum Spieltag geklärt. Hoffentlich.»

«Wir haben einen anonymen Anrufer», schreckt Schulze-Kappen den leicht träumenden FC-Kaunitz-Fan auf. «Er behauptet, am Nonnenwall, nicht weit vom Fundort der

Leiche, die Tatwaffe gefunden zu haben. Vermutlich vom Täter oder von den Tätern weggeworfen.»

«Und?»

«Das ist natürlich abwegig. Leute, die sich aufspielen, Wichtigtuer und Spinner gibt es immer wieder, leider.»

«Dann soll er doch das gefundene Messer auf der Wache abgeben.»

«Ein Anonymer wird das nicht machen. Ich denke, wir verlieren so nur Zeit.»

Schneidewerkzeuge, also Messer, sind eine der häufigsten Waffen, wenn es um Morde, Überfälle und blutige Streitigkeiten geht. Sie sind jedermann zugänglich und zumeist erschwinglich. Es müssen ja nicht gleich Schweizer Messer, Obsidian oder Santoku sein. Brockentrup hängt der Auffassung an, aus der Art des bei einer Tat verwendeten Messers ließen sich Rückschlüsse auf den Täter und sein Milieu ziehen. Ein Teppichmesser lasse an einen Handwerker oder Bodenausstatter denken, nicht aber an einen Lehrer oder Sozialarbeiter. Ein Skalpell kaum an einen Landarbeiter oder LKW-Fahrer.

«Überlegen Sie doch noch einmal, Brockentrup», fährt Schulze-Kappen fort. «Affekttäter reagieren auf das, was sie angerichtet haben, zumeist mit Entsetzen und Kontrollverlust. Sie stehen unter Schock, erleben einen starken Fluchtimpuls. So lassen sie sehr häufig die Tatwaffe am Tatort zurück, was die Fahndung nach ihnen erleichtert.»

Und um unter Einbeziehung der gerade dazustoßenden Staatsanwältin in das Gespräch nachzusetzen: «Täter mit Vorsatz, die rational und nach Plan handeln, sind bestrebt, keine Spuren am Tatort zurückzulassen, nicht wahr Frau Hansmann. Für sie hat die Überlegung, die Tatwaffe, ein

Messer eben, nach Ausführung der Tat wieder an sich zu nehmen, hohe Priorität. Wie in unserem Fall.»

«Die Täter», wiederholt *Das Gehirn* jetzt eine Spur lauter, «die wir finden müssen, haben nicht im Affekt gehandelt. Es sind Menschen, die kalkuliert vorgehen. Skrupellos und eiskalt.»

SKRUPELLOS UND EISKALT

22.

Dienstag / Mittwoch, 23. / 24.2.1965
Düsseldorf – Wiedenbrück

Die vier Stützen des Throns und der Stratege der Außenpolitik

Das Schlafwagenabteil im D-Zug *Österreichische Bundesbahnen Wien – Amsterdam* ist gut geheizt. Gerade richtig. Nicht zu heiß, nicht zu kalt. Die Bahngesellschaft ist erkennbar bemüht, es ihren Reisenden recht zu machen. Schließlich ist sie ein Pfeiler des Tourismuslands Austria, das gerade im Winter Gäste braucht. Skifahrer, insbesondere aus Deutschland. Polizeikontrollen sind selten und die Schaffner außerordentlich freundlich. Bestens geschult beim Zudrücken beider Augen. Kein Wunder, dass die Bahnen bei etlichen äußerst beliebt sind, wenn ihnen der Boden unter den Füßen zu heiß geworden ist. Übrigens im Winter wie im Sommer.

«Prima, das hat geklappt.» Mit diesen Worten quittiert Anton Sramek die gelungene Reservierung der oberen Etage in dem zweistöckigen Bett für die Übernachtung. Als er seinen Lesestoff aus der Reisetasche nach oben bugsiert, bleiben die neugierigen Augen seines Mitreisenden beim Einband der Lektüre hängen, die für unterwegs geplant ist. *Kriminologie – Affekte als Auslöser von Kapitalverbrechen. Typologie und Fahndungsraster*.

«Oh», beeilt sich Sramek, die Sache halbwegs zu entschärfen, «das ist nur Fachliteratur.» Der junge Mann im Parterre stellt sich als «Heinz-Werner, DJ und Lebenskünstler aus Ottakring», vor.

«Da schau her, da haben wir was gemeinsam. Ich stamme von dort.»

Der junge Ottakringer erzählt von seiner Familie. Aber eigentlich bestehe diese als Familie im Grunde nicht mehr. Man habe sich auseinandergelebt. «Wien ist nicht mehr die Stadt, auf die ich baue. Definitiv! Deswegen will ich ins Rheinland zu den Deutschen, nach Köln oder zu meiner Mutter nach Düsseldorf. Da gibt es eine DJ-Szene. Und da will ich einsteigen.» Und generös in Tonis Richtung: «Lies ruhig, was du da lesen sollst. Das stört mich nicht. Ich schlafe eh gleich.»

Bis Passau, hat sich Sramek vorgenommen, will er noch die mitgenommenen Unterlagen zum *Maria-Theresien-Mord* studieren. Dann in dem Kriminologie-Lehrbuch lesen. Noch fühlt er sich dafür wach genug. Und genügend Licht, um zu lesen, ist auch da.

Beim Sortieren seiner Sachen flattert ihm ein Briefchen seiner *Chérie* entgegen.

Mein geliebter Toni. Bleib vorsichtig und riskier nichts. Du kennst die Deutschen nicht. Nimm Dich vor den Älteren in Acht. Denk an mich und ruf mich an. Ich hab Dich lieb. Deine Fritzi

«Ich würde lügen», denkt der junge Kriminalaspirant mit jedem Kilometer, den der Zug auf seinem Weg nach Norden gutmacht, «würde ich nicht zugeben, ganz schön aufgeregt zu sein.» Was ihn wie regelmäßiges Wimpernzucken zum

Nachdenken bringt, ist die Szene vor zweieinhalb Tagen am Maria-Theresien-Denkmal. Der niedergemetzelte Körper, das zugerichtete linke Auge, die willkürliche Position der Leiche mit dem blutüberströmten Kopf zum Sockel des Denkmals hin.

Dazu die beiden in die Haut der Achselhöhle geritzten Linien. Ein Detail aus dem Autopsiebericht. Linien, deren Struktur, deren mögliche Aussage, um nicht zu sagen: Botschaft, ihm immer wieder durch den Kopf gegangen sind.

Sramek sieht die Bilder vom Denkmal in seinem Kopf aufflackern. Hastig wühlt er in dem Dossier mit dem Aufkleber SoKo *Maria-Theresien-Mord.* Als Ex-Student der Habsburg-Geschichte weiß er natürlich, dass das zum Fundort eines Mordopfers gewordene Denkmal mit der Monarchin im Thronsessel nicht nur als Mahnmal für die Kaiserin errichtet worden ist. Für die kalkulierende Machtpolitikerin und Mutter einer vielköpfigen Dynastie, die die K.-u.-k.-Monarchie durch fast vier Jahrzehnte geführt hat.

«Da sind doch diese vier stehenden sogenannten Stützen des Throns, die der Regentin zugeordnet sind.» Nach einigem Blättern wird Sramek fündig: Friedrich Wilhelm von Haugwitz, Joseph Freiherr von Sonnenfels, Wenzel Anton von Kaunitz-Rietberg, Gerard van Swieten.

Vor allem dem Grafen Kaunitz gehört das besondere Interesse des Studenten Sramek. Staatskanzler von Kaiserin Maria Theresia und Kaiser Joseph II. für mehr als vier Jahrzehnte. Erklärter Antipode des Preußenkönigs Friedrich II. Hat sich doch der Student Sramek nachgerade für politische Reformen interessiert. Und seinen Vornamen teilt er auch mit ihm.

Die wesentliche Stelle in der Denkschrift des Fürsten vom 17. November 1761 vermag Sramek fast auswendig zu zitieren.

Wobei er die historische Schreibweise in diesem Text Buchstabe für Buchstabe vor sich sieht wie die Gewinnzahlen in einer Lotterie.

«Es besteht aber das weesentliche in der wichtigen Wahrheit, daß die Wohlfarth des Landesfürsten und seiner Unterthanen unzertrennlich miteinander verknüpfet seye und keine ohne die andere bestehen könne. Dahero auch die Vermehrung der landesfürstl. Macht und Einkünfften nicht anderst als in der Beforderung der gemeinschaftlichen Wohlfahrt und Bereicherung gesucht werden müßte.»

UNZERTRENNLICH MITEINANDER VERKNÜPFT

Für Sramek, den Ex-Studenten, ist dieser Kaunitz zudem ein Stratege der Außenpolitik. Ein Wissender und ein Könner der Staatskunst, der festgefahrene Verhältnisse auch aus einer schwächeren Position durch Geschick aufbricht. Diplomatie genannt. Ein prominenter Europäer, der nicht allein in Kategorien des Nationalstaats denkt. Ein vorausschauender Denker, der im Miteinander der Völker eine Chance sieht, das Zeitalter der Kriege zu überwinden.

«Wenn wir, die junge Generation, ein neues Österreich ohne Waffen und Militär schaffen wollen, müssen wir andere Nationen hinter uns bringen. Wie das Kaunitz damals gezeigt hat.» Dieser Satz des Studiosus Sramek, erinnert sich der Reisende, ist damals im Historischen Seminar Ausgangspunkt einer längeren kontroversen Debatte. Nicht jedem passt, wie sehr das einst stolze Österreich geschrumpft ist.

Über solche Gedanken und Erinnerungen ist Anton Sramek rascher eingeschlafen, als es ihm lieb sein kann. Aber warum auch nicht. Eigentlich kann er die Nacht ganz beruhigt angehen. Sein letzter Gedanke vor dem Einnicken gehört nicht dem Führungspersonal von einst, sondern seiner *Fritzi*. Ihren Brief hat er fest mit der Hand umschlossen. Wie ein Kind sein Lieblingskuscheltier.

Mit dem Kriminalaspiranten scheint alles in Ordnung zu sein.

Düsseldorf. Wir erreichen Düsseldorf in 20 Minuten. Als er dank dieser Durchsage erwacht, ist Heinz-Werner, sein Mitreisender, längst ausgestiegen. Wahrscheinlich in Köln, wo für den jungen Musiker die Zukunft zu Hause ist. Oder doch in Düsseldorf, wo er sich ziemlich früh direkt am Zugausstieg postiert hat. Außerhalb Srameks Blickweite.

Sicher, Zukunft ist auch etwas, wovon der Kriminalaspirant beseelt ist. Wovon er aber noch keine wirkliche Vorstellung hat. Abgesehen von den Idealen, die aus seiner Dienstreise so etwas wie eine Mission machen. Und natürlich abgesehen von *Chérie*.

Beim Verlassen des Abteils schüttelt er sich einige Male energisch, um gleich präsent zu sein, wenn er mit der deutschen Obrigkeit in Kontakt geraten wird. Was noch mal hatte ihm seine kluge Freundin über die Deutschen geschrieben?

Mit dem Wiener Westbahnhof, erkennt Sramek auf Anhieb, kann der Hauptbahnhof Düsseldorf nicht konkurrieren. Was er erblickt, ist ein langgestreckter Backsteinbau mit breiter Glasfront. Viel Funktion, wenig Stil. Geschweige Jugendstil. Gegenüber halten und poltern Straßenbahnen in ihren Schienen. Rechts stößt der Reisende nach Verlassen des Haupteingangs auf Taxen.

Immerhin hat es mit der geplanten Verabredung am Uhrenturm gleich geklappt. Dem Wahrzeichen einer Stadt, die immer wissen will, was die Stunde geschlagen hat. Wo sich die Geschäftsleute treffen mit klaren Vorstellungen für die Kreditverhandlungen, die in einer halben Stunde beginnen. Wo sich die Kriminellen auf knappe Minuten verabreden, um Tipps und Beute zu tauschen. Und die Verliebten, die sich auf einen ganzen Tag miteinander freuen. Gemeinsam in der Kunsthalle zum ersten verdeckten Knutschen. In der Altstadt. Im *Café Mangold*.

«Schulze-Kappen. Karl Schulze-Kappen vom Landeskriminalamt hier in Düsseldorf», stellt sich ihm ein eleganter Mann, Mitte vierzig, vor. Er trägt einen kamelhaarfarbigen Wintermantel mit hochgestelltem Kragen.

«Schön, dass Sie da sind, Herr ...»

«Sramek. Anton Sramek von der Kriminalpolizeidirektion Wien.»

«Ja, gewiss, Sramek. Sehen Sie, dort drüben steht mein Benz. Wir fahren dann gleich los. Wissen Sie, um nicht drumherum zu reden, wir sind in Eile. Wir haben es mit einer blutigen Verschwörung zu tun. Und Wien ist mindestens ein Teil davon!»

MIT EINER VERSCHWÖRUNG

UND WIEN IST EIN TEIL DAVON

Die Fahrt der beiden aus der Stadt heraus führt auf der Autobahn Richtung Osten. Nur wenig Zeit gibt der Führungsbeamte des LKA seinem Fahrgast, seinen schwarzen Mercedes 180 Ponton zu bestaunen. «So ein Autonarr», wird *Das Gehirn* mit feinem Lächeln kurz menschlich, «bin ich eigentlich auch nicht. Aber wir brauchen ja Zuverlässigkeit in unserem Beruf. Und in der fahren Sie gerade.»

Nach einem fragenden Blick Srameks wird Schulze-Kappen dann sogar erstaunlich privat. «Was ich Ihnen durchaus erzählen kann, ich habe auch Familie. Das heißt, besondere Verantwortung. Unsere erste Tochter ist gerade ein Jahr alt. Sie heißt übrigens Emilia.»

Nach nicht einmal 20 Minuten erreichen die beiden die imposante Brücke über die Ruhr. Einige Kilometer vor der Stadt Essen. «Fragen Sie nur los, Kollege Sramek, wenn Sie etwas genau wissen wollen, was an unserer Strecke liegt. Aber vorrangig könnten wir die Zeit nutzen, um über unseren – oder darf ich sagen – unsere Fälle zu sprechen.»

«Wie gesagt, könnten ...» Als hätte Schulze-Kappen spontan Gefallen mit dem verwandten Konjunktiv gefunden: «Österreichern werden bekanntlich Schwierigkeiten mit dem Indikativ nachgesagt. Ich glaube, darin liegt auch eine gewisse Parallele zum Rheinländer.»

Und ohne auf den irritierten Blick seines Fahrgasts einzugehen: «Was wir von Ihnen erwarten? Zuarbeit. Austausch von Ermittlungserkenntnissen. Unterstützung durch den Abgleich von Querverbindungen. Aufzeigen von Parallelen zwischen den Geschehnissen bei Ihnen und bei uns. Selbstverständlich nur Parallelen, wenn es die geben sollte. Vor allem die, die wir nicht sehen. Nicht sehen können.»

23.

Mittwoch, 24.2.1965
Wiedenbrück

Münsterländer Töttchen und das Protokoll der Übereinstimmungen

«Dieser Schreiadler oder Pommernadler, von dem der Name der Gruppe stammt, ist also weniger ein ornithologisches als ein historisch-politisches Phänomen. Jedenfalls geht es um mehr als irgendwelche Reisetauben. Vielen Dank nochmals!» Brockentrup beendet gerade ein fachliches Telefongespräch mit einer Behörde in Ludwigsburg. Sie ist vor sieben Jahren zur Ermittlung von NS-Verbrechen und NS-Tätern eingerichtet worden. Offenkundig bereiten ihm die gerade erhaltenen Auskünfte einige Genugtuung.

Beruf ist für den Hauptkommissar auch Therapie. Physiotherapie. Immer dann, wenn er wieder einmal von seiner Arthritis geplagt wird, stürzt er sich umso entschlossener in die aktive Polizeiarbeit. Eigentlich müsste er endlich mal wieder ins nächste Hallenbad. Doch die *Causa Rudolf K.* verhindert jeden Gedanken an außerdienstliche Aktivitäten. Der Ermittler orientiert sich an dem, was momentan Sache ist. Die Ermittlungen im Fall K. voranzutreiben. «Wer konzentriert vorgeht und strategisch denkt, empfindet weniger, auch weniger Schmerzen. Alte Polizistenweisheit!», weiß der Hauptkommissar aus eigener Erfahrung.

So, so, resümiert Brockentrup, *der Name «Gruppe Schreiadler» ist nichts anderes als ein Deckname für das Netzwerk von Tätern im KZ Treblinka und ihren späteren Unterstützern. Benannt nach diesem Vogel, der vor allem in Polen vorkommt. Soweit wir bislang wissen, gehören Kreyssig, der Apotheker aus Rietberg und wahrscheinlich noch einige Personen dazu, die auf der sogenannten Todesliste stehen. Und das Mordopfer Rudolf K. stellvertretend für diejenigen, die nach Kriegsende als Unterstützer dazugestoßen sind.*

Einmal in Fahrt, kennen seine Gedanken keinen Halt. *Der Anschlag auf K. könnte demnach von Personen ausgeübt worden sein, die sich nicht damit abfinden wollen, dass diese Unmenschen unbehelligt von der Justiz bleiben. Und nicht hinnehmen wollen, dass die Politik viel zu lange braucht, für die Strafverfolgung die gesetzlichen Grundlagen zu schaffen. Oder dies gar nicht will.*

Endlich eine Spur? Endlich Schluss mit dem Stochern im Nebel? Endlich ein Ansatz, der wachsenden Unruhe in der Öffentlichkeit etwas entgegenzusetzen? In dem Augenblick, als Brockentrup den richtigen Ansprechpartner für seine neuen Erkenntnisse in der Dienststelle sucht, passiert genau das Passende. Schulze-Kappen und der Wiener Kriminalaspirant stehen in der Tür der Wiedenbrücker Polizeiwache. Für die Beamten keine Überraschung, da die Visite aus der österreichischen Hauptstadt natürlich angekündigt ist. Dennoch ein situativer Effekt wie der markante Auftritt eines Schauspielers im Theater oder im Kino.

«Darf ich vorstellen, Anton Sramek, unser Gast aus Wien.» Und mit einem gewinnenden Lächeln: «Die willkommene

Verstärkung.» Wohlwollendes Gemurmel und Trommeln von Fingerknochen auf allen Dienstplätzen.

Sramek reagiert leicht positiv irritiert, leicht gelinde überrascht. Erst ein leitender LKA-Beamter, der nichts dabei findet, ihn, den Kriminalaspiranten, quasi zu chauffieren. Dann ein Willkommen bei den Deutschen, direkt partnerschaftlich. Der Empfang ist freundlicher als vermutet. Ob Interpol dahintersteckt?

«Vielen Dank. Und auf gute Zusammenarbeit.» Das *liebe Kollegen*, das ihm schon auf der Zunge liegt, unterdrückt er im selben Moment. Erst einmal abwarten. Daran denken, was Friederike geschrieben hat.

Gegen ein Abwarten hat Schulze-Kappen allerdings eine ganze Menge. «Hauptkommissar Brockentrup wird Sie in unseren Fall und seine Umstände einweisen. Danach, so in einer Stunde, treffen wir uns zu einer ersten Lagebesprechung. Wir sind dann auf Ihre Einschätzung gespannt. Die Staatsanwältin, Frau Bettina Hansmann, werden Sie übrigens spätestens da kennenlernen.»

Mit Nachdruck fügt Schulze-Kappen noch eine Bitte an, die besser als Direktive zu verstehen ist: «Keine Hinweise an die Presse, Herrschaften, dass die Wiener Polizei jetzt in die Ermittlungen involviert ist. Das gilt für alle.»

«Kaffee, junger Mann?» In Brockentrups Büro setzt sich die freundliche Tour des Willkommens für Sramek fort. «Und machen Sie sich keinen Kopf, was Ihren Aufenthalt bei uns angeht. Um Ihr Hotel haben wir uns gekümmert. Nur wenige Minuten von hier entfernt. Und verhungern werden Sie uns auch nicht. Versprochen.»

«Passt schon», bedankt sich der Besucher.

Der Hauptkommissar schließt seine Bürotür. Energisch.

Eine Spur energischer als sonst, wenn er ungestört bleiben möchte. Wäre er ein Ladenbetreiber im Münsterland oder in Wien ein Trafikant, würde er das Schild *Geschlossen* vor die Tür hängen. Von der Kirchturmuhr der nahen Pfarrkirche St. Aegidius dringen die Schläge zur vollen Stunde in die Polizeiwache. «Oh, so nah?», wundert sich Sramek. «Schon», nimmt Brockentrup mit mildem Lächeln den Faden auf, «aber bei unseren Ermittlungen müssen wir selbst klarkommen, ohne den Heiligen Geist.»

Was sich in der Folge zwischen dem erfahrenen Älteren und dem auf Erfahrung erpichten Jüngeren entwickelt, lässt sich gut als Generationen übergreifender Austausch beschreiben. Etwas, was durchaus funktionieren kann. «So eine Allianz», denkt Sramek, «kenne ich doch aus Wien.»

Zum Glück kommen die beiden bei dem, was man einen Datenabgleich nennt, recht rasch zu Ergebnissen. Das Destillieren von Übereinstimmungen oder Ähnlichem. Dafür schieben sie Aktenstücke zum *Maria-Theresien-Mord* einerseits und Dossiers zur *Causa Rudolf K.* andererseits hin und her. Übertragen Befunde von Bedeutung in ein Protokoll.

Opfer männlich, Anfang 60. *Übereinstimmung*. Tod durch Stichverletzungen. Vier Stiche nach Angriff von hinten auf der linken Körperseite. Einer davon in die Palpebra superior perculsis am Auge links. *Übereinstimmung*. In die Haut der linken Achselhöhle geritzte Muster mit ähnlichen oder gleichen Strukturen. *Übereinstimmung*. Keine Kampfspuren. Keine Tatwaffen am Fundort oder Tatort. *Übereinstimmung*. Personalausweis oder Pass mitgeführt. *Keine Übereinstimmung*. Identität ermittelt. *Übereinstimmung*.

Geritzte Muster in der Haut? Übereinstimmende Strukturen? Wird der Kriminalaspirant einhaken? Mit den Befunden von Wien im Kopf?

Er tut es nicht. Sramek lässt sich von der Dynamik der Situation einfach mitreißen.

Von Fakt zu Fakt, von Merkmal zu Merkmal, von Foto zu Foto wechseln die Blicke des Erstaunens zwischen Brockentrup und Sramek immer rascher.

Mutmaßliche Todeslisten in der Kleidung. *Übereinstimmung.* Willkürliche, wahrscheinlich zielgerichtete Ausrichtung der Position der Leiche am Fundort (Gully/ Wiedenbrück) oder Tatort (Maria-Theresien-Denkmal/ Wien). *Übereinstimmung.* Verbindung zum NS-Regime, als aktiver Unterstützer bis 1945 oder als Profiteur danach. *Übereinstimmung.*

Lukacek wiegt nachdenklich den Kopf. Sramek springt vor Eifer und Begeisterung über den Gewinn an Erkenntnissen von seinem Stuhl auf. Zwei Kapitalverbrechen innerhalb von sechs Tagen an zwei Orten, die mehr als 1000 Kilometer voneinander entfernt liegen. Und eine fast schon erdrückende Liste an Parallelen! «Nun mal langsam, junger Mann», bremst der Hauptkommissar den Elan des Kriminalaspiranten, «noch sind wir bei der Tätermittlung keinen Schritt weiter. Und es gibt vieles, was wir nicht wissen.»

Alsdann auf Srameks verwunderten Blick hin: «Dass wir uns nicht missverstehen. Sie liegen nicht falsch. All das bringt uns einem Ermittlungserfolg schon näher. Deutlich näher.»

Mit väterlicher Geste drängt Brockentrup den Gast aus Wien aus dem Büro. «Jetzt lassen Sie doch mal für eine Zeit Dienst Dienst sein. Sie werden ja wohl Hunger haben. Deswegen werde ich Sie jetzt entführen. Widerrede zwecklos.»

Prompt verzichtet der Kriminalaspirant auf jeglichen Protest. Bei der Ochsenschwanzsuppe im *Ratskeller* taut das bisschen Eis auf, das noch zwischen den beiden existiert. Beim *Münsterländer Töttchen*, dem Favoriten auf der Mittagskarte, ist es dann gänzlich verschwunden. «Und morgen, Herr Kollege, wenn wir mit unseren Ermittlungen weiter sind, werde ich Ihnen die Stadt und die Region drumherum zeigen. Sie werden überrascht sein.»

Sramek nickt freundlich. So ganz bei der Sache scheint er für einen Moment nicht. Tatsächlich beschäftigt ihn der Gedanke, vom *Töttchen* etwas für Voltaire abzuzweigen. So, dass es sein Gegenüber nicht bemerkt. Doch dann lässt er den Gedanken fallen. Zumal Voltaire gar nicht da ist. Was wohl Brockentrup denken könnte, falls er es doch mitbekäme?

Seine Gedanken wandern in Richtung Donnerstag. Der nächste Tag. Was mag wohl geschehen? Eine Sightseeing-Tour durch die westfälische Provinz! Damit wird man einen Wiener ja wohl kaum aus der Ecke locken können. Aber sonst?

In der Lagebesprechung betont Schulze-Kappen die «signifikant veränderte Situation» in der *Causa Rudolf K.* Spricht von einer «Wende in unseren Ermittlungen». Bislang sind alle strategischen Überlegungen in eine Richtung gegangen. Die Suche nach einem, mutmaßlich zwei Tätern, die individuell handeln. Nun richtet sich der Fokus auf eine Tätergruppe. «Eine Gruppe oder Bande», präzisiert der LKA-Beamte, «die nach einem gemeinsamen Plan vorgeht. Nach einem gemeinschaftlichen Interesse. In Verfolgung eines gemeinschaftlichen Ziels. Damit erweitert sich automatisch der Radius unserer Nachforschungen.»

Die Ermittlungen, baut *Das Gehirn* seine Prognose weiter aus, könnten überregional werden, international.

Staatsanwältin Hansmann, nach einem Telefonat mit dem Ermittlungsrichter dazugestoßen, macht sich eifrig Notizen. Immerhin erlaubt sie sich einen Moment der Unterbrechung, um Sramek ein freundliches Kopfnicken zu schenken. Es ließe sich auch als huldvoll definieren. Umso abrupter ihr Appell an den Kreis der Ermittler. «Was ich brauche, meine Herren, sind Haftbefehle. Frühestens dann wird sich die Öffentlichkeit ein Stück besänftigen lassen. Und die aufgescheuchten Medien sowieso. Haftbefehle, wenn ich bitten darf.»

Schulze-Kappen verteilt unterschiedliche Aufgaben in die Runde. *Protokoll, Entwurf Fahndungsaufruf, Presseerklärung, Überarbeiten der Dienstpläne.* So lauten die wesentlichen Stichworte. «Wie heißt noch gleich Ihr Polizeipräsident in Wien, Herr Sramek? Mit ihm werde ich mich unverzüglich in Verbindung setzen. Ich denke, wir sollten Wege und Chancen einer konzertierten Aktion sondieren. Dafür soll dann auch Ottomeyer-Tecklenburg, unser Polizeipräsident in Münster, grünes Licht geben.»

Eifrig debattierend streben die Teilnehmer der *Lage* auseinander. Nur noch Polizeiobermeister Westerholte und die Staatsanwältin bekommen den letzten Satz des *Gehirns* mit: «Sie, Brockentrup, kümmern sich um unseren Gast aus Wien. Er hat es sich verdient.»

24.

Freitag 19.2.1965
Brno – Wien

Tränen nach einer Nacht im Arrest und die K.-u.-k.-Achse

«Díky bohu, Pavel.» Mit der Jana, die noch vor wenigen Stunden mit ihrem Freund ein Abendessen *comme il faut* mit *bilé vino* und *Pilsener Urquell* in Pavels Refugium zu genießen weiß, hat diese junge Frau nur noch wenig gemein. Diese Jana, die nach einer Nacht in der Arrestzelle der Polizei in Brno mit verweinten Augen ihrem Pavel wieder gegenübersteht. Nach einer Nacht in zwei weit auseinanderliegenden Arrestzellen, die keinen Austausch ermöglichen. Geschweige eine Unterhaltung.

Um den Hals fallen darf sie ihrem Pavel nicht. Der Blick des Polizisten, der sie bewacht, verhindert dies mit einer Schärfe, die auch die robusteste Taube töten könnte. Mit einer Schärfe, die jeden Ansatz, dies zu diskutieren, im Keim erstickt.

Um Tauben, genauer: Brief- oder Reisetauben als Boten geheimer Kommunikation, ist es auch in dem Verhör gegangen, dem die jungen Leute ausgesetzt gewesen sind. So bleibt es bei diesem «Gott sei Dank, Pavel», das sie in den düsteren Gang haucht, der die Arrestzellen mit den Dienstzimmern der Polizei verbindet. Die Atmosphäre erscheint beiden so schwerlastig, als sei die unentrinnbare Formel der Macht in die schwarzfleckigen Wände eingraviert. *Hier hat nur einer das Sagen, Polizeichef Viktor Panenka.*

Jana Masopust und Pavel Bangacek haben ihn, den verlängerten Arm des Systems, zwar nicht gesehen. Wohl auch besser so. Aber den vorläufigen Hausarrest, zu dem er sie verdonnert hat, haben sie Schwarz auf Weiß. Mit seiner Unterschrift.

Wollen sie oder will einer von ihnen die Wohnung verlassen, müssen sie vorher das Einverständnis der Polizei einholen. «Dann rufen Sie eben vorher an», lautet eine der Belehrungen, die sie sich haben anhören müssen. «Sollten Sie sich fragen, ob wir das dürfen – die Polizei hat die Befugnis für diese Maßnahme», lautet eine zweite. «Ihr Hausarrest erfolgt im Interesse der öffentlichen Sicherheit.»

Allzu gern hätte Pavel Jana in den Arm genommen. Aber noch liegt diese polizeiliche Macht über ihnen. Diese bleischwere Atmosphäre, die so vieles erstickt. Nähe zum anderen ausdrücken, Wärme geben wollen, Halt finden können. Zitternd an Pavel gepresst, drängt Jana zum Ausgang. Endlich draußen, endlich wieder frei, falls dies überhaupt so genannt werden darf. Endlich können die Tränen fließen. Jetzt ist es auch nicht mehr allein an Jana zu weinen, was etwas Befreiendes hat. Für beide.

«Wir könnten doch Deinen Onkel Milan zu Rate ziehen», ist einer der ersten Gedanken, zu dem Jana fähig ist. «Der ist doch Professor!»

«Ja, schon, aber Heraldiker», entgegnet Bangacek. «Und die haben in unserem heutigen System nichts zu sagen. Lass uns erst einmal versuchen, mit Tomáš Kontakt aufzunehmen. Und den anderen.»

Was wissen Sie über Katarina aus Guben? Was ist der eigentliche Zweck von ‚Rychlá Pravda'? Was können Sie uns zu diesem Franticek sagen? Ist es dieser Veselý, der uns erst vor kurzem in die Finger gekommen ist? Unter dem Verdacht, an Umtrieben beteiligt zu sein. Sie kennen ja nicht nur seinen Namen. Sie kennen ja auch die Person. Wir wissen auch von Ihren lächerlichen Geheimtreffen an der Kirche mit der Kaunitz-Gruft. Leugnen Sie es nicht! Er gehört doch zu Ihrer Verwandtschaft!

Mit wem haben Sie sich bei der Eröffnung der Taubenausstellung im November getroffen? Stehen Sie im Kontakt mit Personen, die unseren Staat unterminieren wollen? Unterstützen Sie persönlich den Kommunismus in unserem Land?

Immer wieder sind diese Fragen in der Vernehmung auf die beiden eingeprasselt. Einzeln, um sie in Widersprüche zu verwickeln. Dann gemeinsam. Ergänzt wiederholt um platte Drohungen. *Wenn Sie nicht wollen, wir lassen nicht locker. Da sind wir hartnäckig, bis wir dieses Geheimnis aufgedeckt haben. Und dann sind auch Sie dran!*

Masopust kramt in ihrem Mantel nach einer Zigarette. Findet endlich eine in einer zerknüllten Packung in der durchwühlten Tasche und zündet sie sich an. Schweigend machen sich Jana und Pavel auf den Weg zurück zu seinem Refugium. Ihre Gedanken drehen sich mit Höchstgeschwindigkeit um dieselben Ereignisse, um dieselben Personen, um dieselben Ängste.

Was ist mit Katarina in Guben? Wieso hat sie mit der Stasi und unserer Polizei zu tun? Wie kommt Panenka auf Katarina? Ist Katarina in Gefahr?

Unausgesprochen teilen beide ihre Fragen und Empfindungen, ohne sich dessen vergewissern zu müssen. Wie die Sorge, die sie schmerzt. Wie ein Schlag in die Magengrube: Die MISSION ist womöglich in Gefahr.

MISSION IN GEFAHR

Für Viktor Panenkas Leute lässt sich der 20. Februar gut an. Wie ein Orkan hat er zwei jungen Menschen die Fassung und die Zuversicht in die Zukunft zerschlagen. Für die Helfer Panenkas verspricht dagegen dieser Tag erfolgreich zu werden. Ein Tag der Offiziellen, der Obrigkeit, des *Systems*. Ein erster Anlass ist die Kooperation mit der DDR-Staatssicherheit im Bezirk Cottbus, die Panenka frühzeitig nach einem Tipp aus eingeweihten Kreisen angestoßen hat. Sie spuckt erste Ergebnisse aus.

Per Fernschreiber. Und auf Deutsch natürlich, was aber beim Empfänger kein Problem darstellt. Ältere Beamte der Polizei Brno sprechen und verstehen noch gut Deutsch. Es ist ja gerade erst zwei Jahrzehnte her, dass das vom Nazi-Regime auf dem Boden der ČSR errichtete Reichsprotektor von Böhmen und Mähren von den Sowjets zerschlagen worden ist.

Staatssicherheit Bezirk Cottbus.

An Polizei Brno.

Vertraulich. Nur dienstlich zu verwenden.

Sicherheitskräfte der Deutschen Demokratischen Republik haben unsere Staatsbürgerin Katarina Fritsche aus Guben, Bezirk Cottbus, festgenommen. F. hat sogenannte systemkritische Verbindung zu einer Gruppe von Reisetaubenliebhabern in Brno zugegeben. Name Rychlá Pravda. Dringender Verdacht, dass am 20.2.1965 eine kriminelle Aktion in Wien geplant ist. W i e d e r h o l u n g 20. 2. W i e n. Empfohlen wird Verstärkung der Kontrollen an der Grenze der ČSSR zu Österreich. Einzelheiten ggf. telefonisch.

Rychlá Pravda? Eine Achse Guben-Brno? Systemkritische Verbindungen? Kriminelle Aktion Wien 20. Februar? Die elementaren Stichworte aus dem Fernschreiben der DDR-Stasi lösen auf der Wache, kaum dass es verlesen ist, spontane Unruhe aus. Spekulationen schießen hin und her. Namen fallen. «Rychlá Pravda? Davon war doch auch gestern bei den jungen Leuten die Rede, die wir vernommen haben! Bangacek und dieser Masopust. An die kommen wir aber jederzeit heran. Hausarrest.»

Polizeichef Panenka zieht die Sache stärker an sich als sonst. «Wir müssen vordringlich überlegen, was zuerst zu tun ist. Aktionismus bringt uns nicht weiter.» Weil gerade im real existierenden Kommunismus das Bürokratische seinen Tribut verlangt, bildet Panenka erst einmal eine Ermittlungseinheit. Ernennt einen seiner Beamten zum Einsatzleiter, einen zweiten zur Abänderung der Dienstpläne, einen dritten zum Protokollanten. Lässt eine kurze Diskussion zum weiteren Vorgehen zu. Strategien sind gefragt.

«Chef, wir sollten Wien informieren. Was meinen Sie?»

«Sicher, das liegt nahe. Aber prioritär müssen wir schon an die Interessen unseres Landes denken.»

Panenka beauftragt einen Beamten, mit den Leitern aller Stationen an der Grenze der ČSSR zu Österreich Kontakt aufzunehmen. «Sie sollen die Grenzkontrollen verschärfen und vor allem jede verdächtige Bewegung registrieren, die irgendetwas mit Reisetauben oder Taubentransporten zu tun hat. Und notfalls direkt einschreiten. Meldung an mich. Unmittelbar.»

Zwischen der ČSSR und Österreich gibt es eine Reihe von Grenzübergängen. Kein Wunder, dass die Unterrichtung der Chefs der Grenzstationen zeitraubend wird. Ständige Rückfragen erschweren die gewollte Instruktion. *Rychlá Pravda? Nie gehört. Reisetauben? Seit wann kümmert sich die Polizei um solche Viecher?* Grenzer sind, wie es scheint, irgendwie eindimensional. Kriminalbeamte flexibler.

Panenka telefoniert derweil mit verschiedenen Dienststellen der Sicherheitsbehörden in Prag. Besonders lange mit der *Státní bezpečnost*, dem nationalen Geheimdienst. Panenkas Problem dabei ist nicht, die mögliche Gefährdung zu beschreiben. Sein Problem ist es, sie glaubhaft zu machen.

So ziehen sich die Ermittlungen hin. Geht das Fernschreiben an die Polizei Wien Stunden später heraus. Später, als dies möglich gewesen wäre. Was dies für Folgen haben kann, geht indes niemandem in der Dienststelle Brno durch den Kopf. Zudem verzichtet Panenka darauf, sein Pendant in Wien telefonisch zu kontaktieren. Rudolf Halicek, dem Polizeipräsidenten, bleibt daher erst einmal verborgen, dass der Tag der möglichen Bedrohung nicht irgendein Tag ist. Sondern Samstag.

JETZT. GLEICH

Als das Telex der Polizei Brno im Trubel um den royalen Staatsbesuch die SoKo *Maria-Theresien-Mord* endlich erreicht, konkurriert die amtliche Information mit zahlreichen anderen Hinweisen. Obendrein unterschiedlicher Dringlichkeit. Im Geiste einer grenzüberschreitenden Zusammenarbeit ist es zum Glück auf Deutsch verfasst.

«Dass die einen so gut funktionierenden Fernschreiber haben!», geht Lukacek spontan durch den Kopf. Dann erkennt er die Brisanz, die sich hinter dieser *Rychlá Pravda*, dieser Katarina Fritsche aus Guben und diesem Franticek Veselý zu verbergen scheint. Und lässt die Warnung vor einem Anschlag in Wien vollständig in seine grauen Gehirnzellen einströmen. «Ausgerechnet Wien. Und ausgerechnet Samstag.»

Halicek, von Lukacek eingeschaltet, gibt Anweisung an alle Grenzposten an den Übergängen Österreichs zur ČSSR, jeden verdächtigen Transporter abzufangen und zu durchsuchen. Und den verdächtigen Franticek Veselý nach Wien zu überstellen, wenn sie ihn denn haben sollten. «Geben's das raus, Lukacek, und halten Sie mich auf dem Laufenden.»

Da jede Amtsperson der Zweiten Republik, erst recht die in den höheren Etagen, in nostalgischen Kategorien denkt, lässt sich der Polizeipräsident die gerade erlebte Informationskette noch einmal durch den Kopf gehen. «Da schau her, Amtshilfe durch die Polizei der ČSSR. Als gäbe es die Achse Brünn-Wien noch. Wie in K.-u.-k.-Zeiten.»

WIE IN K.-U.-K.-ZEITEN

25.

Mittwoch, 24.2.1965
Münster – Wiedenbrück

Die demolierte Gesichtshälfte und Srameks Gefühl wie Beethoven in Wien

Platzwunden auf der Stirn. Drei Schneidezähne ausgebrochen. Die rechte Gesichtshälfte demoliert. Rippenbrüche links und rechts. Mindestens drei nach oberflächlicher Begutachtung. Blutflüsse aus beiden Mundwinkeln. Wahrlich kein schöner Anblick, dieser wie tot daniederliegende Körper auf den Stufen einer schmutzigen Steintreppe. Dabei ist die schlimmste unter den zahlreichen schlimmen Verletzungen *prima vista* gar nicht zu sehen. Das aus seinen Angeln gehobene rechte Auge, zerschmettert von roher Gewalt. Das Opfer, offenkundig überfallen, liegt mit dem Gesicht zum Boden. Das kann kein Unfall gewesen sein. Kein Mensch, der unglücklich gestürzt ist.

Als der Notarzt im Hinterhof der Stammgaststätte des Katholischen Studentenvereins *Germania* in Münster wenige Minuten nach Mitternacht eintrifft, atmet Siegfried Kreyssig. Flach, aber stetig. Immerhin. Minuten nach der Ersten Hilfe am Fundort befindet sich der suspendierte Gerichtsmediziner auf dem Weg ins St.-Franziskus-Hospital.

Überlebenschancen? «Ja, durchaus», bekundet der Notarzt einem besonders Neugierigen unter den herumstehenden Studikern gegenüber, «aber er wird lange liegen müssen. Und wahrscheinlich sein Auge verlieren.»

Der Verein *Germania* hat keinen schlechten Ruf in den Reihen der Studenten an der Wilhelms-Universität Münster, die sich konfessionell definieren. Und das sind im Münster des Jahres 1965 nicht wenige. *Germania* ist stolz auf die eigene Tradition. Es ist erst ein paar Monate her, dass das 100. Jahr des Bestehens begangen wurde. Auf der Liste der «besonderen Gäste» in der Rubrik «Alte Herren»: Siegfried Kreyssig. «Wir bitten, von der Begleitung seitens Ihrer Gattin abzusehen», heißt es in der damaligen Einladung.

Irgendwie passt Brockentrup die Nachricht vom Anschlag auf Kreyssig nicht. Erreicht hat sie ihn von den Kollegen aus Münster. Per Fernschreiben «Vertraulich. Nur für den Dienstgebrauch». Die Münsteraner Kripo hat auch die Ermittlungen aufgenommen. «Tüchtige Leute. Die machen das schon. Sollte der Überfall in unseren Fall, die *Causa Rudolf K.*, hineinspielen, werden wir es schon rechtzeitig erfahren.»

Wie im Fußball. Pässe von der falschen Seite mag Brockentrup, der Offensivspieler, nicht. Nicht, wenn er sich auf das Zentrum des Spielfelds konzentriert, die Suche nach den Tätern. Dort, wo die Tore «gemacht» werden, sprich: die Verdächtigen gestellt und die Handschellen angelegt werden. Nicht an diesem Morgen. Und irgendwie überhaupt nicht. «Nicht jetzt, wo ich mit dem jungen Wiener Kollegen so viel vorhabe.» Vielleicht, sinniert der Hauptkommissar, war damit zu rechnen. Hatte nicht *DIREKT*, das semi-seriöse Boulevardblatt, schon über eine *Braune Allianz an der Ems* spekuliert? War da nicht auch Kreyssigs Name gefallen? Waren nicht in dem Kommentar wieder einmal Erinnerungen an die Vergangenheit hochgezogen worden? Die ganz hässlichen?

Die Nachricht aus Münster passt ganz und gar nicht in das Ermittlungskonzept des Polizisten Brockentrup, der der Staatsanwaltschaft zuarbeitet und sich als Vorstufe eines Gerichtsprozesses sieht. «Ist es nicht Sache allein der Polizei», fragt sich Brockentrup einmal mehr, «zu ermitteln und eine Anklage vor Gericht zu ermöglichen? Und nicht Sache von irgendwelchen anderen, die sich aus welchen Gründen auch immer – und sei es auch moralischen – für berufen und berechtigt halten, Justiz zu spielen?»

Wenn an diesem Mittwoch, am siebten Tag der Ermittlungen, irgendetwas *rhetorisch* genannt werden soll, dann dieser Gedanke des Hauptkommissars. Wer denkt schon wie er, wenn er sich berechtigt und berufen fühlt, der Gerechtigkeit Nachdruck zu verschaffen. Jener Gerechtigkeit, der zu folgen er für sich in Anspruch nimmt.

Nach dem Brainstorming, einer Art geistiger Inventur, ist nun ein Brockentrup im Dienst, der seinen Gast aus Wien in aufgeräumter Stimmung erwartet. Pünktlich um acht Uhr findet sich Sramek auf der Polizeidienststelle ein. Nach einer weitgehend erholsamen Nacht. Frei von den schnurrenden Frechheiten, die sich Voltaire im Wiener Zuhause zu gern herausnimmt, wenn sein Freund und Besitzer im tiefen Schlummer liegt. Frechheiten, die der Katzenliebhaber – inoffiziell – ziemlich gernhat, was wiederum auch Voltaire weiß. Und mit Wonne für sich ausnutzt.

Den kurzen Weg vom Hotel zur Wache hat der Wiener Kriminalaspirant wie einen Zwischenhalt auf einer Reise empfunden, bei der man den falschen Ausstieg wählt. Und für Momente nicht weiß, warum man hier ist, gerade hier. «Wie Beethoven an seinen ersten Tagen in Wien. 1792, wenn ich recht erinnere. Nur dass hier alles kleiner ist.» Vorbei am immer noch gekennzeichneten Opferfundort auf dem Kirchplatz mit seinen rot-weißen Absperrbändern, die sich im Halbdunkel eines erwachenden Morgens unwirklich vom grau-weißen Pflaster abheben. Vorbei an St. Aegidius, deren Turmglocken ihn vor sich herzutreiben scheinen.

«Wenn nur Fritzi hier wäre!» Diesen Gedanken erlaubt sich Toni, nur wenige Sekunden. Dann ruft ihn eine innerliche Stimme. Zur Pflicht. Zu der Verpflichtung, eine Mission zu erfüllen. Seine Mission.

«Aber nein, das ist doch wirklich nicht nötig.» Energisch weist Brockentrup den Gast aus Wien zurück. Der will sich beim Eintreffen auf der Polizeiwache als Erstes für das gestrige Abendessen bedanken, zu dem ihn der Hauptkommissar in das Lokal *Deutsches Haus* eingeladen hat. Zu Westfälischer Schlachtplatte und Lippischem Grünkohl mit Pinkel als Hauptgericht. Und *Herforder Pils* samt dem obligaten Wacholder. Der Wacholder ist Teil der Zypressenfamilie und steht im Ruf, entzündungshemmend und entgiftend zu sein. Als Schnaps ist er so etwas wie *die* Währung unter Männern, die den glasklaren Austausch untereinander befördert.

Manches zündet unter diesen Männern. Schafft Übereinstimmung und Gleichklang. So die Aversion gegenüber allem, was sie als fremd empfinden. Entzündungen dagegen gehen sie mit jedem Schnaps, der in sie hineinrinnt, aus dem Wege. Erfolgreich, wie sie sich einbilden.

«Erstens», hält Brockentrup seinen Gast auf Distanz, «war das doch dienstlich. Zweitens bezahlt es meine Dienststelle. Und drittens habe ich es auch gern gemacht.» Die dritte Begründung macht Sramek etwas stutzig. Ist vielleicht Diplomatie im Spiel? Ist sie womöglich ernsthaft gemeint, weil die beiden sich auch menschlich nähergekommen sind?

Im Interesse der österreichisch-deutschen Beziehungen entscheidet sich Sramek für die freundliche von den beiden Annahmen.

«Lassen Sie nur.» Halb leger, halb bestimmt greift Lukacek nach Srameks Hand. Die ist in Richtung des Stapels der Morgenpresse auf dem Schreibtisch unterwegs. «Da wird nichts Neues berichtet. Jedenfalls nichts, was uns beunruhigen müsste.» Mit den mehr oder weniger gleichen Ausführungen kaut das Gros der Redaktionen den Fall, die *Causa Rudolf K.*, noch einmal durch. Lediglich *DIREKT* ist mit einer Spekulation nach vorn geprescht. *Gruppe Schreiadler – heiße Spur der Polizei?* Eine Spekulation eben und sonst nichts. Nichts, was die Polizei zu kommentieren, gar zu dementieren hätte, findet Brockentrup.

Über den Überfall auf Kreyssig und seine etwaige Bedeutung für die Ermittlungen will der Hauptkommissar seinen Schützling ins Bild setzen, wenn sie unterwegs sind. Unterwegs, von Wiedenbrück nach Kaunitz und Rietberg, eventuell Schloß Holte, wenn genügend Zeit ist. Unterwegs und doch erreichbar.

Brockentrup hat vorgesorgt. Sich nicht nur das Ok des Polizeipräsidenten in Münster zu seinem Vorhaben mit Sramek geholt. Sondern auch dafür gesorgt, dass eines der beiden Funkgeräte der Dienststelle mit an Bord des Polizeifahrzeugs ist, das der Hauptkommissar steuert. Das startbereit vor der Dienststelle auf seinen Einsatz wartet. Ein grün-weiß lackierter Opel Kadett B Caravan mit Schriftzug *Polizei* auf den vorderen beiden Türen.

26.

Mittwoch, 24.2.1965
Wiedenbrück – Kaunitz – Rietberg

Der Brückenheilige, das Wappen und eine verdammt heiße Spur

«Schon da!» Brockentrups Stopp am Haus der *Wiedenbrücker Schule* in der Hoetger-Gasse quittiert Sramek kommentarlos. Der Hauptkommissar steuert den Opel Kadett B Caravan durch eine schmale Einfahrt an der Rietberger Straße bei Hausnummer 6 zum Ziel. Das eigentümliche Gebäude liegt wie verlassen da. Halb Lagerfläche, halb Abstellraum für dies und das aus einer traditionsreichen Vergangenheit.

Schon vorstellbar, dass hier ein Verbrechen geschehen ist. Nur, was wollte das Opfer hier? Ausgerechnet hier in einer kalten Februarnacht? Diskret zum Haus einer Geliebten? Keine unwahrscheinliche Annahme. Ist es doch im Wiedenbrück des Jahres 1965 auch einem Angehörigen der oberen Schicht nicht ohne weiteres möglich, eine Liaison unter dem Deckel zu halten.

Tatort allerdings ist Tatort und dieser hier gänzlich ausgekundschaftet. Da mögen die beiden Ermittler noch so tun, als komme es allein auf sie an. Nichts hier, was noch neu zu entdecken wäre. Die Spurensicherung hat ganze Arbeit geleistet. Alles Weitere steht in den SpuSi-Protokollen.

Und die eigentümliche Bahnhofsarchitektur des Gebäudes, dessen solide Grundsubstanz immer noch zu erahnen ist? Wohl eine lokale Spezialität. Aber ansonsten?

Erst als der Polizei-Kadett zum ersten Mal die Ems quert, bittet Toni seinen Chauffeur um einen kurzen Halt. «Das also ist Ihre Ems. Ein Flüsschen, das einer ganzen Region ihren Namen gibt.» Brockentrup nickt, ohne die Ironie dahinter ganz zu erkennen. Wie soll er auch jemanden verstehen, der mit Donau samt Donauinsel und Donaukanal aus dem Vollen schöpfen kann.

Ein Verkehrsschild weist den Weg nach Rheda. Rheda? Schon kurios, dass der Wiener Anton Sramek mit der Ortsbezeichnung etwas verbindet. Sein Klappbett daheim in Ottakring. Sein kleines Geheimnis. Wie erwartet, bringt auch die Zwischenstation auf der Weiterfahrt nach Kaunitz ihre Konversation nicht wirklich in Schwung. Es ist Schloss Rheda, die frühere Wasserburg an der Ems. Ein westfälisches Schloss unter vielen. Wie sollte es auch Eindruck machen auf einen Wiener?

Der Hauptkommissar fühlt sich in seiner Rolle als Lokalmatador etwas unbehaglich. Entscheidet sich aber dann, in die Offensive zu gehen. «Wissen Sie, so ein Globetrotter war ich in meinem Leben nie. Und ich werde dies auch nicht mehr. Leider habe ich auch Ihr Wien nie gesehen.» Und einmal in Fahrt mit einem Sprachbild, das ihn selbst überrascht: «Was ich aber weiß, Ihr habt da so viel Tradition und so viele Sehenswürdigkeiten, dass es reichen würde, die Pausenbrote ganzer Schuljahrgänge zu belegen.»

Ihr Wien? Sramek reagiert etwas befangen. Insgeheim

bewundert er aber Brockentrup für seine Offenheit. «Sie müssen mir doch nichts beweisen. Zuhause ist Zuhause. Und so mondän ist Ottakring, der Wiener Stadtteil, in dem ich lebe, auch wieder nicht. Ganz im Gegenteil.»

Und nach einer längeren Pause: «Was ich übrigens sehen möchte, ist das Zwangsarbeiterlager in Stukenbrock. Dieses ...»

«... Stalag 326, das Stammlager ...»

«... das ja mit unserem Fall womöglich zu tun hat. Was wiederum nicht unwichtig für unseren Fall in Wien sein kann. Lager für Zwangsarbeiter hat es ja auch in Österreich gegeben. Vielleicht haben Sie von den Außenlagern von Mauthausen gehört.»

Als nach kurzer Weiterfahrt auf der Landstraße Richtung Verl hinter Neuenkirchen das Ortsschild *Kaunitz* in den Blick kommt, wird einer der beiden gesprächiger. Nicht der Mann auf dem Beifahrersitz, was zu erwarten gewesen wäre. «Für Sie», bricht es aus Brockentrup hervor, «wird das ein unbedeutender Flecken sein, für mich ist es sehr viel mehr. Auch weil dort der Fußballverein zu Hause ist, für den ich viele Jahre im Sturm gespielt habe. FC Kaunitz. Die mit den gelben Trikots.»

Sramek lässt bescheidenes Interesse mit einem noch bescheideneren Statement erkennen. «Sie und Fußball? Das imponiert mir. Dieses Jahr interessiere ich mich als Wiener nicht so sehr für die Kickerei. So wie es aussieht, wird der Linzer ASK dieses Jahr österreichischer Meister. Und nicht meine Austria.»

Kaunitz, eine Ansammlung von einzelnen Bauernhöfen rund um einen bescheidenen Ortskern mit St. Maria Immaculata im Zentrum, wird von drei Flüsschen bewässert, Wapelbach, Rodenbach, Sennebach. Die Bäche vermögen es aber nicht, gegen die dominierende Position von St. Maria Immaculata in den Ortsprospekten anzukommen. Über dem Portal der Pfarrkirche prangt ein stolzes Wappen, ein Sammelsurium verschiedener gräflicher und fürstlicher Symbole in mehreren Farben. Doch der Wiener Gast gönnt ihm keinen Blick. Ignoranz? Eher nicht. Ein Baustellengerüst verdeckt jede Einsichtsmöglichkeit.

Mehr Aufmerksamkeit allerdings schenkt Sramek dem Fürst-Wenzel-Platz, der St. Maria Immaculata umsäumt. Eigentlich ist es ist nicht der Platz, der Sramek beschäftigt. Es ist sein Name. «Wissen Sie», will der Kriminalaspirant loslegen, «dazu könnte ich Ihnen eine Menge erzählen. Fürst Wenzel hängt mit der Monarchie in Österreich zusammen. Mit dem Haus Habsburg, was ich studiert habe. Volle zwei Semester.»

«Interessant», mildert Brockentrup den Elan seines Gastes ab. «Natürlich kann ich mit diesem Kaunitz und der ganzen Sippe etwas anfangen. Ein bisschen kenne ich die Geschichte des Ortes, wo ich Fußball gespielt habe, schließlich auch. Aber wir sollten uns jetzt nicht verzetteln und uns auf unsere Aufgabe konzentrieren. Dazu gehört – nicht ganz unwichtig – die Kenntnis von einer Region und den Leuten, die sie prägen.»

Um die nächste Station, Rietberg, seinen Heimatort, anzusteuern, braucht es freilich wenig Kenntnis. Brockentrup spendiert seinem Gast im *Café Küper* an der Lange Straße ein Wasser und einen Espresso, einen doppelten. Das Café ist so weit von der Wiener Kaffeehauskultur eines *Café Central* oder *Café Prückel* entfernt wie Rietberg von Wladiwostok in Sibirien. Auf junge Leute wie die Schüler des nahe gelegenen Progymnasiums wirkt es ziemlich spießig. Gleichwohl schätzen sie es als einen Ort, wo sie sich mit ihren Freundinnen treffen können. Sonntags bei schlechtem Wetter, weil sie ja nicht wissen, wohin sie sonst könnten. Zumal zu zweit. Dann schon lieber das *Café Küper*. Händchen halten, verliebte Blicke tauschen. Knie berühren. Das ganze Programm.

«Dass Sie den Karl Wagenfeld kennen, darf ich ja wohl nicht annehmen?» Brockentrup weiß durchaus um die großen Literaten und Schriftsteller Österreichs. Weiß von den treffsicheren Satirikern und den grandiosen Komödianten. Genug jedenfalls, um seinen Gast auf ein Gebiet zu hieven, auf dem er sich halbwegs sicher fühlt. Das der westfälischen Heimatdichtung.

Selbstverständlich hat Sramek noch nie von einem Karl Wagenfeld gehört. Daher auch nicht von seiner Verwicklung in das NS-System. Nicht von seiner Nähe zur Rassenideologie der Fanantiker rund um Hitler. Nicht von seiner Ablehnung desjenigen, der die Heimat nicht ehre. Denn so einer, fand Wagenfeld, sei ein «Lump» und nicht des «Glücks in der Heimat» wert.

Auch ohne intimere Kenntnisse der Heimatdichtung Westfalens geraten die beiden Ermittler urplötzlich aneinander. «Zum Glück», beharrt Brockentrup auf seinem Thema, «gibt es bei uns eine Straße, die an Wagenfeld erinnert.» Und mit einer Schärfe, die ihn schon beim Aussprechen des nächsten Satzes reut: «Aber ich weiß gar nicht, ob Sie das interessiert. In Ihrem Wien gibt es ja wohl an späten Anhängern Eures Hitler keinen Mangel.»

«Was würde mir jetzt wohl Fritzi raten?» Mit diesem Gedanken gelingt es Anton Sramek, dem ausgelegten Fallstrick einigermaßen glimpflich auszuweichen. In den Augen des alten Polizeifuchses sieht er so etwas wie einen Abrüstungsimpuls. «Ach, Herr Brockentrup, Österreicher und Deutsche, ein niemals endendes Thema. Sie wissen, was Bernard Shaw über uns gesagt hat? *Brüdervölker, die durch dieselbe Sprache getrennt sind.* Passt, meinen Sie nicht?»

Ein kurzes befreiendes Lachen Brockentrups geht in die rasche Bezahlung der Rechnung über. «Jetzt aber los. Unsere Kapelle», drängt Brockentrup zum Aufbruch, «die muss ich Ihnen aber auf jeden Fall zeigen.»

Mit «unserer Kapelle» ist die St.-Johannes-von-Nepomuk-Kapelle gemeint, benannt nach dem Brückenheiligen in Prag. Gelegen an der Straße nach Delbrück, die von dort weiter nach Paderborn führt. 1747 errichtet an der Auffahrt zum damaligen Schloss Rietberg, bisweilen Schloss Eden genannt. 1748 geweiht. «Sie müssen wissen», erläutert der Hauptkommissar im Stil eines versierten Fremdenführers, «im 18. Jahrhundert geriet die damalige Grafschaft Rietberg in den Besitz des Adelsgeschlechts der Kaunitz mit Familiensitz in Austerlitz. Dabei spielten noble Eheschließungen, worauf Ihr Österreicher Euch ja besonders versteht, eine besondere Rolle ...»

«... Vorsicht! Bitte!»

«Jedenfalls haben die Kaunitz-Grafen, die neue Rietberger Herrschaft, ihre Spuren hinterlassen. Und vor einer dieser Spuren stehen Sie gleich.»

Der von hohen Bäumen umsäumte Platz an der Johannes-Kapelle ist um die Vormittagsstunde dieses Februartags frei von Menschen. Ungehindert geht der Blick in die flache Ebene. Hin in die Feldmark, zu den Teichen und Alleen rund um das Gelände, auf dem früher das Schloss stand. Hin zur

Stadt, den Johannesweg entlang. Ein Prozessionsweg mit sieben Bildstöcken, Erinnerungstafeln an den als heilig verehrten Johannes von Nepomuk, der an der Kapelle endet.

Als der Kadett B Caravan an dem barocken Kleinod ausrollt, erlebt Toni einen erkennbar jovialen Brockentrup. «Lassen Sie sich Zeit, Sramek. Das hier mag Ihnen, gemessen an der Metropole Wien, klein vorkommen. Ist aber auch irgendwie nicht wichtig. Sie erleben hier jedoch Spuren einer zweihundertjährigen Geschichte.»

Der quasi Eingeladene lässt sich dies nicht zweimal sagen. Er umrundet das ellipsenförmig angelegte Gebäude. Nähert sich den hohen Fenstern. Wirft einen Blick in das Innere. Auf den Altar, über dem eine Nepomuk-Figur zu schweben scheint. Nähert sich dem Eingangsportal. Dem bunten, aus Blei gegossenen Wappen darüber. Sramek schaut auf das Wappen. Sramek stutzt. Sramek wird gewahr ...

«Achtung.» In exakt diesem Augenblick knackt es im Funkgerät des Polizeifahrzeugs. Vernehmbar durch die halb geöffnete Fahrertür. Die Stimme von Polizeiobermeister Westerholte: «Meldung vom Polizeipräsidium Wien eingegangen. Wiederhole: Wien. Neuer Ermittlungsstand durch Tatverdächtigen im Fall Maria-Theresien-Mord. Außennachforschungen abbrechen. Habe Anweisung von Schulze-Kappen erhalten. Wiederhole: Außenermittlungen abbrechen. Brockentrup, bestätigen. Eilt.»

«Sramek!», wird Brockentrup, der sich einige Schritte auf ihn zubewegt, dezidiert dienstlich. «Wir sollten dann auch ...» Der Angesprochene verhält sich freilich völlig anders als jemand, der jetzt *soll.* Wie versteinert fixiert er das hochherrschaftliche Wappen. Und nimmt wahr.

Nimmt wirklich wahr.

Sieht ein Wappen mit zwei eingelassenen gekreuzten silbernen Seerosenblättern auf rotem Grund im Zentrum. In einer diagonalen Position zueinander. Schaut und durchforstet in rasantem Tempo seine grauen Gehirnzellen.

«Woher nur kenne ich diese Struktur? Diese auffälligen Linien?» In Srameks Kopf rotieren die Gedanken wie die kleine Kreissäge in der Hand eines Pathologen, der den Schädel eines Toten öffnet. Wie Flashs einer Blitzlichtkamera ruft der Teil des Gehirns, in dem die Speicher der Erinnerungen liegen, die entscheidenden Stichworte ab. Stichworte, die aus einer ersten Ahnung eine sichere Gewissheit formen.

Maria-Theresien-Mord – Autopsiebericht – Opfer am Wiedenbrücker Kirchplatz – Brockentrup – Protokoll der Übereinstimmungen – Zwei gekreuzte Seerosenblätter.

«Wissen's Brockentrup. I wer' noch narrisch ...» Der Polizeihauptkommissar, irritiert durch ein aufkommendes spontanes Unverständnis, hält aus Höflichkeit an sich. Um nicht dem jungen Kriminalaspiranten in die Parade zu fahren. «Was ist? Wir haben wenig Zeit. Wien, Ihr Wien, meldet einen wichtigen neuen Ermittlungsstand. Und das LKA wünscht uns zurück in die Dienststelle. Sofort.»

So aufgekratzt, so emotional hat der Wiedenbrücker Ermittler seinen Gast noch nicht erlebt. «Mag sein, lieber Brockentrup», zerrt dieser an seinem Mantel. «Aber halten's mich fest. Wir haben jetzt eine heiße Spur! Eine verdammt heiße Spur!»

EINE VERDAMMT HEISSE SPUR

27.

Dienstag 23.2.1965
Wien

Presseahnungen in der Schleuse und die Nacht ohne Sophie

«Ach Schatzl, Du willst mir wohl nicht im Ernst erzählen, dass es heute wieder nichts wird. Es geht ja doch schon auf Mitternacht zu.» «Doch», erwidert «Schatzl» alias Eugen Hallgruber, «wieder nicht. Mein Artikel über diesen Sedlenitzky – Du weißt schon, der Tote vom Maria-Theresien-Platz – der muss noch fertig werden. Und – eines sag ich dir gleich: Die Sache ist hochbrisant.» *Der mit dem Jagdinstinkt*, wie der Chefreporter der landesweit verbreiteten Zeitung *Die Presse* in der Redaktion auch genannt wird, forciert das Tempo, ohne unhöflich werden zu wollen. «Ich ruf' dich wieder an, sobald ich durch bin. Bussi, Sophie!»

Der Chefreporter legt auf, drückt dann die wahrscheinlich dreißigste *Eckstein* an diesem Tag im übergequollenen Aschenbecher aus. Geht zum Fenster. Lässt seinen Blick über die schwach beleuchtete Hainburger Straße streifen und die kalte Luft herein. Wenigstens für ein paar Minuten. «Mein Gott, zum Derfrieren!»

Der mit dem Jagdinstinkt sitzt allein in der *Schleuse*. Das ist ein Extraraum für Reporter und Korrespondenten. Der Verlag hat den halbwegs schallgeschützten Raum für besondere Fälle eingerichtet. Etwa dafür, wenn sich Reporter unter Zeitdruck auf ein schlagzeilenträchtiges Thema konzentrieren müssen und die Druckmaschinen quasi schon in Warteposition sind.

Die Presse arbeitet zwar nicht nach dem Konzept *Erst Erscheinen, dann Prüfen der Tatsachen*. Sie will aber auf keinen Fall bei den zentralen Ereignissen hinter der Konkurrenz herhinken. Insbesondere nicht hinter den Boulevardblättern. Die in Österreich mehr Stimmung machen, als es der *Presse* gefallen kann.

Die ersten Absätze von Hallgrubers Leitartikel «stehen», wie die Zeitungsleute sagen. Er ist ein Mix aus Kommentar, Editorial und Hintergrundbericht. Nichts für Puristen, aber durchaus seinem Thema angemessen. Nur noch der Schluss und die Überschriften fehlen. *Headline last*, lautet sein Credo. Der Chefreporter liest seinen Entwurf von Beginn an, zur eigenen Kontrolle.

Ganz Wien rätselt wegen des brutalen Mordes am Maria-Theresien-Denkmal. Vor 72 Stunden ist dort von einem Müllwerker die grässlich zugerichtete Leiche des Wiener Magistratsdirektors Dr. Franz-Rudolf Sedlenitzky aufgefunden worden. Seitdem steht unsere Stadt, die gerade noch das Königspaar Thailands beim Staatsbesuch umjubelt hat, unter Schock.

Der Fall scheint rätselhaft. Ein angesehener Spitzenbeamter der Wiener Stadtverwaltung, ein anerkannter Fachmann auf zahlreichen administrativen Gebieten, ein geschätzter Familienvater. Ein solcher Mann soll Opfer eines brutalen Anschlags geworden sein?

Ja, an diese grausliche Vorstellung wird sich die Öffentlichkeit gewöhnen müssen. Zumal unsere Polizei einen Raubmord ausgeschlossen hat. Tatsächlich – dafür sprechen alle bislang bekannten Indizien – deuten die tödlichen Verletzungen des Opfers auf ein Verbrechen. Auf eine gewollte Auslöschung eines Lebens. Eine Gewalttat aus Rache. Oder wegen einer Rechnung, die noch zu begleichen war.

Hallgruber zündet sich eine weitere *Eckstein* an. Fährt fort, Worte halblaut murmelnd.

Wie Die Presse nach den ihr vorliegenden Informationen bestätigen kann, ist der Maria-Theresien-Mord – so nennt die eingerichtete Sonderkommission der Wiener Polizei den Fall – eines der gravierendsten Kapitalverbrechen der Zweiten Republik. Nach dem, was an Einzelheiten zur Person des Opfers und den möglichen Hintergründen der Tat durchsickert, ist der Anschlag auf Sedlenitzky wahrscheinlich ein von langer Hand geplantes Verbrechen. Ein politisches Verbrechen!

Die Beweggründe der Tat liegen nach Erkenntnissen von Die Presse in der braunen Vergangenheit von Sedlenitzky und Österreichs. Um eines klar zu machen: Die Motive, aus denen hier zugeschlagen wurde, sind nicht zu billigen. Selbst wenn sie sich moralisch herleiten sollten. Sie sind aber nachvollziehbar. Die Täter – die Polizei geht von einer Gruppe oder einer Verschwörung aus – handeln offenkundig, um ein seit Jahren existentes Netz der Begünstigung von Profiteuren der NS-Zeit vor und nach 1945 öffentlich zu machen.

Von Begünstigungen, für die sich der Magistratsdirektor kraft seines Amtes …

Hallgruber nimmt die Hände von der Schreibmaschine, schenkt einen knappen Gedanken seiner Sophie auf dem Foto seitlich an der Schreibtischkante, wendet den Blick kurz dem Telefon zu. Dann reißt sich *Der mit dem Jagdinstinkt* wieder zusammen.

... über viele Jahre eingesetzt hat. Die Sedlenitzky quasi von Amts wegen zum Vorteil seiner Gesinnungsgenossen ausführen konnte. Um ihnen Vorteile aus einer Straftat zu sichern, was im § 299 des österreichischen Strafgesetzbuchs als Straftat gefasst ist. Um ihnen Gelder und Privilegien zu verschaffen. Um sie vor Ermittlung und Verfolgung zu decken, wenn schon mal ein Verdacht auf sie fiel. Ausgelöst durch Ermittlungen im braunen Sumpf.

Ermittlungskreise sprechen von Unterschlagung und Vernichtung von belastenden Dokumenten, von Vertuschung von Einkünften und Gewinnen gegenüber den Finanzbehörden, von Vereitelung amtsinterner Ermittlungen, von Verschleierung von nicht legalen Vorkommnissen gegenüber den Strafverfolgungsbehörden.

Wenn zum Beispiel das Finanzamt bei Sedlenitzky eine bestimmte Akte angefordert hat, die einen der leitenden Beamten in der Gesundheitsverwaltung hätte belasten können, meldete der Magistratsdirektor einfach den Verlust dieser Akte. Danach sorgte er dafür, dass diese im Schredder verschwand.

Insbesondere soll das Opfer Einfluss auf die Untersuchung von Vorteilen aus dem Einsatz von Zwangsarbeitern aus den Außenlagern des KZ Mauthausen sowie der Lager in Groß-Wien genommen haben. Solche Vorteile resultieren aus der Umgehung von eigentlich längst fälligen Entschädigungszahlungen.

«Ob Sophie wohl sauer ist?» Hallgrubers Gedanken nehmen schon wieder eine Abzweigung. Er schaut auf die Uhr. Auf sein Manuskript. Seine fast leere *Eckstein*-Packung, die in einem erbärmlichen Zustand ist. Formuliert weiter.

Nach Stand der offenbar werdenden Dinge war das Opfer keineswegs ein tadelloser Repräsentant der Zweiten Republik. Kei-

neswegs ein besorgter Sachwalter seines Amts. Vielmehr ein überzeugter Nationalsozialist während der braunen Phase unseres Landes, ohne dieser Ideologie jemals zu entsagen. Gedeckt durch den Schutz seines Amtes, war er in Wahrheit das Zentrum einer Gruppe, die es verstand, jeden Verdacht der illegalen Protektion von sich fernzuhalten und mögliche Ermittlungen im Keim zu ersticken. Wie der Presse exklusiv bekannt ist, deuten bei dem Opfer gefundene Dokumente darauf hin, dass die Gruppe der Alt-Nazis international verzweigt und verbunden ist. Demnach wäre der Sedlenitzky-Fall kein Einzelfall.

Wer auch immer die Täter sind, ... resümiert Hallgruber in seinem Schlussabsatz, der auf jeden Fall in den höchsten Kreisen Wiens gelesen werden soll ... *dieser Fall wird die Spitze der Stadt und wohl auch den Innenminister erschüttern. Eine ernsthafte Bewährungsprobe für Polizeipräsident Rudolf Halicek ist er allemal.*

In Hallgrubers Gehirn kämpfen verschiedene Headline-Vorschläge darum, genommen zu werden. In diese Phase rasselt das schrille Klingeln des zweiten Telefons. Es ist mit dem aufgeklebten Zettel *Nur für Notfälle* in der *Schleuse* installiert. Anruf vom Chef vom Dienst, dem CvD der Nachtschicht. «Herr Hallgruber, neue Lage. Polizei nimmt Täter im Fall Maria-Theresien-Mord fest. Die Quelle ist unser Korrespondent in Prag.»

«Verdammt!», entfährt es *Dem mit dem Jagdinstinkt*. Wobei offenbleibt, ob dieser Ausbruch seinem Leitartikel gilt, der jetzt überholt ist. Oder der Einsicht, dass es eine Nacht wird ohne Sophie. Wieder eine Nacht ohne seine aktuelle *one and only*. Eine lange Nacht überhaupt.

28.

Mittwoch, 24.2.1965
Wiedenbrück

Serendipity oder Die Wucht der zufälligen Beobachtung

«Von Ihnen hört man ja Erstaunliches.» Staatsanwältin Bettina Hansmann ist die Erste, auf die Brockentrup und Sramek bei der Rückkehr in die Polizeiwache Wiedenbrück treffen. Die neueste Entwicklung ist schon rum unter den Ermittlern. Der Hauptkommissar hat den LKA-Beamten Schulze-Kappen aus dem Polizei-Opel angerufen. Dann Sramek das Funktelefon gereicht.

«Ich will Sie, Herr Schulze-Kappen, jetzt nicht mit Einzelheiten aufhalten. Aber hinter den Spuren von Rietberg, auf die Herr Brockentrup und ich ...»

«Wieso Rietberg? Ich verstehe nicht ganz.»

«... eben gestoßen sind, und den Spuren in Wiedenbrück, die Sie kennen, und den Spuren parallel zur Tat in Wien verbirgt sich ein weitreichendes kriminelles Geschehen. Es wird uns erlauben, die Täter zu fassen. Hier bei Ihnen und bei uns in Wien. Ich müsste jetzt ziemlich weit ausholen ...»

«Bitte nicht!»

«Daher lassen Sie es mich so sagen: Ich brauche gleich ein Telefon, Ihre Unterstützung bei der Einleitung einer Ermittlung. Später dann ein Ticket für den nächsten Flug zurück nach Wien.»

Das Gespräch, das Sramek mit dem Polizeipräsidenten in Wien führt, dauert keine zehn Minuten. Wegen der Dringlichkeit in der Sache ist es in wenigen Minuten zustande gekommen. Sehr zum Erstaunen des Kriminalaspiranten. Am Ende bekommt er von Rudolf Halicek nicht nur grünes Licht für seinen Plan, die Wiedenbrücker Ermittlungen zu forcieren. «Ich veranlasse, mein lieber Sramek, die Umsetzung Ihrer Idee auch bei uns. Und die 24 Stunden, die Sie sich für Ihren Verbleib bei den Kollegen in Deutschland erbeten haben, diese 24 Stunden bekommen Sie auch. Aber dann sehe ich Sie wieder hier in Wien.»

Die *Kleine Lage* in der Polizeiwache muss ohne Kaffee und belegte Brötchen, geschweige Schlachtplatte, auskommen. Die Zeit, dies einzurichten, reicht einfach nicht. Dafür hat Sramek die Schlagzahl unversehens erhöht. Ohne Vorlauf. Wie auf einem Wildwasser reitend, das sich durch das Gebirge frisst.

Schulze-Kappens Gesichtsausdruck zufolge geht es jetzt ohnehin nur noch um das Wesentliche. Einzig darum, Ermittlungserfolge einzufahren. Dem Moloch draußen, genannt Öffentlichkeit, Futter anzubieten. Den Familien der möglicherweise übrigen Gefährdeten die Angst zu nehmen.

«Liebe Kollegen», beginnt der Besucher aus Wien, ohne sich der plötzlichen Vertraulichkeit seiner Anrede bewusst zu sein, «ich weiß ja, dass Ihnen hier in Westfalen die Gestalt des Grafen von Kaunitz-Rietberg ein Begriff ist ...»

Kaunitz? Die Runde wirft sich erstaunte Blicke zu. Unter den gestrengen Augen des LKA-Ermittlers gibt es aber niemanden, der sein Erstaunen zu äußern wagt.

« ... also des Grafen, der vier Jahrzehnte die Außenpolitik Habsburgs wesentlich prägt. Was aber heute zählt, ist nicht seine Politik. Nicht seine Diplomatie. Nicht seine Idee vom aufgeklärten Absolutismus. Was heute zählt, ist die Rolle, die er unfreiwillig in einem Plan von eigentlich klugen Köpfen spielt, die sich zu Verbrechen verschworen haben. Dieser Kaunitz ist die Schlüsselfigur, die uns zu den Tätern von Wiedenbrück und Wien führen wird.»

Die produktive Stille in den nächsten Minuten wird nur zweimal gestört. Einmal durch das Schlagen der Turmuhr von St. Aegidius. Zum zweiten durch das Klingeln eines Telefons. Polizeiobermeister Westerholte erledigt den Anruf in Sekundenschnelle. Bringt den Apparat zum Verstummen. Endlich ungestört kann der Wiener Kriminalaspirant der *Kleinen Lage* seine Theorie zu beiden Verbrechen entwickeln. Und seinen Plan darlegen, wie den Tätern auf die Spur zu kommen sei.

«Wenn Sie sich fragen, wie ich darauf gekommen bin? Nun, auf der Polizeischule hat man diese Art, vorzugehen, *Serendipity* genannt. Eine vom amerikanischen Soziologen Robert Merton geprägte Untersuchungsmethode. Ich bin sicher, Sie kennen die auch.»

«Um sie kurz zusammenzufassen», fährt Sramek fort, das entstandene Gemurmel elegant überspielend, «in einer zufälligen Beobachtung wird etwas wahrgenommen, was ursprünglich nicht gesucht wurde, aber sich als eine neue überraschende Entdeckung erweist, die weiterführt. Für Hauptkommissar Brockentrup und mich ist heute die

Johanneskapelle in Rietberg der Ort einer solchen überraschenden Entdeckung gewesen.»

SIE KENNEN DIE METHODE AUCH

Sramek ist selbst am meisten über das ungeahnte Selbstbewusstsein verblüfft, das in ihm aufsteigt. Viel wichtiger aber ist ihm zu sehen, wie geschäftsmäßig, um nicht zu sagen professionell die *Kleine Lage* auf seinen aktuellen Fahndungsvorschlag reagiert. Keine Nachfragen. Kein spöttisches Lächeln. Nicht einmal von der Staatsanwältin.

In den Uni-Bibliotheken der Region mit Studienangeboten in Geschichte, lautet der Plan, *soll erkundet werden, wer in den vergangenen zwölf Monaten Denkschriften von Kaunitz ausgeliehen hat. Für alle Fälle auch Biographien über ihn.* «Ich denke insbesondere an die Hochschulen Münster, Frankfurt, Heidelberg. Die gleiche Anfrage läuft übrigens bereits in Wien und bald auch in Brno in der ČSSR, was Sie als Brünn kennen.»

Sramek mustert die Runde, als hätte es die Warnung Friederikes vor dem Umgang mit den Deutschen nie gegeben. Er spürt latente Anerkennung, die seine Zuversicht noch steigert. Selbst über das Maß hinaus, das eh schon da ist. Und wagt sich weit nach vorn: «Wir Polizisten wetten ja nicht im Dienst. Aber lassen Sie es mich so sagen: Ich rechne mit Ergebnissen in den nächsten 48 Stunden.»

IN DEN NÄCHSTEN 48 STUNDEN

29.

Mittwoch, 24.2.1965
Wien

Ein Zugriff ohne Blutvergießen und der Drohbrief aus der Schreiadler-Szene

«Einfach nur ruhig bleiben. Nur ruhig!» Mit bewusst knappen Worten, die Rudolf Halicek vor sich hinspricht, versucht der Polizeipräsident seine Nervosität zu bekämpfen. Die hat sich nach dem telefonischen Austausch mit dem Wiener Polizeiaspiranten keinesfalls gelegt. Eher ist sie jetzt präsenter. Wie ein Riss, der durch das zentrale Nervensystem geht.

Kann er dem jungen Kriminalaspiranten ohne weiteres vertrauen? Einerseits schätzt er ihn. Seine jugendliche Manier, neues Denken in die Behörde zu bringen. Andererseits? Und dieser Mangel an Erfahrung?

Immer wieder legt er die wenigen Schritte zwischen seinem Palisander-Schreibtisch und der Fensterfront Richtung Parkring zurück. Dort, in der nächtlichen Dunkelheit, gibt es freilich nichts zu sehen. Die Dienstfahrzeuge der Polizei fahren auf der anderen Seite des Gebäudes vor.

Auch die Metternich-Abbildung nach dem Gemälde von Thomas Lawrence auf der Querseite seines Büros bietet wenig Anregung. Zu oft ist sein Blick an dem Porträt hängen geblieben. Auch an der auffälligen Position des linken Auges, die der Maler dem absolutistischen Fürsten hat angedeihen lassen.

Dann und wann greift Halicek unwillkürlich nach dem Pressespiegel des Tages. Dieser dokumentiert Nachrichten und Hintergrundberichte der Zeitungen Österreichs sowie relevanter Medien aus Deutschland. Gelegentlich auch aus englischen Blättern. Der Polizeipräsident gehört zu den wenigen Führungskräften seiner Behörde, die über die nationale Agenda hinausschauen.

Ihm imponiert, wie er intern zu erkennen gibt, die kontinuierliche Berichterstattung der deutschen Presse über den Auschwitzprozess in Frankfurt am Main. «Es ließe sich vieles über das Deutschland nach 1945 sagen», pflegt Halicek dann zu äußern. «Aber nichts gegen seine Versuche, sich der Vergangenheit zu stellen. Gegen viele Widerstände. Anders als bei uns.»

Der 24. Februar 1965 ist der 58. Tag der Beweisaufnahme in einem Prozess, der seit Dezember 1963 gegen Angehörige der SS-Wachmannschaften wegen Beteiligung an der Ermordung von Juden geführt wird. In den führenden Zeitungen Österreichs ist der Frankfurter Prozess auf den Rang von einspaltigen Meldungen geschrumpft. Ein Umstand, der Halicek umtreibt.

Der Polizeichef wünscht sich mehr Sensibilität gegenüber den ungelösten Fragen der jüngsten Vergangenheit. In der Politik wie in der Bevölkerung. «Natürlich kann eine ähnliche Prozesswelle auch in Wien losgetreten werden.» Wie er das ausspricht lässt vermuten, dass er sich das wünscht. Verfahren gegen österreichische NS-Täter sollten aber nicht ohne öffentliche Vorbereitung in Gang kommen, findet er.

Debatten in den Medien. Noch wichtiger, Gespräche in den Familien, Unterricht in den Schulen.

Halicek hasst es, wenn gehandelt werden muss, er persönlich aber praktisch nichts bewegen kann. «Das würde dir, alter Junge, auch nicht passen», murmelt er in Richtung Metternich-Gemälde. Nun gut, dieser Franticek Veselý befindet sich in einem geschlossenen Kastenwagen der Polizei auf dem Weg nach Wien. Die Posten am Grenzübergang Drasenhofen haben ihn kurz vor dem Passieren der österreichischen Schlagbäume in Annäherung an den Grenzstreifen der ČSSR festgenommen. Auf seinem Weg zurück nach Brno. Ein Zugriff ohne Blutvergießen. Zum Glück.

Nun gut, er wird noch in dieser Nacht im Wiener Polizeipräsidium verhört werden. Wie die beiden in dem Lieferwagen, die für seinen Transport gesorgt haben. Ohne dass davon «draußen» irgendjemand, wie Halicek glaubt, irgendetwas erfährt. Mit «draußen» sind natürlich die Medien gemeint.

Die Polizei Brno hat weitere Informationen zugesagt. Zeitnah. Informationen auch zu den beiden jungen Leuten, die der Mittäterschaft verdächtig sein sollen. Die zeitgleich mit den Vorgängen in Drasenhofen in ihren Wohnungen in Brno gestellt und verhaftet worden sind. Ihre Namen kennt er nicht. Noch nicht.

Halicek lässt die Stichworte der Meldung noch einmal in seinem Kopf Revue passieren, die ihm Viktor Panenka, der Polizeichef von Brno, telefonisch gemacht hat. *Rychlá Pravda*, hat er erfahren, sei der Deckmantel für eine Gruppe, die die Autorität des Staates untergraben wolle. Die sich anmaße, Justiz zu spielen. Das Recht für ihre Belange zu missbrauchen. Diese Gruppe sei mit Gleichgesinnten über ein Kommunikationssystem mit Reisetauben in der DDR verbunden. Wahrscheinlich auch in anderen Ländern wie der Bonner Republik. Dies habe eine Katarina Fritsche in Guben in der Lausitz enthüllt, die von der Staatssicherheit der DDR vernommen worden sei.

«Ja», hatte Panenka hinzugefügt, «wir können uns noch auf die richtigen, die mit uns befreundeten Deutschen verlassen.»

Die Taubenausstellung in Brno im November – so Panenka weiter – sei eine Drehscheibe für Aktionen gewesen. «Ausgerechnet» im Ring einer Brieftaube habe die DDR-Staatsicherheit bei der Fritsche die entscheidende Warnung gefunden. «Akce Odpor Wien 20.2. Im Ring einer Reisetaube, Herr Polizeipräsident. Einer Taube, die diesem Veselý zugeordnet werden kann.» Man werde noch herausbekommen, gegen wen sich die geplanten Aktionen richten. Sei es jetzt oder zukünftig.

Ob dieser Veselý als Täter des Wiener Mordes in Frage komme, «müsst Ihr allerdings schon selbst in Erfahrung bringen». Es sei aber wohl naheliegend. Er, Halicek, werde alle Informationen noch schriftlich bekommen.

Der Fall Sedlenitzky eine Verschwörung? Ein Täternetzwerk? Ein internationales Komplott? Unter den Augen des Staates? Der Polizeipräsident grübelt. Nach dem, was in der SoKo *Maria-Theresien-Mord* auf den Tisch gekommen ist, müsste er den Generalsekretär im Innenministerium einschalten. Oder zumindest die Wiener Staatsanwaltschaft. Oder hätte dies schon tun müssen. Wohl gezielt die Abteilung, die die Korruption bekämpft.

«Wenn nur Polizeimajor Lukacek jetzt greifbar wäre!

Und dieser Jungspund, den wir nach Deutschland geschickt haben», denkt Halicek. «Dieser Anton Sramek. Ein unbeschriebenes Blatt. Aber bestimmt eine Begabung. Da bin ich mir sicher.»

In diesem Augenblick stürmt der Direktor der Abteilung Politische Straftaten im BK, der Leiter der SoKo *Maria-Theresien-Mord*, Raimund Wydrenka, ins Büro des Polizeipräsidenten. Er postiert sich mit einem Bündel Papieren, wohl Fernschreiben, in der Hand unter dem Porträt Metternichs.

Mit ungewöhnlicher Vehemenz legt er los: «Wir denken nicht weit genug, Herr Präsident. Wahrscheinlich haben wir es nicht nur mit einem Netzwerk der Täter zu tun. Auch was die Opfer angeht, sollten wir im Plural, in der Kategorie mehrerer, einer Gruppe von Leuten denken. Einer verschworenen Gemeinschaft, die sich unter den Nazis gefunden hat. Die damals gemeinsame Sache gemacht hat. Und heute. Deren Mitglieder sich nach 1945 wechselweise gedeckt haben.»

Wydrenka scheint Anstalten zu machen, in dem Papierwust in seiner Hand nach einer bestimmten Unterlage zu suchen. Ein energischer Blick Haliceks stoppt sein Hantieren abrupt. «Diese Leute haben sich unter den braunen Schatten die Hände schmutzig gemacht», schließt der SoKo-Chef an. «Was aber nie aufgedeckt wurde. Bis heute. Die haben damals voneinander profitiert. Und profitieren noch heute voneinander.»

«Ich versteh' nicht ganz, mein lieber Wydrenka, gibt es Beweise?» Mit einer knappen Handbewegung lädt Halicek den Leiter der SoKo ein, an seinem Schreibtisch Platz zu nehmen. Die beiden Männer sitzen jetzt einander gegenüber. Quasi im Blickfeld Metternichs. Der eine hört zu. Etwas, worauf sich Halicek versteht. Der andere trägt vor. Für Wydrenka fast ein Ritus.

In den nächsten Minuten fällt immer wieder der Begriff *Gruppe Schreiadler*. Fällt der Begriff KZ Mauthausen, verbunden mit dem Hinweis auf seine Nebenlager für Zwangsarbeiter. Auch der Name Schulze-Kappen fällt. «Ein guter Mann», lernt der Polizeipräsident. Wydrenka und der deutsche LKA-Beamte verstehen es offensichtlich im ständigen Austausch, die Ermittlungen gemeinsam voranzutreiben.

Vor den Augen Haliceks lichtet sich Schicht für Schicht ein Teil des Nebels, der bislang über der Tat vom Maria-Theresien-Denkmal liegt. Er erfährt, dass Sedlenitzky der *Gruppe Schreiadler* angehörte. Einem Teil der Verbindung von Medizinern, Pharmazeuten etc., die nach 1942 in Treblinka eingesetzt waren. In einem der Konzentrationslager auf dem Gebiet des heutigen polnischen Staates.

Für den Polizeipräsidenten ist die Information über Verbrechen von Ärzten in NS-Lagern keineswegs Neuland. Ist er doch im Bilde, seit er sich mit Alexander Mitscherlichs «Medizin ohne Menschlichkeit» befasst hat. Und schrecklich berührt ist. Das 1960 erschienene Buch des deutschen Psychoanalytikers beleuchtet Dokumente, die im Nürnberger Ärzteprozess von 1946/47 eine Rolle spielen.

Was Halicek auch erfährt, ist die Tatsache, dass Sedlenitzky ein Pharmaziestudium begonnen, dies aber nach vier Semestern abgebrochen hat. Was aber nicht in seiner Personalakte vermerkt sei. Woher, will Halicek wissen, dieses Detail stamme. «Wir kennen den Fakt aus der polizeilichen Anhörung dieses Siegfried Kreyssig in Münster in Nordrhein-Westfalen. Das ist der Gerichtsmediziner, der sich erst verdächtig gemacht und sich dann eine Abreibung eingehandelt hat. Vermutlich aus linken Kreisen.»

Immerhin habe dieser Kreyssig, fährt Wydrenka fort, bei der Entschlüsselung der geheimnisvollen Papiere entscheidend geholfen, die bei den Opfern von Wiedenbrück wie von Wien aufgefunden worden sind. «Das LKA in Deutschland und damit wir Wiener Ermittler wissen nun, was die Zahlen hinter den Namen auf den Listen bedeuten. Auch hinter dem Sedlenitzkys. Es sind Angaben zu medizinischen Tests an Häftlingen. Zu Gefangenentransporten. Zum Einsatz von Zwangsarbeitern, deren Löhne dem Staat in Rechnung gestellt und dann kassiert wurden. Löhne, die natürlich nicht bezahlt wurden.

Darunter sind auch Angaben zu Unterstützungsaktionen zugunsten der SS und weiterer Nazi-Organisationen. Protokolle der Unmenschlichkeit!»

Halicek erfährt noch mehr. Dass Sedlenitzky am Morgen der Tat auf dem Weg von einem Kameradschaftstreffen der österreichischen *Schreiadler*-Fraktion zurück zu seinem Büro unterwegs ist. Dass er mit seinem Dienstausweis kein Problem hat, hinter die Absperrungen zu gelangen. Dass der Verdächtige, den die Wiener Polizei alsbald verhören wird, der mutmaßliche Täter, sich am 20. Februar unter die Müllarbeiter geschmuggelt hat, die am Inneren Ring eingesetzt waren. «Für die war es, Herr Präsident, natürlich keine Überraschung, einen Kollegen in ihren Reihen zu wissen, der sich in unserer Sprache nur mit einem slawischen Akzent zu verständigen vermag. Bekanntlich sind wir für den Balkan ein schon sehr offenes Land.»

Halicek nickt, als Wydrenka nachsetzt. «Ganz sicher hätten wir dies den Josip – Sie wissen der, der den Toten gefunden hat – bei der Erstvernehmung schon fragen müssen. Aber damals wussten wir nicht, was wir heute wissen. Dann kamen die Informationen aus Brno. Und eine nochmalige Vernehmung des Josip hat dies bestätigt. Ziemlich schnell, kann ich Ihnen versichern.»

Etwas indigniert beobachtet der Polizeipräsident, dass der SoKo-Leiter noch einmal unter den mitgebrachten Papieren kramt. Das ändert sich aber rasch, als der endlich ein DIN-A4-Blatt mit aufgeklebten Buchstaben präsentiert. Wohl ausgeschnitten aus einer Zeitung. Vermutlich aus einem Wiener Blatt. Offenkundig ein Drohbrief.

Keine weiteren Ermittlungen gegen Sedlenitzky. Verfolgen Sie die Täter, nicht das Opfer. Nieder mit den linken Vaterlandsverrätern, liest Wydrenka Zeile um Zeile Halicek vor. Und fährt fort: *Rechnen Sie mit einem Gegenschlag. Wir verfügen über Mittel.*

Natürlich ist der Wisch ohne Unterschrift. Immerhin gibt es ein Zeichen am Fuß des Blattes. Konturen des Kopfes eines Adlers. Es könnte auch der eines Schreiadlers sein.

«Die Sympathisanten Sedlenitzkys beobachten, was wir tun», bemerkt Wydrenka knapp. «Klar ist, dass sie wollen, dass alles weiter unter dem Teppich bleibt.» Sein Blick ist auf den Adlerkopf gerichtet. Wydrenka sinniert, die verwunderte Miene des Polizeipräsidenten ignorierend: «Es könnte auch ein Schreiadler sein.» Ein Zeichen.

DAS ZEICHEN EINES SCHREIADLERS

30.

Mittwoch, 24.2.1965
Brno

Ein Mann von gestern und Zigarren aus Kuba

«Aufklärung? Die kannst Du haben.» Mit scharfem Ton schneidet Viktor Panenka seinem Gegenüber Milan Veselý das Wort ab. «Dein Neffe gehört zu den Verdächtigen, die mit der Ermordung eines hohen Beamten in Wien zu tun haben.» Der Polizeichef schiebt mit einer Miene der Verärgerung einen Stapel Akten auf seinem Schreibtisch zur Seite. Obenauf liegt ein Fernschreiben in deutscher Sprache. Vermutlich von der DDR-Staatssicherheit.

Panenka zündet sich eine Zigarre der Marke *Cohiba* aus Havanna an. Die Einfuhr von edlen Tabakwaren aus Kuba ist einer der Vorteile in der Völkergemeinschaft des Kommunismus.

«Am besten, alter Freund, sagst du mir gleich alles, was du über diese Sache weißt. Über *Rychlá Pravda* und *Akce Odpor Wien 20.2.*. Und diesen Veselý, der immerhin Deinen Namen trägt. Du willst dir doch bestimmt den Ärger ersparen, den du mit Sicherheit bekommst, falls mir hier etwas vorgemacht wird.»

Die Anrede «alter Freund» ist in diesem Fall mehr als eine Floskel. Professor Milan Veselý, der Heraldiker, den Tomáš Masopust liebevoll *První Strýc* nennt, ist ein Schulfreund des Polizeichefs. Seit die beiden Erstklässler waren, sind sie miteinander verbunden. Anfänglich eng. Sehr gut können sich beide an den 15. März 1939 erinnern, als die deutschen Truppen in Prag einmarschieren. Wie sie damals gebangt haben. Um die Zukunft ihres Landes. Um ihre Heimat. Um ihre Familien.

Mit dem Kommunismus, der später die Nazis ablöst, sind beide getrennte Wege gegangen. Systeme spalten Nationen, manchmal auch Freundschaften. Milan weiß das besser als manch anderer. Einem Heraldiker alter Schule hat das neue System ohnehin wenig zu bieten. Das ist Milan schon nach wenigen Wochen Kommunismus klar. Nur plakative Motive wie *Hammer & Sichel*! Und jede Menge Sterne. Vor allem auf Uniformröcken. Bei Gott, kein Alleinstellungsmerkmal.

Milans Versuch, eine Aufhebung des Hausarrests für Pavel und Jana zu erreichen, scheitert schon im Keim. «Was willst du? Du, ein Mann von gestern! Ein Auslaufmodell!», hält ihm der Polizeichef entgegen. Dabei mit der Faust auf den Schreibtisch schlagend. Ohne Rücksicht auf die *Cohiba*, die im Aschenbecher hin und her taumelt. Jedes seiner Worte trifft den *Ersten Onkel* in die Magengrube. Wie der Aufwärtshaken eines Boxers.

«Und, dass du es weißt», Panenka holt zum finalen K.-o.-Schlag aus, «unsere österreichischen Kollegen haben einen Veselý kurz vor der Grenze zur ČSSR festgenommen. Es würde mich nicht wundern, wenn es sich dabei um Franticek, Deinen Neffen, handelt.» Diesen Träumer. Der von dem völlig irrelevanten Fürsten Kaunitz schwärmt, als würde er im falschen Jahrhundert leben.»

Die *Cohiba* erfährt eine neue Wertschätzung. Der Polizeichef nimmt einige Züge. «Und ebenso wenig würde es mich wundern, wenn wir auf den Kontakt stoßen, den dieser Veselý, dein Franticek, mit einer gewissen Katarina in der DDR unterhält. Die war ziemlich gesprächig, als unsere Kollegen von der Stasi sie vernommen haben.» «Gesprächig» ist natürlich Sarkasmus pur.

«Hör jetzt auf, Viktor. Es ist doch nichts bewiesen. Immerhin haben eine Menge Leute in unserem Land den Namen Veselý.» Professor Milan Veselý, der Mann mit der Kompetenz, die derzeit niemand im System der ČSSR braucht, bricht unvermittelt ab. Fast unfähig, seinen letzten Satz zu vollenden.

Ahoj! Der ironische Unterton in Panenkas Schlusstirade in Richtung seines Besuchers ist mehr als deutlich zu vernehmen. Der Polizeichef wendet sich wieder seiner *Havanna*-Zigarre zu. Nimmt Platz. Greift zum Telefonhörer. «Panenka hier!» Und nach einigen Sätzen hin und her: «Ja, Genosse Parteisekretär. Festnehmen. Alle festnehmen. Sie können sich auf mich verlassen.»

Mit scheppperndem Lärm zieht ein Kastenwagen mit der Aufschrift *Policie* dicht an der Schulter Milans vorbei seine Spur, als der mit zitternden Knien die Polizeistation verlassen hat. «Hoffentlich geht es nicht um Pavel und Jana», geht ihm durch den Kopf. «Und hoffentlich ist es nicht Franticek!»

Der in Wien, dem diese Hoffnung gilt, hat sich vorläufig eingeigelt. «Ich spreche Ihre Sprache nicht. Ich spreche die Sprache der Tschechoslowakei. Und Russisch.» Das sind die einzigen Worte, die Lukacek und zwei Vernehmungsbeamte von dem Mann von der Grenze zu hören bekommen. Worte die der, der nicht Franticek Veselý sein will, in der Sprache der ČSSR an einen Dolmetscher gerichtet hat. Der Übersetzer wird in den nächsten Minuten wenig zum Übersetzen bekommen. Der Mann von der Grenze hat sich entschieden, nicht auszusagen. Er weiß, dass er das in Österreich gefahrlos tun kann. In seinem Heimatland wäre es anders.

Aloys Lukacek, zwei Stunden nach Mitternacht aus seinem Bett geklingelt, ist eines schnell bewusst geworden. Diese Vernehmung wird keine Ergebnisse bringen. Jedenfalls vorerst. «Der will Zeit gewinnen. Bis klar ist, ob die Anderen reden.» Der Polizeimajor signalisiert seinen Kollegen, was jetzt Sache ist. *Vernehmung fortsetzen. Mann zur Aussage provozieren. Auf Zeit spielen.*

Er verlässt den Vernehmungsraum, irgendwie unzufrieden. Als erfahrener Kriminaler weiß er, dass in wenigen Stunden die Wiener Zeitungen bei jedem Trafik in der Stadt liegen werden. Dass Journalisten wie *Der mit dem Jagdinstinkt* den Druck auf die Polizei erhöhen werden.

Aktuell wartet Lukacek auf Sramek, seinen Assistenten. Und mit ihm auf Ergebnisse der Aktion, die dieser mit der Prüfung der Ausleihen an den ausgewählten Universitätsbibliotheken in Gang gesetzt hat. Noch von der Polizeiwache in Wiedenbrück aus. Unterstützt von einem Wiener Polizisten, der sich persönlich auf die Fährte der Wiener Universität gesetzt hat. Der auch die Fäden zur Universität in Brno geknüpft hat.

Eigentlich, findet Lukacek, wäre es angemessen, Sramek persönlich am Flughafen Schwechat in Empfang zu nehmen. Als Geste der Anerkennung seines Engagements. Solche

Gesten sind den Jungen im Polizeidienst wichtiger als pure Beförderungen.

Was Lukacek nicht bedenkt – auch Friederike findet es mehr als passend, ihren Anton am Flughafentor *Ausgang* in Empfang zu nehmen. Sie vermisst ihn, selbstverständlich. Aber noch mehr ist sie neugierig zu erfahren, was sein Auslandseinsatz im Falle des Toten von Wiedenbrück erbracht hat. Ob seine Recherchen in Deutschland auch den Nebel um die Bluttat von Wien ein Stück vertreiben können.

Auf diese Idee wäre Friederike von sich aus natürlich nie gekommen. Nie, fürwahr. Obwohl die junge Frau vom Extraordinariat für Kardiologie im Allgemeinen Krankenhaus Wien den hellsten Köpfen ihres Jahrgangs zuzurechnen ist. Wie denn auch, da höchstens eine Handvoll von Zuständigen und Eingeweihten in den beiden Fällen auf dem Stand der Dinge sind. Von den Tätern und ihren Unterstützern natürlich abgesehen.

Jetzt, drei Stunden nach Mitternacht, wird der Polizeimajor plötzlich von Resignation überfallen. Das Gros der Räume und Fenster im Polizeipräsidium ist unbeleuchtet. Nachtruhe eben. Auch die Pressestelle liegt brach. «Wenn die SoKo wenigstens einen APA-Anschluss hätte», ventiliert Lukacek auf dem Weg zu seinem Büro. «All das zu wissen, was die Presse weiß, das hätte schon was.»

Der Polizeimajor streckt sich auf dem Feldbett aus, das er sich zeitgleich zu den Ermittlungen im Fall des getöteten Ballettmädchens in der Wiener Staatsoper geleistet hat. Eine gute Anschaffung!

ZU WISSEN WAS DIE PRESSE WEISS

Mit den Morgenzeitungen erfüllt sich Lukaceks Ahnung. Wiens Öffentlichkeit wird katapultartig auf den neuesten

Stand der Dinge gebracht. An einem Grenzübergang Österreichs zur ČSSR, ist in mehreren Blättern zu lesen, sei in der Nacht ein *Franticek V.* festgenommen worden. Circa 25 Jahre alt. Auf dem Rückweg von Wien mit einem Brieftaubentransporter nach Brno. Laut *Kurier* handelt es sich wahrscheinlich um den Täter, der den Mord an Sedlenitzky verübt haben soll. Nach Informationen eines Korrespondenten von *Die Presse* in Prag ordnet die Polizei in Brno ihn einer Gruppe von linken Oppositionellen zu. Diese plane Anschläge gegen Autoritäten.

Die *Kronen Zeitung* weiß, die Wiener Polizei habe ein Drohbrief erreicht. In diesem würden der Stopp der Ermittlungen gegen das Opfer und die konsequente Verfolgung der Täter, dort «linke Vaterlandsverräter» genannt, gefordert.

31.

Mittwoch, 24.2.1965
Wiedenbrück – Münster

Die Ahnung des Polizisten und der Zugriff im Deutschen Haus

Lange Straße. Ein Einfamilienhaus. Eng die Gasse zum Nachbarn. Weiß geputzt. Dunkle Fensterläden. Angedeutete Balkone im ersten Stock. Ein kleiner Garten. Eine mannshohe Hecke rundum. Der Stil der 60er-Jahre. Die Sträucher dämpfen auch das Gemurmel von der Ems, die nah vorbeifließt. Zwei Fremde, einer mit einer Fotokamera über der Schulter, klingeln an der Haustür. «Ist Lia da? Wir kommen von *DIREKT*. Sie kennen doch *DIREKT*, Deutschlands große Boulevardzeitung.»

In rascher Folge fallen die Sätze, kaum dass die Tür geöffnet wird. Es sind beide Elternteile, die sich im Türrahmen zeigen. «Wir möchten mit Lia sprechen. Wir wollen berichten, wie Ihre Tochter inzwischen das Geschehen überwunden hat. Das interessiert unsere Leser. Sehr.»

Die Antwort kommt prompt. «Nicht mit meiner Tochter. Es reicht ja wohl, dass sie das erleben musste.» Im nächsten Augenblick ist die Tür wieder verschlossen. Unverrichteter Dinge ziehen die Reporter ab. Ziemlich mürrisch. «Kein

Verständnis für die Arbeit der Presse», murmelt einer der unwillkommenen Besucher.

Kurz danach ändert sich die Szenerie für *DIREKT* und die weiteren Medien, die am Fall des Toten vom Kirchplatz förmlich kleben. Von *DIREKT* wird dies so was von willkommen geheißen. Geradezu durchgreifend, nach den Tagen der dosierten Informationen. Dem von der Polizei verwalteten Nichts an Nachrichten. LKA, Staatsanwaltschaft und Polizei kündigen eine gemeinsame Pressekonferenz an, voraussichtlich für den Nachmittag. Wegen des erwarteten Presseandrangs soll sie im Wiedenbrücker Rathaus stattfinden. Außerdem sollen sich die Medienvertreter schriftlich anmelden.

Die vage Ankündigung des Termins ist ein polizeilicher strategischer Schachzug. Auch der Einbau einer kleinen bürokratischen Schikane. Während die Medien warten, handeln die Institutionen. Klopfen sie die aktuellsten Ermittlungen ab. Werden Erkenntnisse als vertraulich oder als für die Öffentlichkeit geeignet bewertet. Werden bei Zweifeln die oberen Chefetagen bemüht, sei es beim Polizeipräsidenten, sei es beim LKA.

In den nächsten Stunden, hieße es wohl in einem schlechten Roman, überschlagen sich die Ereignisse. Die Ermittlungen in der *Causa Rudolf K.* bewegen sich. Wer weiß, vielleicht schon in Richtung Ziellinie.

Wenige Stunden nach der Tat ist der Polizei der Mann ins Netz gegangen, der in Münster den Anschlag auf den Gerichtsmediziner Kreyssig verübt hat. Zufällig. Nun ja, eher nicht. Zufall, wusste schon die mährisch-österreichische Schriftstellerin Marie von Ebner-Eschenbach, sei die «in Schleier gehüllte Notwendigkeit». Fakt: Der 24-jährige

Alfons Lütke-Kreiwinkel ist bei einer Routinekontrolle einer Streife gefasst worden. Im *Deutschen Haus*, der Stammgaststätte des Katholischen Studentenvereins *Germania*.

Alfons L.-K. ist nun ein neuer Eintrag im Polizeiregister.

Täter neigen dazu, den Schauplatz ihrer Tat wieder aufzusuchen. Nach diesem Erfahrungsgrundsatz hat sich einer der beiden Polizisten von seiner Ahnung leiten lassen. «He, Kollege, lass uns da mal einen Blick reinwerfen.» Als die Beamten wie beiläufig den Schankraum betreten, benimmt sich unter den ansonsten harmlosen studentischen Gästen einer auffällig. Trippelt von einem Bein auf das andere. Dann verdächtig. Er weicht den Blicken der Polizisten aus. Versucht, als sich diese ihm nähern, nach draußen zu laufen. Sein Pech. Einer der Beamten versperrt ihm den Ausgang.

Lütke-Kreiwinkel, ein muskulöser, untersetzter, noch jugendlicher Mann mit einer Boxerstatur, folgt der Streife widerstandslos in den vor dem *Deutschen Haus* geparkten Polizeiwagen. Schon erstaunlich.

«Wissen Sie, irgendwie hatte ich euch von der Polizei erwartet. Man darf die von gestern nicht ungeschoren davonkommen lassen. Also muss man was tun und das Risiko in Kauf nehmen.»

Die von gestern? Die Münsteraner Vernehmungsbeamten verstehen wenig. Anders als Alfons L.-K. sind sie nie in den Barackenresten des Stalag 326 in Stukenbrock gewesen. Haben sie sich nie systematisch mit der zerstörerischen Gewalt der Zwangsarbeit befasst. Erstaunlich auskunftsfreudig erleben sie den Festgenommenen. Er weist sich als Student der Sport- und der Geschichtswissenschaft an der Wilhelms-Universität Münster aus. Gibt Herzebrock, Samtholzstraße, als seinen Wohnsitz an. Einen Ort in der Westfälischen Bucht, der sich durch eine gut sortierte Mischung aus Wirtschaftsunternehmen und Landwirtschaft auszeichnet. Einen Ort, wo die Leute in der Landbäckerei Rohmann den angeblich besten Pumpernickel der Region bekommen. Einen Ort, der gerade einmal acht Kilometer vom Wiedenbrücker Zentrum entfernt ist.

Eine Strecke, die sich auch mühelos mit dem Fahrrad zurücklegen ließe. Ein Flecken, an dem sich ziemlich problemlos Tauben halten lassen. Brieftauben, mit denen man bei Rennen Geld verdienen kann. Für das Studium zum Beispiel. Renntauben, was viel wichtiger ist, die Verbindungen schaffen. Über Mauern, Grenzen und konkurrierende politische Systeme hinweg.

«Was die Sache mit dem Ex-Nazi bei der *Germania* angeht, da könnt Ihr sicher sein, dass ich da nicht alleinstehe.» Das ist einer der Sätze, die die Beamten stutzig machen, bevor sich die Tür der Arrestzelle hinter Lütke-Kreiwinkel schließt. Im Vernehmungsprotokoll heißt es noch, *L.-K.* habe angegeben, Verwandtschaft in Rietberg zu haben. Den dortigen Apotheker Tremmner. Dr. Hans-Hermann Tremmner.

Die Polizeidienststelle Wiedenbrück erreicht alsbald die *Eilt!*-Information, man habe einen ernsthaft Verdächtigen in Arrest genommen. Und eine «wirklich heiße Spur».

32.

Mittwoch, 24.2.1965
Wiedenbrück – Nottuln – Havixbeck

«Wir stehen zu dem, was passiert ist» und Festnahmen ohne Handschellen

«Ihr kriegt Euer Futter noch. Lasst uns doch einfach die Arbeit machen, die jetzt gemacht werden muss.» Nicht die mindeste Chance hat das Reporterteam vor dem Haupteingang der Wiedenbrücker Polizeiwache, Brockentrup den Weg zu verstellen. Der Hauptkommissar ist zwar nicht so grantig wie sonst gegenüber Medienvertretern. Aber doch ziemlich bestimmt. Für die gelinde Freundlichkeit, die er sich ausnahmsweise leistet, spielt ein außerdienstlicher Grund eine Rolle. Ihm ist es gelungen, kurzfristig eine physiotherapeutische Behandlung gegen seine Arthritis zu bekommen. Geschoben zwischen zwei Dienststunden. Immerhin.

Drinnen laufen die Fäden bei Schulze-Kappen zusammen. *Aber der Richtige, wenns einen gibt auf dieser Welt ...*, träumt Arabella in der gleichnamigen Oper von Richard Strauss auf den Text von Hugo von Hofmannsthal. Jetzt, da die Ermittlungen auf Hochtouren laufen, nach Koordination verlangen, nach stabiler Vertraulichkeit intern, ist *Das Gehirn* schlicht der Richtige.

Erstaunlicherweise nimmt er sich noch Zeit, Worte der Anerkennung zu verlieren. So für den eintreffenden Brockentrup. «Das haben Sie sehr gut hingekriegt, Sie und Ihr Herr Aspirant aus Wien.» Ein Satz, völlig frei von Ironie. Ein Satz, der selbst einen alten Haudegen wie Brockentrup freut.

«Ihr könnt Euch die Handschellen sparen!» Ohne Widerstand lässt sich die junge Frau festnehmen und aus der Wohnung ihrer Eltern abführen. Die sind zum Glück gerade nicht anwesend. In Nottuln, der Gemeinde im Münsterland, ist der Polizeieinsatz von nur wenigen Minuten praktisch nicht bemerkt worden. Ein Vorteil, auf dem Lande zu wohnen, wo die Menschen nicht so gedrängt leben wie in den großen Städten. Wo die Menschen zwar vieles voneinander mitbekommen, schon um den Klatsch untereinander zu füttern. Aber nicht, wenn das Ereignis überraschend kommt. Wenn es rascher kommt und geht als ein Gewitter.

Ähnlich die Situation zeitgleich in der Schlösser- und Burgengemeinde Havixbeck. Der von der Polizei Gesuchte öffnet den Uniformierten freiwillig die Tür des Hauses an der Billerbecker Straße. Kein Gedanke an Flucht. Kein Protest, als die Handschellen klicken. Keine Polizeibeschimpfung, mit der ein Einsatzkommando immer rechnen muss. «Natürlich wusste ich, dass Sie kommen werden.» Und zu den Eltern, die schockiert im Flur stehen: «Macht Euch keine Sorgen. Alles wird gut. Schließlich gehören wir zu den Anständigen in unserem Land.»

Wir? Dieses Wort wird erst später seine Bedeutung enthüllen.

Die österreichisch-deutsche Allianz funktioniert prächtig. Srameks Idee der Recherche bei den Historischen Fachbibliotheken ausgewählter Universitäten in Deutschland und Österreich zeigt prompt Ergebnisse. In den Karteikästen der Fachbibliothek für Europäische Geschichte der Wilhelms-Universität Münster sind drei Namen vermerkt. Namen von Studenten, die in den letzten drei Monaten Bücher zu Wenzel Anton Kaunitz ausgeliehen haben. Vor allem Denkschriften. Zwei davon mit vollständiger Adresse.

Almut Schäffner (20), Tatverdächtige, und *Hans Neuenhöfer (23), Tatverdächtiger*. So werden sie ab sofort in der Polizeiakte geführt. Als *Almut Sch., Hans N.* in der Pressemitteilung, die in den nächsten Stunden herausgehen wird.

Der dritte Name ist ohne Anschrift geführt. Das ist aber erst einmal sekundär. Der Ermittlungserfolg ist perfekt. Die Vernehmung der Gefassten im Polizeipräsidium Münster soll erste Details zu Tage fördern. Ihre Überstellung nach Wiedenbrück danach folgen.

Von Stunde zu Stunde wird das Netz der Ermittlungen um Almut Sch. und Hans N. enger. Bei seiner ersten Vernehmung nennt Lütke-Kreiwinkel, der den Angriff auf Kreyssig zugegeben hat, die Namen *Almut* und *Hans*. Und erwähnt Stukenbrock, das Stalag VI K 326. In Wiedenbrück telefoniert Staatsanwältin Hansmann mit Schulze-Kappen: «Die Kollegen in Münster kümmern sich um die Haftbefehle. Da wird es kein Problem geben.»

Lukacek beauftragt Westerholte, die Namen der Inhaftierten mit dem Verzeichnis der Besucher des Stalag Stukenbrock zu vergleichen. Zwei Stunden später der Rückruf. «Die Verwaltung kann die von Ihnen genannten Personen bestätigen. Sie haben am Tag nach Nikolaus des vergangenen Jahres das Stalag zusammen mit einer Gruppe von Studenten besucht.»

Bei Lukacek landet ein Fernschreiben der Polizei Münster. *Betrifft: Hausdurchsuchung in Havixbeck, Billerbecker Straße. Fahrrad mit Geländespuren gesichert. Transport des Beweismittels nach Wiedenbrück in die Wege geleitet.*

Ob das Rad bei der Tat verwendet worden ist? «Das», lautet der knappe Kommentar des Hauptkommissars in Richtung Westerholte, «wird unsere SpuSi schnell rauskriegen.» «Ja, Chef», beeilt sich der zu sagen.

Doch wird der Beweis gebraucht? In der ersten Vernehmung räumen Almut Sch. und Hans N. ein, am 17. Februar in Wiedenbrück gewesen zu sein. Unabhängig voneinander. Am 17. Februar. Dem Tag der Tat. Es sollte der letzte Tag im Leben des Rudolf Kleisterhansmeier gewesen sein. Als Grund geben beide an, sie hätten mit einer Schülerin der Abiturientia 65 mitfeiern wollen.

Im Hotel Fröhlich sind sie aber nicht gewesen. Die Polizei könnte das im Nu herausfinden. Man bräuchte nur Lia zu fragen. Oder Michael, ihren Ex.

Doch das erübrigt sich. Konfrontiert mit den jüngsten Ermittlungsergebnissen aus dem Fall *Germania*, geben beide zu: «Ja, Sie haben es mit denen zu tun, die wegen der Sache in Wiedenbrück gesucht werden. Wir stehen zu dem, was passiert ist. Es musste sein!» Und auf die erstaunten Blicke der Münsteraner Vernehmungsbeamten hin: «Wenn Sie nach dem Warum fragen, und Sie werden fragen, dann können sie sich auch mit dem Toten befassen. Es geht um Gerechtigkeit für die, die sich nicht mehr wehren können.» Dann, nach kurzer Pause, stockend: «Und es geht um die in den hohen Ämtern heute, die handeln müssten. Die aber nichts tun.»

Nach und nach entsteht ein genaues Bild von den Vorbereitungen und dem Ablauf der Tat. Wie die beiden unter dem Schock ihrer Eindrücke vom Stalag Stukenbrock den Vorsatz fassen, die NS-Täter und die Profiteure des Regimes zur Rechenschaft zu ziehen. Jedenfalls solange die Zuständigen nicht handeln. Wie Almut unter den Organisatoren des Stalag ihren eigenen Vater entdeckt. Karl-Josef Schäffner, Großhändler mit Pharmazeutika.

Den eigenen Vater, auch noch als Mitglied und Unterstützer der *Gruppe Schreiadler*. «Ausgerechnet. Von da an war klar, dass ich etwas tun musste.»

Wie sie beide, Almut und Hans, Recherchen in Bibliotheken von Universitäten und Archiven von NS-Verfolgungsbehörden in Gang setzen, um auf Namen und Taten von NS-Tätern und NS-Profiteuren zu stoßen. Auch von «braunen Flechtwerken», wie Almut deren Verbindungen nennt. Recherchen, die ihnen ihr Status als Studenten der neueren Geschichte ermöglicht, die für ihre Diplomarbeit nach Quellen suchen. In manchen Fällen gefördert durch ein wohlwollendes Schreiben eines arglosen Ordinarius, den Hans als seinen «Doktorvater in spe» tituliert.

Und – ein wichtiges Glied in der Kette: Wie sie dabei Lütke-Kreiwinkel entdecken und als Anhänger für ihren Plan gewinnen. Der die Kommilitonen erst als Verliebte erlebt, sympathisch, ernsthaft, einfach liebenswert. Und nach und nach als Studiengenossen, die nicht nur studieren. Die eine ganz eigene Mission verfolgen.

33.

Mittwoch, 24.2.1965
Wien

Tot in 64 Zügen und das Dreieck der Moral

Der Faustschlag kommt unverhofft und extrem schnell. Er hat nahezu die Wucht der Schläge, mit denen Muhammad Ali fast auf den Tag genau vor einem Jahr Sonny Liston in der sechsten Runde zur Aufgabe zwingt. Zielsicher landet er im Gesicht des Hans N., den es in Sekundenbruchteilen aus seinem Stuhl inmitten des Vernehmungszimmers wirft, während Almut Sch. in einer Blitzreaktion ihren Stuhl umwirft, um dahinter Schutz zu suchen.

Blut schießt Hans N. aus der Nase. Blut tropft auf den etwas ramponierten Linoleumboden. «Du Verbrecher!», kann der Polizeimeister gerade noch hasserfüllt schreien, bevor ihn seine Kollegen mit geübten Griffen zu Boden reißen und dann vom Schauplatz des Geschehens entfernen.

«Der gehört zu den Rechten bei uns, um die sich die interne Revision leider zu wenig kümmert.» Ob der Faustschläger den Satz eines seiner Kollegen noch hört, bleibt offen. Es ist auch egal. Klar ist, dass der Beamte aus dem einfachen Dienst die Aufgabe hat, Hans N. und Almut Sch.

nach ihrer Vernehmung im Polizeipräsidium Münster nach Wiedenbrück zu überstellen, wie es im Amtsdeutsch heißt. Und dass er diesen Auftrag aus anscheinend politischen Motiven missbraucht hat. Wird der Vorgang Schulze-Kappen bekannt, wird der vermutlich eine Untersuchung einleiten. Andernfalls könnte das auch die innere Revision. Wenn sie denn will.

«Nein, geht schon.» Die Tatsache, dass der geschlagene Tatverdächtige die angebotene Unterbrechung ablehnt, nötigt den Ermittlern fast schon Respekt ab. Das sagt zwar keiner von ihnen laut. Es lässt sich aber an ihren Blicken ablesen. Mehr und mehr erleben sie sich als Beteiligte eines Vorgangs, der sich allen üblichen Erfahrungen entzieht. Und aller Routine.

Was sich den Vernehmenden enthüllt, ist schon längst mehr als ein Ideengebäude. Mehr als ein Projekt. Mehr als eine Verabredung von jungen Menschen, die sich berufen fühlen, Gerechtigkeit auszuüben. Jedenfalls das, was sie dafür halten. Es wirkt auf sie wie die Blaupause einer Realität, die einem Strategiespiel zu folgen hat. Oder einer Schachpartie.

Matt – also tot – in 64 Zügen. 64! Wie es Felder auf dem Schachbrett gibt. Was erst, drängt sich ihnen als Frage einfach auf, werden die Medien daraus machen? *DDD*, *Die Glocke*, die *Münstersche Zeitung*? Erst recht die Boulevardpresse und all die anderen.

«Sind Ihnen nie Zweifel gekommen?» Die Frage eines der Ermittler bleibt ohne Antwort. Dennoch spricht jetzt Almut, an Stelle von Hans, dem die plötzlich freundliche Polizei Tücher zum Abtupfen und Eis zur Kühlung reicht. Die junge Frau gibt die Schritte auf dem Weg zur Tat mit einer Ernsthaftigkeit zu Protokoll, als suche sie geradezu die Öffentlichkeit. Erst die der Polizei. Dann die des Gerichts und die der Medien. Somit der ganzen Gesellschaft. Öffentlichkeit, die Währung von Tätern, die einem politischen Motiv folgen.

Die Ermittler verzichten auf ein weiteres Nachbohren. Hören konzentriert zu. Wimmeln einen Beamten an der Glastür zum Vernehmungsraum ab, der mit beiden Armen gestikuliert und *Der Herr Präsident wartet* raunt. Jetzt ist nicht die Stunde der Hierarchie. Jetzt gilt‘s der Praxis.

Weiter, unaufhörlich weiter, blinkt das Rotlicht des Aufnahmegeräts. *Spot–Pause–Spot–Pause*. Unaufhörlich, fast gnadenlos, als nun wieder beide darlegen, wie «unser Alfons», also Lütke-Kreiwinkel – der mit den Renntauben –, mit seiner Aufgabe gewachsen sei. Die er als seine eigene angenommen habe. Die Aufgabe, Vergeltung zu üben im Namen der Vielen, denen krasses Unrecht geschehen ist. Wie der Lütke-Kreiwinkel auf die Idee kommt, Anhänger für das gemeinsame Vorhaben in Kreisen von Brieftaubenliebhabern zu gewinnen. Jenseits nationaler Grenzen.

Schweigend erfahren die Vernehmungsbeamten, wie Alfons L.-K. sich eine Einladung zur Eröffnung der Brieftauben-Ausstellung im letzten November in Brno organisiert, die er als günstige Gelegenheit für die Gewinnung von Kontakten auserwählt hat. Wie er dort Pavel Bangacek und Tomáš Masopust trifft. Später noch Jana. Junge Leute, die Mňačko lesen und vom freien Westen träumen.

Die «Freunde in Brno», wie sie bei Almut und Hans heißen. Die aber nicht die Namen der beiden nennen, um sie zu schützen. Vorerst jedenfalls.

Und Brno? Warum Mährens Metropole hinter dem Eisernen Vorhang? Auf Anhieb schlüssig erscheint den Vernehmungsbeamten die Argumentation, die sie nun erfahren. Brno, weil die Stadt in der ČSSR einen direkten Zugang zum sozialistischen Ausland ermögliche. Zugang zu Gleichgesinnten wie Katarina Fritsche in Guben, einem Bindeglied in der Kommunikationskette der fliegenden Boten. «Bruderstaaten im Osten», verdeutlicht Almut eine Spur treuherzig, «kommen weitgehend ohne Grenzen aus.»

Für Brno spreche auch, dass dort unbehelligt von den Sicherheitskräften Österreichs konkrete Attentatspläne mit Zielort Wien geplant und realisiert werden können, wie sich später gezeigt habe.

Einen Anschlag diesseits des Eisernen Vorhangs planen und jenseits ausführen! Darauf muss ein Viktor Panenka mit seinen Leuten erst einmal kommen. Auch ein Halicek, obwohl der fähige Ermittler unter seinen Beamten weiß. Wie Lukacek und – vermutlich bald – den Sramek.

«Damals», lässt Hans durchblicken, «ist auch die Idee entstanden, unseren Plan *Mission Kaunitz* zu nennen. Es leuchtet Ihnen nicht sofort ein? Dann denken Sie an den aufgeklärten Fürsten und Diplomaten, der für ein Europa ohne Krieg und für ein Dasein ohne Unterdrückung der Armen steht. Das sich vorzustellen, wird Ihnen im Kaunitz-Wien vermutlich nicht schwerfallen.»

Einmal in Fahrt gekommen, wird Hans kreativ: «Denken Sie an Slavkov u Brna, für Sie Austerlitz, an den Sitz der Kaunitz-Dynastie. Die ideale Klammer für ein Dreieck der Moral.»

Mission Kaunitz? Dreieck der Moral? Anton Sramek, der Ex-Student, wäre sofort im Bilde. Rietberg im Kreis Wiedenbrück. Residenzstadt im 18. Jahrhundert. Von wachsender Bedeutung zur Zeit der Herrschaft des Grafen von

Kaunitz-Rietberg. Brno und eben Wien mit Kaunitz, dem Herrn am Ballhausplatz, Amtssitz des Staatskanzlers von Maria Theresia. *Eine Figur, eine Idee, drei Schauplätze.* Historisch belegt. Sollte man wissen. Kann man studieren.

Kriminalaspirant Sramek, der ehemalige Student der Geschichte mit dem Fokus auf Habsburg, würde jetzt direkt an das Kaunitz-Wappen denken. Das mit den gekreuzten Seerosenblättern. Das er über dem Eingangsportal der St.-Johannes-Kapelle in Rietberg gesehen hat. Bunt. Aus Blei gegossen. Stattlich. Das er aus seinen Studienunterlagen zu Habsburg kennt, wie er sich auf dem Rückflug von Deutschland erinnert hat.

Doch Sramek ist wieder in Wien oder auf dem Weg dorthin. Und die Vernehmungsbeamten in Münster durchdringen ihren Fall noch nicht so weit, eine Brücke von Westfalen zur Stadt an der Donau zu schlagen. Eine Verbindung zwischen Ems und Donau, die zumindest historisch existiert. Ziemlich eng sogar, wie viele Dokumente zeigen.

Eine Brücke, die sogar dazu beitragen könnte, ein Verbrechen aufzuklären. Oder auch zwei.

Die Auskunftsbereitschaft von Almut und Hans macht die Ermittler leicht perplex. Auf keinen Fall wollen sie die Bereitschaft zur Aussage der beiden gefährden, die in ihrer Realitätswucht und Genauigkeit einem Roman von Gustave Flaubert entnommen sein könnte.

Diesmal handeln die Vernehmungsbeamten noch rascher, um ihren Kollegen an der Glastür zur Umkehr zu bewegen. Nicht einmal den halben Satz, nur *Der Herr Präsident ...* schafft der gute Mann, bevor er unverrichteter Dinge davonzieht.

Ob die beiden im Vernehmungszimmer wegen Ermüdung

eine Pause wünschen? Nein, signalisiert den Fragenden ein energisches Kopfschütteln von Almut und – erstaunlicherweise – Hans. Erfüllt von dem Gedanken, ihr Anliegen nach Monaten der Recherche, Planung, Vorbereitung und Ausführung in die Öffentlichkeit bringen zu können, scheint jegliche Ermüdung von ihnen zu verfliegen. So erfahren die Vernehmungsbeamten und der Protokollant weitere Einzelheiten eines Vorgangs, dem sie allmählich eine historische Tragweite zumessen.

Wie Hans seine mathematischen Fähigkeiten und kryptologischen Kenntnisse nutzt, um die akribisch erstellte Liste der Täter nach Herkunft und Verwendung zu verschlüsseln. Genauso die der Straftaten nach Häufigkeit und Ausmaß. Einen «Kompass der Tat» nennt sie Hans. Dass die Ermittler unter diesem «Kompass» eher ein Dokument der Verirrung verstehen, lässt sich unschwer an ihren Gesichtern ablesen.

Weitere Einzelheiten werden offenbart. Manche erstaunlich, andere banal. So wie Almut am Tag der Tat den Bus von Nottuln nimmt, um nach dreimaligem Umsteigen die Haltestelle in der Lange Straße in Wiedenbrück zu erreichen. Eine unauffällige junge Frau, die in DIN-A4-Skripten blättert. Mal den Kopf zurücklehnt. Mal sich Notizen macht. Offensichtlich eine Studentin. Kaum zu bremsen in ihrer Wissbegier. Wer wollte da Verdacht schöpfen?

Wie Hans, getrennt von Almut, mit dem Fahrrad von Havixbeck in die aufkommende Dunkelheit nach Wiedenbrück fährt. Mit ausreichender, extra erneuerter Beleuchtung, um nicht aufzufallen. Beispielsweise einer Polizeistreife, die zwar selten ist in den Gemeinden im Münsterland. Aber, man kann ja nie wissen.

Wie sich Hans am Haus der *Wiedenbrücker Schule* mit

seinem Fahrrad in einem nicht einsehbaren Winkel verbirgt. Mit jenem Fahrrad, das an diesem Tag mehr ist als ein schlichtes Verkehrsmittel, um von einem Ort zum anderen zu gelangen. Das sich alsbald von Zehntausenden anderer Fahrräder unterscheiden wird. Wann jemals ist ein Zweirad für den Transport einer Leiche vorgesehen gewesen?

Bislang machen die beiden im Vernehmungsraum keine Anstalten, ihre Aussage zu beenden. Sprechen sie offenkundig weiter von den Dingen, die noch zum vollständigen Ermittlungsbild fehlen. Teilen mit, wie Lütke-Kreiwinkel die beiden nach der Tat am vereinbarten Ort zwischen Lange Straße und Kirchplatz mit dem Jeep seines Vaters abholt. Mit ausgeschalteten Scheinwerfern.

Solche in der Landwirtschaft gängigen Fahrzeuge mit geräumiger Ladefläche eignen sich hervorragend für Transporte aller Art. Eignen sich nicht nur, ein Dutzend Schweineferkel, zentnerweise Dünger oder Heuballen oder ... Personen aufzunehmen. Auch ein Fahrrad lässt sich mit einem solchen Gefährt problemlos im Dunkel der Nacht aufsatteln. Und unbeobachtet aus der Stadt bringen. Richtung Herzebrock. Und weiter, tief hinein ins Münsterland.

Schließlich geben die beiden noch zu Protokoll, ehe sie getrennt in ihre Zellen gebracht werden, dass sie nach Rückkehr die Tatwaffe haben verschwinden lassen. Ohne den konkreten Ort zu verraten. «Die», beeilen sich beide zu versichern, «finden Sie nie. Glauben Sie uns.»

Was ihnen die Vernehmungsbeamten nicht entlocken? Wer von beiden die tödlichen Messerstiche ausgeführt hat. Warum welche Stichverletzungen so gezielt platziert worden sind. Zwischen die Rippen links in der Brust. In das Auge. In die Armbeuge. Auch bei einem zentralen Punkt des

Tathergangs halten sich beide erkennbar zurück. Wie können die Täter mit Sicherheit annehmen, dass das Opfer zum unterstellten Zeitpunkt in der Nähe des Hauses der *Wiedenbrücker Schule* auftauchen würde? Ahnungslos in die Falle laufend?

Ohne Opfer keine Aktion. Ohne Präsenz am Tatort keine Tat. Ohne Kreuzung der Wege von Täter und Opfer kein Mord. Eine Beziehung, die natürlich auch aus Sicht des Opfers problematisiert werden kann. Kriminologie ist eine Wissenschaft, gewiss. Aber Ermittlungsarbeit manchmal auch einfach. Wie der erste Zug von Weiß in einer Schachpartie.

In der Polizeiwache Wiedenbrück, seit Tagen unter LKA-Führung, reagieren die Ermittler erleichtert. Stets sind sie in kurzem Abstand über den jeweiligen Stand der Münsteraner Enthüllungen informiert gewesen. Eine kollektive Stimmung der Erlösung von einem übermenschlichen Druck scheint im Aufbau. Wie der Einzelne reagiert, fällt indes recht unterschiedlich aus. Man sieht es Staatsanwältin Hansmann an, wie schwer sie sich tut, eine persönliche Genugtuung zu unterdrücken.

In Richtung des LKA-Repräsentanten formuliert sie einen Satz, den Brockentrup und die anderen so oder so ähnlich schon häufiger gehört haben: «Die Aufklärung dieses Falles wird diejenigen ins rechte Licht der Öffentlichkeit rücken, die es wirklich verdient haben.» Keine Frage, an wen sie dabei denkt. Als Erste.

Das Gehirn, Schulze-Kappen, ganz Autorität, jetzt sogar leger auf Brockentrups Schreibtisch sitzend, gibt sich nahezu diplomatisch. Spricht von einem «großen Erfolg der koordinierten Polizeiarbeit.» «Die Presse wird staunen.»

Der Hauptkommissar denkt politisch, auch – dank Sramek – in der Querverbindung zu Wien. «Das», gibt er selbstsicher kund, «sind keine gewöhnlichen Täter. Die wollten gefasst werden. Sie haben keine Skrupel, wie viele normale Verbrecher. Sie sehen sich im Recht. Und sie haben ein Motiv. Ein ganz besonderes Motiv.»

SIE SEHEN SICH IM RECHT

34.

Donnerstag, 25.2.1965
Wien

Austria-Fasching und die deutsche Genauigkeit

Wien kommt nicht zur Ruhe. Irgendwie will die Stadt das auch gar nicht. Kaum ist der Trubel um das Königspaar aus Thailand abgeebbt, bewegt sich der Fasching auf seine heißen Tage zu. Faschingshitze funktioniert auch im kalten Februar, wenn die gut situierten Narren zu den zahlreichen Bällen strömen. Und zu den *Gschnas*, den beliebten Kostümfesten. Für die anderen, die meisten Bürger bleiben die Straßen und Plätze. Wien hat ja genug davon.

Nur noch wenige Tage bis zum Start des großen Umzugs auf der Ringstraße. Seinen Ausgang wird er am Schwarzenbergplatz nehmen. Wiens neueste Faschingsattraktion ist die Aufstellung der Steinskulptur *Fasching* von Rudolf Schwaiger in der Vorgartenstraße im zweiten Bezirk. Nicht wirklich schön. Aber ein wuchtiges Symbol. Man muss lange suchen im katholischen Europa, um auf Vergleichbares zu stoßen.

In der Empfangshalle im Flughafen Schwechat ist von Fasching keine Spur. Hier und da eine rote Narrenkappe. Oder witzigerweise einige rot-weiße. Das ist alles.

Austrian Airlines
Flug Düsseldorf – Wien
Anton Sramek.

So steht es Schwarz auf Weiß auf einem Pappschild. Sichtbar hält es ein Exekutivbeamter der Polizei im Ankunftsbereich des Flughafens Schwechat am Tor *Ausgang* vor sich parat. «Dann können wir ja gleich zusammen warten», geht Friederike Sonnleitner bestens gelaunt auf den Beamten zu. Sie deutet auf das Pappschild. «Ich warte hier auf meinen Verlobten, Kriminalaspirant Anton Sramek.» Der Satz, verbunden mit dem bezauberndsten Lächeln Wiens an diesem frühen Morgen, lässt die leichte Irritation des Beamten dahinschmelzen. Wie der letzte Schnee im Frühjahr in den Weinbergen der Steiermark.

Die Umarmung, in die sich die Verliebten kurz danach für Minuten verlieren, kann man nur stürmisch nennen. Der Exekutivbeamte quittiert sie mit bewundernswerter Diskretion. «Im Augenblick nicht abkömmlich», antwortet er auf Srameks Frage nach dem Polizeimajor. So winkt den beiden eine ziemlich ungestörte Zeit bei dem Trip zurück in die Stadt. Kommt Friederike in den Genuss einer kostenlosen Fahrt in einem Polizeiauto vom Flughafen zur Stadtmitte. Als bewahrheite sich für sie ein Kindheitstraum. Auch Mädchen sehen sich manchmal im Führerhaus eines Feuerwehr- oder Polizeigefährts.

Die beiden Verliebten haben nicht einmal ein Drittel ihrer Gefühle sortiert und der Polizeiwagen auf der Ost-Verbindung Richtung Stadtmitte nicht einmal Leopoldsdorf passiert, als sich der Chef des Rückkehrers über Funktelefon meldet. Bestimmt, aber freundlich. «Willkommen, Sramek, wieder in Wien. Hoffentlich kommen Sie ohne große Verkehrsstörungen durch ins Präsidium. Wir haben ja Fasching.» Und ohne Pause: «Es gibt große Ermittlungsfortschritte. Einzelheiten bald. Aber nicht hier im Polizeifunk.»

«Aber ja, Chef, wunderbar, das zu hören.» Ein kurzes Knacken beendet ein Gespräch, dessen Fortsetzung sich der Kriminalaspirant natürlich sehnlichst gewünscht hätte.

«Ich versteh' nicht, Toni ...» Friederikes Versuch, den «großen Ermittlungsfortschritten» irgendwie näher zu rücken, reißt im selben Augenblick jäh ab. Dicht hinter der Stadtgrenze wird das Polizeiauto durch einen Pulk von Menschen ausgebremst. Im Zentrum des Pulks eine Person im Narrenkostüm. Wohl das eines arabischen Scheichs. Reglos am Boden. Möglicherweise einer, der die ganze Nacht durchgemacht hat. Einer, der sich wie der *Frosch* in der *Fledermaus* von Johann Strauss im Übermaß an Sliwowitz gehalten hat. Vielleicht ein Herzstillstand. Vielleicht ...?

«Anhalten!» Die junge Frau weiß als Fachkraft des Extraordinariats für Kardiologie im AK Wien, wie man Erste Hilfe leistet. Natürlich. Das Polizeiauto hält dicht neben der Menschenmenge an, die auseinanderstiebt. Sramek verfolgt, wie seine Verlobte den Brustkorb des Mannes bearbeitet und zwischendurch in regelmäßigen Abständen ihre Lippen auf den Mund des Liegenden presst. Wie sie Atemstöße in seine Lungen schickt. Er staunt. Ob dieses Einsatzes für das Leben. Und ob ihrer Fähigkeit. Irgendwie gerührt. Aber auch stolz. Stolz auf seine Chérie.

Minuten später lässt der bislang starr daniederliegende Mann eine Regung erkennen. Ein leichtes Zucken. Ein Anzeichen von Atem. Dann übernimmt der eintreffende Notfallarzt. «Ich kann nur *Danke!* sagen, Frau ...» «Sonnleitner», entgegnet diese knapp. Als wäre sie der Prototyp einer neuen Generation von jungen Frauen, die sich nicht hinter Männern zu verstecken brauchen. Die sich der Verantwortung stellen, ohne großes Aufhebens davon zu machen.

Kurz und knapp ist die Verabschiedung von ihrem Verlobten, als der Fahrer des Präsidiums Friederike an der Alserstraße in der Josefstadt aussteigen lässt. «Bevor ich es vergesse, schöne Grüße von Voltaire», ist gerade noch zu vernehmen, als der Wagen wieder anfährt. Himmel, ja, Voltaire, der Kater. 36 Stunden lang hat er nicht an ihn gedacht. «Ein echtes Versäumnis. Wohl eine Ordnungswidrigkeit», lächelt Sramek, mehr so für sich.

Der anerkennende Blick des Polizeimajors, der ihn am Haupteingang des Präsidiums in Empfang nimmt, entschädigt den Kriminalaspiranten für vieles. Für die gewissen Strapazen einer Dienstfahrt über die Grenzen Österreichs hinaus. Alles innerhalb von nur 36 Stunden. Strapazen, die auch ein 26-Jähriger nicht ganz leugnen kann. Im Protokollstil informiert Lukacek seinen Assistenten über die aktuellen Ermittlungsergebnisse in Wien. Auch über die Kooperation mit der Polizei Brno. So hält es auch Sramek mit den Ermittlungserkenntnissen, an denen er beteiligt war. «So, so, mein lieber Sramek, eine Idee und direkt Treffer. Das sollten Sie in der SoKo aber nicht so sehr herausstreichen.»

Die Erfolge bei der Recherche in den Uni-Bibliotheken verblüffen allerdings auch Sramek. Drei Treffer bei vier Anläufen! Die Namen der Ausleiher? Vermerkt in allen Fällen! «Mit Wohnanschrift?» «Mit!» Den folgenden Satz muss Toni in Richtung Lukacek einfach loswerden: «Diesen Grad an Genauigkeit, Chef. Das gibt es nur in Deutschland.»

Bei der *Großen Lage* der SoKo *Maria-Theresien-Mord* sind alle anwesend. Bis auf einen. Wydrenka. Ihr Leiter. Polizeidirektor Raimund Wydrenka. Eine Instanz in Sachen Sicherheit. Erst zur Mitte des Berichts, den Sramek abgibt, taucht er auf. Sichtlich mitgenommen. «Ich bitte um eine Unterbrechung von wenigen Minuten, Herr Präsident. Ich muss Sie kurz unter vier Augen sprechen.»

Knisternde Stille im Raum, als die beiden in die *Große Lage* zurückkehren. Lukacek sieht man die Mühe an, die diese nervige Stille ihm bereitet. Die Mühe, nicht seinem Asthma-Husten nachzugeben, der ihn manchmal unwillkürlich überfällt. «Herr Wydrenka hat mich eben informiert», hebt Halicek zu sprechen an, «dass in der Nacht Unbekannte Steine in die Fenster im Parterre seines Hauses geworfen haben. Wir vermuten einen Zusammenhang mit dem Drohbrief, der ihn erreicht hat. Mutmaßlich aus rechten Kreisen Wiens.» Bevor aus der Runde Detailfragen auf Wydrenka einprasseln, glättet Halicek die aufkommenden Wogen. «Lassen Sie uns, meine Herren, die Sache weiterverfolgen. Die Exekutivpolizei kümmert sich um die Attacke gegen unseren Kollegen.»

35.

Donnerstag, 25.2.1965
Wien

Die Denkschrift des Fürsten und der Disput am ungeeigneten Ort

Das Innere eines Vernehmungsraumes folgt zumeist den Verhältnissen, die in einem Staat gelten. In autoritären Systemen ist es einschüchternd. Gekalkte Wände in schmutzigem Weiß, schmale Gitterfenster und die berüchtigte Tischlampe, die sich voll in das Gesicht des Inhaftierten drehen lässt. So wird eine Atmosphäre der Einschüchterung und Bedrohlichkeit erzeugt. Solche Vernehmungsräume lassen sich vor allem in den Staaten des Ostblocks antreffen. So in der ČSSR, in Prag und Brno.

Das Innere eines Vernehmungsraums in offenen Staaten folgt einem Prinzip der Funktionalität und indirekt einem gewissen Respekt gegenüber den zu vernehmenden Personen. Für sie gilt ja bis auf Weiteres die Unschuldsvermutung. Die Möblierung ist spärlich. Die Sitzposition dessen, der aussagen soll, ist frei von Ablenkungen bestimmt. Jeglicher Blick durch ein Fenster, der einen Kontakt mit dem *Draußen* erlauben könnte, ist verwehrt. Die Ausleuchtung ist so gewählt, dass die Beobachtung der Körpersprache des Inhaftierten jederzeit möglich ist. Stumpfe oder spitze Gegenstände gibt es hier nicht. Wie jemand emotional reagiert, der unter ständig wachsenden Druck gerät, ist immer schwer zu kalkulieren.

Einen solchen Vernehmungsraum bietet das Polizeipräsidiums in Wien. Dort soll die Befragung des Franticek Veselý nach einer Pause fortgesetzt werden. Jetzt mit dem Kriminalaspiranten Sramek im Team der Ermittler. Als Verstärkung oder als Taktgeber. Man wird sehen.

«Sie haben eine Stunde, Sramek, um sich dafür passend zu machen.» Der nickt Lukacek zu. Denkt an Voltaire und Friederike, in dieser Reihenfolge. Und an die große Chance, seine erfolgreiche Spur von Wiedenbrück weiterzuverfolgen. Bis zur Aufklärung des Wiener Verbrechens. Bis ... Die Fortsetzung des Gedankens versagt sich der junge Mann.

Auf dem Weg zu seinem Büro kreisen Lukaceks Gedanken um das, was geschehen ist, seit ein gewisses Fahrzeug den Grenzübergang Drasenhofen passiert hat. Gedanken um vieles. Die SoKo *Maria-Theresien-Mord*. Wydrenkas Bestürzung. Den erfreulichen, aber immer noch unfertigen Stand der Ermittlungen. Details der Recherchen. Die Anfragen bei den Fachbibliotheken der Hochschulen, mit denen Sramek, «dieser begabte Kerl», einen Stein ins Wasser geworfen hat. «Das muss man ihm einfach lassen.»

Lediglich die Anfrage an die Universität in Brno ist noch offen. Die in Deutschland? Ziel führend. Zu seiner Stimmung passt eine *Virginia*, die er sich jetzt gleich anzünden möchte. Doch der Polizeimajor hat Pech. Sein Büro-Vorrat ist aufgebraucht.

Ein Fernschreiben der Polizeikollegen in Brno, das er auf seinem Schreibtisch vorfindet, überlagert jedoch diesen Wunsch rasch. Unter dem Behördenstempel *Policie Brno* erfährt Lukacek von der Festnahme eines Pavel Bangacek (Pavel B.) und einer Jana Masopust (Jana M.). *Wegen des Verdachts der Unterstützung einer schweren Straftat. Wegen Landesverrats und der Förderung von Umtrieben, die gegen den Kommunismus gerichtet sind.*

Und von der Festnahme einer Katarina Fritsche in der ostdeutschen Stadt Guben. *Dank der erfolgreichen Ermittlungsarbeit unserer Freunde von der Staatssicherheit der DDR.* Lukacek kann nicht ganz folgen, weil ihm das Netz der konspirativen Brieftauben noch kein Begriff ist. Jedoch liefert auch hier *Policie Brno* die Begründung nach. *Wegen aktiver Unterstützung einer kriminellen Aktivistengruppe und Untergrabung des Sozialismus.*

Wenn er aus seinem Herzen keine Mördergrube macht, kommt dem Polizeimajor die Festnahme von Pavel B. und Jana M. gerade recht. «Das wird diesen Franticek nicht kaltlassen.» Lukacek hat seine Theorie, was diesen merkwürdigen jungen Mann aus Brno angeht. Undurchschaubar, verschlossen, aber eben extrem verdächtig. Aber was helfen Theorien? «Wir brauchen Beweise. Und ich möchte nicht, dass mich unsere Staatsanwaltschaft in wenigen Stunden daran erinnert. Oder Halicek.»

«Und?», gibt sich der Polizeimajor leutselig, als er zusammen mit Sramek die lange Stiege hinunter zum Vernehmungstrakt des Polizeipräsidiums steigt. «Haben Sie sich noch mit Ihrem Fräulein Sonnleitner besprechen können?» Der Angesprochene stockt nur ganz kurz. «Mit Fritzi? Nur kurz, Chef. Sie arbeitet ja auch. Und an Fasching denkt heute ohnehin keiner von uns. Nach *dem* Vorfall auf der Fahrt vom Flughafen!»

Franticek schreckt nur ein wenig auf, als die beiden hinter der Tür mit der Aufschrift *Vernehmung 3* die Türen schließen. Die Pause, in der er sich in seiner Zelle hat ausruhen können, scheint ihn darin bestärkt zu haben, weiter verschlossen zu bleiben. Jetzt sind drei Männer der Polizei im Raum. Die beiden Beamten und der Dolmetscher sowie natürlich Franticek. Der mustert sie, einen nach dem anderen. Sein Blick erzählt wenig. Nichts von einer möglichen Bereitschaft zur Aussage.

«Haben Sie es sich überlegt, Herr Veselý? Werden Sie endlich aussagen? Sie sind doch ka schlechter Bursch!» Da ist sie wieder, diese Wiener Art, Leute auf charmante Art und Weise ein Stück madig zu machen. Und dann noch so schnell gesprochen, dass der Übersetzer Mühe hat zu folgen. Doch nun muss auch Lukacek die Erfahrung machen, dass er nichts erreicht. Weil dieser Franticek seine Sprache nicht versteht oder verstehen will. Oder weil der einfach nicht kooperieren will.

Wer reagiert, das ist Sramek. Sein knapper Blickkontakt signalisiert dem Polizeimajor, dass er übernehmen möchte. Der erlaubt es ihm. Mit einer leichten zustimmenden Handbewegung.

Auf Blickhöhe gegenüber dem Untersuchungsgefangenen Veselý gibt es genau einen Stuhl. Auf diesem nimmt der Polizeiaspirant Platz. Bedächtig justiert er seinen Sitz. Seine Körpersprache verrät Interesse, fast eine Spur von Anteilnahme. Jetzt haben es zwei junge Männer miteinander zu tun. Vorstellbar, dass sie über dasselbe Universitätsseminar debattieren. Oder über die Wiener *Austria*.

Oder um Friederike rivalisieren. Nun, das besser nicht. Dann wäre die gerade aufkeimende Männerverbundenheit schon wieder an ihrem Ende angelangt.

«Sie kennen doch die Denkschrift des Fürsten Wenzel Anton Kaunitz von 1761 über das Verhältnis von Landesherrn und Untertanen?» Die Tonlage des Kriminalaspiranten ist mit einem Mal total verändert. Fast freundlich. Fast diplomatisch. Irgendwie geschmeidig wie Voltaires Bewegungen im Spiel mit dem Kratzbaum.

Seine ungewohnte Empathie scheint Franticeks starre Haltung ein Stück aufzulockern. Zumal Sramek mit den nächsten Sätzen auch noch blufft. «Nehmen wir an, ich wäre wie Sie Student der Neueren Geschichte und auf der Suche nach einem Fürsprecher für meine Tat im Namen von Moral und Gerechtigkeit. Einem Fürsprecher, der in Österreich, Deutschland und auch in Ihrem Land eine Größe ist. Dann würde ich mich auf ihn, Kaunitz, berufen. So wie Sie!»

Dieser Bluff funktioniert anscheinend. Franticek zu einem Studenten mit dem Hauptfach Geschichte zu machen, zumal an einer Hochschule im kommunistischen System, ist eine reine Vermutung. Die Antwort von der Bibliothek in Brno steht ja noch aus. Und Panenkas Leute haben ja noch keine Details zur Person des Veselý geliefert. Der zuckt, deutet eine Regung zu sprechen an, fällt dann aber wieder in sich zurück.

«Wenn es Menschen gibt», setzt Sramek nach, «die Ihren Kaunitz, also den Fürsten zu Austerlitz, und unseren Kaunitz, also den Staatskanzler der Maria Theresia, kennen und beurteilen können, dann sind es Leute wie Sie. Die schon als Kind auf dem Parkettboden von Schloss Austerlitz herumgerutscht sind. Zu Besuchszeiten für Touristen.»

Immer noch scheint Abschottung in Franticek die Oberhand zu behalten. Sramek, in der Attitüde eines gewieften Ermittlers, erhebt sich von seinem Sitz. Wandert schweigend um den einzigen Tisch im Raum herum. Blickt Veselý direkt an. Für zwei Sekunden. Schaut wieder zur Seite. Einmal, zweimal, dreimal.

Effekt, findet einer, der es wissen muss, der Komponist Richard Wagner, sei Wirkung ohne Ursache. Gerade bewahrheitet sich diese Erkenntnis.

Srameks Effekt ist totale Stille. Nahezu jedenfalls. Durch das vergitterte Fenster sind ein entfernter Strom von Autos und das Rollen einer Tramway zu hören. Sogar ein Vogelzirpen. Vielleicht einfache Wiener Spatzen. Jedenfalls kein Gurren von Tauben. Dazu zwei Glockenschläge von der Franziskanerkirche, die die Zeit ansagen. Wieder Stille.

Ohne erkennbare Regung nimmt der junge Polizist wieder dieselbe Position wie zuvor ein. Zieht urplötzlich ein Papier aus seiner Jackentasche. Eine beliebte Polizeitaktik. Ein Beobachter könnte glatt von einem Überfall sprechen. Es ist ein Bogen Papier, ein Druck, die Abbildung eines Wappens.

DAS BILD EINES WAPPENS

Bunt, stilvoll, satt. Die folgenden Worte lassen dem Dolmetscher nicht die geringste Chance zu folgen. Sie schnellen aus dem Mund des Polizeiaspiranten hervor wie die Zunge einer Boa constrictor. «Sie werden der Tat am Maria-Theresien-Denkmal verdächtigt. An einem Menschen, dem Sie und Ihre Mittäter vorwerfen, vom System der Nazis und der Ausbeutung Wehrloser zu profitieren. Bis heute. Wenn Sie der Täter sind, und das nehmen wir stark an, dann kennen Sie *dieses* Zeichen ganz genau!»

Mit einer raschen Bewegung hält Sramek ihm die Abbildung direkt vor das Gesicht. Kaum eine Handbreit von seinen Augen entfernt. «Das ist keine Kinderzeichnung.

Keine Blaupause. Nichts Geheimnisvolles. Das ist das Kaunitz-Wappen, das Sie bei Ihrer Tat dem Opfer in die Haut geritzt haben!» Und mit verstärkter Stimme: «Weil Sie es kennen wie ein Wiener die Reiterstatue an der Hofburg. Oder die Menschen in Brno die Giebelfassade von Schloss Austerlitz in Slavkov u Brna. Weil Sie auf diese Weise eine Botschaft senden wollen.»

«Sind Sie mir tatsächlich auf die Spur gekommen?» Ein Satz wie ein Urknall. Es sind seit Stunden die ersten Worte, die Franticek Veselý spricht. Auf Deutsch! Fast ohne Akzent. In bestem Deutsch.

Dass Blicke sich in Überschallgeschwindigkeit kreuzen können, beweisen die folgenden 60 Sekunden. Irrwitzig, wie sie zwischen dem Polizeimajor und seinem Assistenten hin und her gehen. Ja, sagen diese Blicke, der Mörder des Magistratsverwaltungsdirektors Dr. Franz-Rudolf Sedlenitzky ist gefasst. Besser noch: *geständig*.

Lukaceks folgende Worte klingen mehr nach Routine als nach Drama. «Sie geben also zu, der Täter des Verbrechens am Maria-Theresien-Denkmal zu sein? Dann werden Sie morgen dem Untersuchungsrichter zugeführt. Außerdem haben Sie das Recht auf einen Verteidiger.»

Veselý, der Mann aus dem Dunkel der bisherigen Ermittlungen. Die Person im Brieftauben-Transporter. Der lange Zeit Unbekannte mit der selbst erteilten Lizenz zu schweigen. Dieser Mann nickt. Und ergänzt ein deutliches «Ja! Ich bin es!»

Bevor Lukacek laut *Abführen!* anweisen kann, schaltet sich nochmals Sramek ein. «Eins noch, die Stiche in das Auge, die der Gerichtsmediziner beschrieben hat. Was hat es damit auf sich?» Die Frage überrascht sogar den, der sie stellt. Als hätte das Gehirn wie ein Automat das Steuer des Handelns übernommen. Und nicht der Wille des Polizeiaspiranten.

Was Sramek geradezu anspringt, ist die Parallele zwischen den Stichwaffenspuren bei dem Opfer am Maria-Theresien-Platz und dem Gemälde des Thomas Lawrence, das im Büro des Polizeipräsidenten hängt. Die Verbindung zwischen dem demolierten linken Auge des Getöteten und eben diesem so prägnanten, so hervorstechenden Auge des Fürsten von Metternich in dem Porträt des englischen Malers. Eine bewusst gelegte Spur? Eine Botschaft der Täter an die Fahnder, in der richtigen Szene zu ermitteln? In den autoritären kriminellen Milieus zu fahnden?

An Stelle Srameks hätte eigentlich der Polizeimajor auf dieses Phänomen stoßen können. Hat er doch die Abbildung im Büro seines Chefs häufig gesehen. Wahrscheinlich Dutzende Male.

Plötzlich redet der Angesprochene, als sei ihm ein Knebel aus dem Mund gelöst worden. «Die Augen der Schergen, kalt, unmenschlich, zynisch. Diese Augen der Täter in den erbärmlichen Camps der Zwangsarbeiter und den Konzentrationslagern sind oft das Letzte gewesen, was viele Opfer vor ihrem Tod gesehen haben. Eiskalte Augen, bevor sie verhungerten, erschossen oder zu Tode gespritzt wurden. Erbarmungslose Augen, wie bei dem Metternich-Gemälde. Da musste einfach ein Zeichen gesetzt werden, wenigstens heute!»

Der Untersuchungshäftling spricht mit immer schneller werdendem Tempo. Und mit immer markanter, fester werdender Stimme. «Ja, diese Augen habe auch ich zu Hause erleben müssen. Augen, mit denen mich mein Vater, dieser unbelehrbare Faschist, gemustert hat. Sein Blick voller Verachtung gegenüber allen und jedem, der seinen Auffassungen nicht folgen will. Der mich für die Unabhängigkeit im Denken, die er bei mir spürt und gegen die er nichts ausrichten kann, immer wieder bestraft. Sei es mit dem Stock, sei es mit dem Hosengürtel.»

Noch einmal ertastet Franticek mit der rechten Hand das Hämatom an seiner Stirn. Um unmittelbar danach wieder anzuknüpfen: «Nach und nach hat sich in mir ein solcher Hass auf meinen Vater aufgebaut. Später, nach seinem Tod, dann auf alle Faschisten, die sich ihrer Verantwortung nicht stellen. Egal ob braune oder rote. In unserem Land wie auch im Westen.»

Die Stimme Franticeks bricht unvermittelt ab. So als ob er von seinen Gedanken gerade überrollt würde. Schmerzhafte Gedanken an den Vater. Bittere, aber auch versöhnliche an die Mutter. «Ja», nimmt er dann seinen Faden wieder auf, «es musste ein Zeichen gesetzt werden, gerade von mir, dem Sohn eines Nazi-Kollaborateurs, der mit diesen Schergen gemeinsame Sache gemacht hat.»

Wie bei dem Metternich-Gemälde? In Sramek steigt eine plötzliche Achtung vor Franticek Veselý auf, gegen die er sich nicht wehren kann. *Wer ist der, der auf der richtigen Seite steht? Er oder ich?*

Entgegen der ursprünglichen Absicht, den Häftling in seine Zelle zurückzubringen, entspinnt sich doch noch ein kleiner «fachlicher Dialog» zwischen Franticek und Sramek. Gleichsam unter Kommilitonen. Auch weil Franticek erkennbar interessiert erscheint. Nachdem er wohl alles gesagt hat, vorerst. Und nachdem er geflüstert hat, man möge doch der Katarina aus Guben nichts tun. «Sie ist eine Idealistin.

Sie liebt den Taubenrennsport. Sie ist meine Freundin und setzt sich für Pavel und Jana ein.»

«Wenn Sie von Kaunitz ein eher idealistisches Bild haben», nimmt Sramek den Faden der Kundigen wieder auf, «dann kann gerade ich das gut verstehen. Vor allem wenn man in ihm einen frühen Antipoden zum späteren Metternich sieht. Aber Ihnen ist wohl auch klar, dass der Fürst über Jahrzehnte vor allem daran interessiert war, Abgaben, Steuern und andere Einkünfte aus seiner westfälischen Grafschaft zu erzielen.»

«Was die soziale Frage angeht», setzt der Polizeiaspirant nach, «war er wohl eher ein Opportunist. Insofern auch ein Stück weit ein Moderner. Und dass er im Grunde ein Narziss war, ist Ihnen ja wohl bewusst. Äußerst eitel, jeden Tag stundenlang mit seinem Erscheinungsbild beschäftigt. Und ständig mit seinem Gesundheitszustand.»

Franticek, eigentlich in Erwartung des festen Handgriffs eines Polizeibeamten, um in seine Zelle gebracht zu werden, kontert. Auch hier wieder in fließendem Deutsch. «Die Eitelkeit eines Menschen ist *eine* Sache. Sie macht aber nicht automatisch fragwürdig, was ein Mensch als richtig und moralisch erkennt. Oder an fortschrittlichen Dingen bewegt. Das ist eine völlig andere Sache.»

Inzwischen spürt Sramek den bohrenden Blick seines Chefs im Nacken. *Genug. Hier ist kein Ort für akademische Dispute*, scheint der ihm sagen zu wollen. So beeilt sich der junge Ermittler, die wundersamste Unterhaltung von zwei Menschen in ganz Wien an diesem Tag zu beenden. «Ich verstehe das. Aber eines muss klar sein und klar bleiben. Natürlich machen Taten, nur weil sich die Täter auf einen Kaunitz berufen, also jenen Teil von ihm, der ihnen opportun erscheint, das begangene Unrecht nicht ungeschehen. Ein Verbrechen bleibt ein Verbrechen. Auch wenn ethische Motive die Tat leiten oder vorgeschoben werden.»

Und noch eine Windung in Srameks jetzt völlig verwandelter Tonlage schärfer: «Selbst wenn Sie und Ihre Mittäter – die muss es ja geben, was wir aber noch herausfinden werden. Selbst wenn Sie eine Mission verfolgen, mit der angeblich Unrecht gesühnt werden soll. Im Namen eines Menschen, eines Adligen, der sich gegen den Missbrauch seines Namens nicht einmal wehren kann.»

VERBRECHEN BLEIBT VERBRECHEN

36.

Samstag, 3.4.1965
Havixbeck – Wien

Warme Blutwurst und die Eizelle des Neuen

Hausschlachtungen sind in den 1960er-Jahren durchaus üblich. Gewiss, mehr auf dem Lande als in der Stadt. Für die Jungen meistens ein Vergnügen. Sie dürfen beim Ausweiden der Schlachttiere zuschauen und sich auf die noch warme Blutwurst freuen. Für die Mädchen oft ein Grund, woanders mit ihren Freundinnen zu spielen. In Mähren ist das so, in Niederösterreich, im Burgenland und in der Lausitz. Auch in Havixbeck im Münsterland.

Samstags hat der Metzger Zeit, auch privat zu schlachten. So diesmal bei den Neuenhöfers, den Eltern des Hans N. Sie bekommen ihr jährliches Deputat von einem Bruder von Vater Neuenhöfer. Er betreibt einen Schweinemastbetrieb in der Gemeinde Schonebeck. Eine innerfamiliäre Tradition. Fast ein Ritual.

Für die Neuenhöfers ist die Hausschlachtung – sonst ein Festtag – ein trauriger Anlass, an ihren Sohn zu denken. Der ist weggesperrt, wartet mit den anderen Festgenommenen auf seinen Prozess. Massive Vorwürfe sind im

Raum. Gnadenlose Blicke kommen von den Nachbarn. Bei wenigen Ausnahmen. «Der Hans», findet der Metzger, als er sein Werkzeug im Keller der Neuenhöfers auspackt, «ist ein guter Junge. Auch das Schlachtermesser, das er bei mir ausgeliehen hatte, hat er pünktlich wieder zurückgebracht. Sauber und akkurat. Ohne weiteres konnte ich es meiner Sammlung wieder zuführen.»

Die Eltern des Hans N. verstehen. Und verstehen doch nicht. Auch gut zwei Wochen nach dem schrecklichen Ereignis sind sie noch in einer Art Erstarrung. Heute haben sie zudem in der *Münsterschen Zeitung* wieder den Namen ihres Sohnes lesen müssen. In Verbindung mit diesem Lütke-Kreiwinkel und dessen Angriff auf Siegfried Kreyssig. Suspendierter Gerichtsmediziner, Patient im St.-Franziskus-Hospital. Eine schwer durchschaubare Figur, wie das Lokalblatt schreibt. Immer noch seien in der *Causa Rudolf K.* mehr Fragen offen als beantwortet.

Der Fasching ist verrauscht. Schlimmer noch: Wien trauert doppelt. Die Bürgerlichen trauern um den SPÖ-Politiker und Bundespräsidenten Adolf Schärf, der vor fünf Tagen überraschend gestorben ist. Die links orientierten Bewegungen um Ernst Kirchweger. Einen ehrbaren Widerstandskämpfer, Straßenbahnschaffner, Gewerkschafter. Bei der Demonstration eines Studentenkomitees von Antifaschisten und Widerstandskämpfern gegen den Hochschullehrer Taras Borodajkewycz, einen Anhänger nationalsozialistischer Ideen und antisemitischer Einstellungen, ist der 67-Jährige vor drei Tagen von einem rechtsextremen Studenten niedergeschlagen worden. Und an diesen Verletzungen am gestrigen Freitag verstorben.

«Kirchweger, das erste Opfer politischer Gewalt in Österreichs Zweiter Republik», wie *Die Kronen Zeitung* vermerkt. Das ist korrekt, solange der Prozess in der *Causa Maria-Theresien-Mord* weder begonnen hat noch rechtskräftig zu Ende geführt ist.

Raimund Wydrenka, der Chef der SoKo *Maria-Theresien-Mord*, ist vorsorglich in einen Urlaub geschickt worden. Zur Schonung, auch wenn sich zum Glück der Vorfall mit dem Steinwurf nicht wiederholt hat. Oder sich Schlimmeres ereignet hat. Die Leitung der Sondereinheit hat Polizeipräsident Halicek übernommen. Seit Tagen ist er allerdings häufiger beim Justizminister als im Konferenzraum des Präsidiums. Neue Begründungen müssen gefunden werden, warum Wien nicht dem Auslieferungsersuchen der Prager Behörden, *betreffend den Untersuchungsgefangenen und Bürger der ČSSR Franticek Veselý*, stattgibt.

Das postfaschistische Österreich liefert keinen Menschen in ein Land aus, in dem noch die Todesstrafe gilt. Mit dem es auch kein Auslieferungsabkommen gibt. Halicek tritt dafür ein, das so und nicht anders gegenüber Prag zu kommunizieren. Klar und deutlich.

Die praktische Arbeit macht weitgehend Lukacek. Auch wenn die Ermittlungen derzeit auf der Stelle treten. Was den Polizeimajor misslich stimmt. Zumal die Staatsanwaltschaft drängelt, weil sie Anklage erheben will. Weil sie die beunruhigte Öffentlichkeit ein Stück besänftigen will. Seine unleidliche Stimmung bekämpft der Polizeimajor mit der einen oder anderen *Virginia*. Aber richtig genießen kann er die nicht. Und dies nicht nur aus gesundheitlichen Gründen.

Wie konkret ist die Anschlagsgefahr für die Personen auf den Krypto-Listen, die bei den Opfern gefunden worden sind? Und ... wo befinden sie sich? Hier in Wien? In Deutschland? In weiteren Staaten, in denen es Kollaborateure mit dem NS-Regime und Profiteure der Zwangsarbeit gegeben hat?

Im Polizeipräsidium Wien liegen dazu keine neuen Erkenntnisse vor. Vom LKA in Düsseldorf nicht. Auch von den Polizeibehörden anderer Länder nicht. Ärgerlich obendrein, findet Lukacek, dass auch Interpol im Dunkeln tappt.

Weitere Vernehmungen Veselýs haben sich als sinnlos herausgestellt. Aus seiner Zelle kommen keine Informationen, die die Verbindungen in der Tätergruppe Wien-Brno aufklären helfen. Allenfalls der Wunsch Franticeks nach Veröffentlichungen von Ladislav Mňačko sowie von Titeln des *Dritten Wegs* in Jugoslawien. Und nach Briefpapier. Was ihm ohne weiteres gewährt wird. Freilich nicht ohne Hintergedanken der Ermittler. Sollte Franticek an Pavel Bangacek und Jana Masopust in Brno oder Katarina in Guben schreiben, kann er sicher sein, Mitleser zu haben.

Von den drei Tagen Dienstbefreiung, die der Polizeipräsident Sramek gewährt, profitiert Friederike mit Wonne. Dann auch Voltaire in Gestalt von längeren Streicheleinheiten. Erkennbar verbucht der Kater diese Gunst unter der Rubrik *Selbstverständlichkeiten*.

Nun gibt es Tage, an denen sich die Verliebten schon am Nachmittag im *Café Ritter* zum *Topfengolatschen* und zur *Melange* treffen. Oder zum gemeinsamen Tröpferlbad in Ottakring. Stadtteil Wiens und Tonis Lebensmittelpunkt.

Seiner Freundin weicht der Toni meistens aus, wenn sie ihn auf die Ermittlungen in Wiedenbrück und Wien anspricht. Er weiß auch so, dass sie auf ihren Verlobten stolz ist. Er möchte es aber, bescheiden, wie er ist, nicht ausgesprochen hören. Jedenfalls nicht mehrfach. Friederike genießt derweil die über Nacht aufmerksamer gewordenen Blicke auf sich an ihrer Arbeitsstelle, dem Extraordinariat für Kardiologie im Allgemeinen Krankenhaus Wien. Aber im Stillen. Anmerken lässt sie sich das nicht. Jemand wie sie braucht das nicht.

Die Wiener erleben ihre Medien in diesen Tagen gespalten. Die *Kronen Zeitung* macht sich zum Wortführer jener, die den Demonstranten eine Mitschuld an der Eskalation der Auseinandersetzung und am Tod Kirchwegers geben. «Bei einer friedlichen Demonstration», behauptet *Krone*-Reporter Kurt Holubek, «wäre es zu diesem Vorkommnis nicht gekommen.» Außerdem hätten sich linke Gewaltbereite unter die Demonstranten gemischt. «Hier ist die Polizei der Bevölkerung noch mehr Aufklärung schuldig.»

ZiB lässt Betroffene und Beobachter zu Wort kommen, Passanten am Naschmarkt. Einkaufslustige auf der Kärntner Straße. Ein befragter Oberstudienrat i. R. sieht im Fall Kirchweger einen Beweis für die «immer noch schwelende braune Gefahr in unserem Land». Eine Marktfrau, die *Eierschwammerln* und andere Pilze anbietet, wünscht sich «einen Schlussstrich unter die ganze Debatte. Es reicht. Schon lange.»

Die Presse stellt eine Verbindung zwischen der Demonstration vom 31. März und dem Toten vom Maria-Theresien-Denkmal her. «So unterschiedlich die Fälle sein mögen, das Blut, das geflossen ist, macht uns unmissverständlich klar, wie weit Österreich noch von einer Demokratie ohne braune Einsprengsel entfernt ist. Und von einer neuen Würde, ja Würde.» Der bevorstehende Prozess im Sedlenitzky-Fall sei auch eine Chance der Selbstbesinnung. Und einer neuen Selbstbestimmung.

Am weitesten wagt sich Eugen Hallgruber hervor. In einem als *Die Meinung des Chefreporters* gekennzeichneten Editorial bringt *Der mit dem Jagdinstinkt* eine ganz andere Perspektive auf die mutmaßlichen Täter der *Mission Kaunitz* ins Spiel. *Die Verbrechen, die uns bis in den Schlaf verfolgen, zeigen das Spannungsverhältnis von Kriminalität und Moral in einer völlig neuen Sicht. Ist womöglich eine Tat zu rechtfertigen, die nicht der privaten Bereicherung dient? Sondern dem Gerechtigkeitsempfinden von Einzelnen und am Ende einer ganzen Gesellschaft?*

Und dann der Satz, der Hallgruber direkt Querelen mit seiner Sophie einbringt, nachdem er ihn ihr präsentieren wird. *Liegt mit den ideellen Werten dieser Mission Kaunitz nicht schon ein Keim vor, eine Eizelle des Neuen, aus der sich eine Gegenbewegung zu den autoritären, immer noch faschistisch imprägnierten Verhältnissen in unserem Lande entwickeln wird?*

Der Abschluss von Hallgrubers Editorial verspricht etwas, was sich die Chefredaktion der *Presse* offiziell immer wünscht. Eine Einladung zur Debatte. Jedenfalls solange nicht das Zeitungsgeschäft darunter leidet.

Für Österreich, liest der Chefreporter seinen Landsleuten die Leviten, *kann ein neues Zeitalter beginnen. Es muss sich nur öffnen für das, was in Deutschland an Aufarbeitung der Vergangenheit früher begonnen hat als bei uns. Man braucht ja nur nach Frankfurt am Main zum Auschwitz-Prozess zu schauen. Auf das, was da seit zwei Jahren ein mutiger Generalstaatsanwalt zuwege bringt.*

37.

Donnerstag, 1.4.1965
Wiedenbrück – Bielefeld-Senne

Goodbye, Mr. Chips, und ein eleganter Herr im Besucherzimmer

Über den Wiedenbrücker Kirchplatz zieht an diesem Morgen eine angenehme Brise. Der Himmel ist klar und wolkenlos. Erste Sonnenstrahlen flirten mit der Turmspitze von St. Aegidius. Die Natur könnte sich das Versprechen auf einen angenehmen Frühlingstag abluchsen lassen. Einige Amseln und, eine Etage höher, etliche Tauben umrunden den Platz. Geschmückt mit seinen Fachwerkhäusern.

Nichts deutet auf den grässlichen Leichenfund, den eine 17-jährige Schülerin in tiefschwarzer Nacht an dieser Stelle machen musste. Nichts. Keine Schleif-, keine Fußspuren. Auch das geübte Auge würde keinerlei Relikte des damaligen Geschehens rund um das wieder geschlossene Gully ausmachen. Nichts Verdächtiges. Ruhe in der Stadt. Der Zwilling der *Wiedenbrücker Ordnung*.

Der Tag ist noch jung, erlaubt aber schon die Eintragung erster Tatsachen in seine Chronik. In der Bundesrepublik Deutschland tritt die Reform der Strafprozessordnung in Kraft. Die Justizverwaltung hat Untersuchungshäftlinge ab sofort getrennt von Strafgefangenen unterzubringen. Davon profitieren, zumindest theoretisch, auch die drei jungen Leute in ihrer Untersuchungshaft, die auf die Anklage in der *Causa Rudolf K.* warten.

Nach den turbulenten vergangenen zwei Wochen gibt es auch wieder alltägliche Themen unter den Beamten. Hauptkommissar Brockentrup, ein Verehrer des Schriftstellers Johannes Mario Simmel, freut sich, heute Abend die Neuerscheinung *Lieb' Vaterland magst ruhig sein* beginnen zu können. *Liebe ist nur ein Wort*, das Buch, das ihn ein volles Jahr neben und in seinem Bett zu Hause begleitet hat, ist «ausgelesen». So erzählt er es auf der Polizeiwache.

Brockentrup schwärmt immer noch von dem Streifen *Die tollkühnen Männer in ihren fliegenden Kisten* mit Gert Fröbe, den er vor drei Wochen im Rietberger Filmtheater *Apollo* gesehen hat. Nach dem Geschmack seiner Kollegen auf der Polizeiwache Wiedenbrück allerdings zu häufig. Dann räuspert sich Polizeiobermeister Westerholte leise, um seinen Chef davon abzubringen. Das Ganze wird sich wahrscheinlich wiederholen. *Genosse Don Camillo*, der letzte Teil um den konfliktfreudigen Pfarrer in der Serie *Don Camillo und Peppone*, steht schon auf der privaten Kinohitliste des Hauptkommissars.

Die Anrufe des *Gehirns* aus der LKA-Zentrale in Düsseldorf werden von Tag zu Tag weniger. Nach der PR-Schlacht, die Schulze-Kappen an vorderster Front der Presse geliefert hat, gibt es für ihn keinen Anlass mehr, sich fortlaufend über den Stand der Dinge informieren zu lassen. Wahrscheinlich wird sein nächster Auftritt in der *Causa Rudolf K.* beim Gerichtsprozess sein.

Als sein schwarzer Benz 180 Ponton zum letzten Mal vor der Polizeiwache zur Rückfahrt dreht, will Polizeiobermeister Westerholte in den Augen der Staatsanwältin Hansmann eine Rührung beobachtet haben. Vielleicht eine Träne. Aber das ist natürlich nur ein Gerücht.

Lias Ex-Freund Michael steht am frühen Nachmittag am Busbahnhof Bremen-Nord. Im Warten pfeift er *Downtown*. Der Song von Petula Clark steht seit zwei Wochen an der Spitze der Popmusikcharts. Es ist der *Tag eins* in seinem Bundeswehrleben. Der Bus wird ihn noch nach Schwanewede führen. Zur Kaserne seiner Grundausbildung. Im Gepäck *Goodbye, Mr. Chips*, die Erzählung des britischen Autors James Hilton. Ein unter Lehrern beliebter Stoff für den Englischunterricht der Untersekunda.

Nicht dass das Bändchen zu Michaels Favoriten zählte. Aber er mag Lias handschriftliche Anmerkungen in diesem Exemplar, das irgendwann in seine Hände geraten ist. Handschriften erzählen vieles über das Wesen eines Menschen. Vor allem seine Gefühlswelten.

In seinem Handgepäck auch ein letzter Brief, den Lia ihm vor seiner Abreise gegönnt hat. Die Schrift des Schreibens ist indes klarer als sein Inhalt. Den ganzen Tag über hat sich Michael wieder und wieder mit dem Gedanken beschäftigt, das *Kapitel Lia* abzuschließen. Schon als Selbstschutz. Doch ihr Wunsch, er möge sie doch so bald wie möglich anrufen, reißt die Wunde neu auf, die noch nicht verheilt ist. Nicht einmal oberflächlich.

Mehrfach liest er diesen einen verlockenden Satz. *Und wenn Du mit Deinen Kameraden in der Schlange vor der Telefonzelle in der Bundeswehrkaserne warten musst, dann denk einfach an mich. Und hab genügend Kleingeld in der Tasche!*

IN DER SCHLANGE VOR DER TELEFONZELLE DENK AN MICH

Einige Hundert Kilometer von Schwanewede entfernt, im Westfälischen, aus dem Michael seine Reise ins Ungewisse beginnt, öffnet sich in der Justizvollzugsanstalt Bielefeld-Senne eine Tür. Sie verbindet die Welt draußen mit dem Besucherraum der Haftanstalt. Kahle Wände, zwei vergitterte Fenster, Neonlicht, ein Tisch, einfache Stühle aus Billigholz. Auf dem einen hat Almut Schäffner Platz genommen. Sie ist im Trakt für die *Politischen* untergebracht. So wird dieser Bereich im JVA-Jargon genannt. Hans Neuenhöfer, ihr Mitstreiter, ist in einem anderen Gefängnis eingeschlossen. Wo, weiß Almut nicht.

«Ihr Besuch.» Mit diesen knappen Worten schiebt ein Beamter einen stattlichen Mann, schlank, etwa Anfang 40, fast 1,90 Meter groß, in Griffweite des zweiten Stuhls. Der Besucher, Typ eleganter Herr, trägt einen Kamelhaar-Mantel, einen bordeauxroten Seidenschal. In der einen Hand hält er einen schwarzen Homburger mit hellgrauer Krempe. In der anderen grauschwarze Handschuhe aus glattem Leder. Das kalte Licht von der Deckenleuchte bringt einen Davidstern für einen kurzen Moment zum Funkeln, der in ein silbrig glänzendes Amulett am linken Unterarm eingefasst ist.

«Mein Besuch?» Häftling A. Sch. reagiert irritiert. Seit sie aus der Freiheit in eine vergitterte Zelle geraten ist, erwartet sie niemanden. Geschweige Besuch. Von einem unerklärlichen Gefühl einer vagen Nähe zu dem Fremden gepackt, lässt sie ihn zumindest sprechen. Währenddessen zieht sich der Justizvollzugsbeamte in die Nähe der Eingangstür zurück. Halbwegs diskret.

«Ich möchte gar nicht lange bleiben», beginnt der Besucher. «Wir möchten aber, dass Sie von uns wissen. Sie sind nicht allein. Das will ich Ihnen heute zu verstehen geben.»

Mit seinen Handschuhen berührt der feine Herr die Tischkante. Für einen kurzen Augenblick, fast ein wenig zärtlich. Sucht Augenkontakt zu Almut. Erlaubt sich den Anflug eines Lächelns. So fein wie eine Brise bei Windstärke eins, die das Segel einer Jolle zum Zittern bringt. Fährt dann fort. «Egal wie das Gericht entscheiden wird, wir setzen uns für Sie ein. Bis Ihre Strafe, die vermutlich ausgesprochen wird, abgemildert ist oder Sie Amnestie erfahren.»

Mit einem Blick, der Respekt wie Anteilnahme verrät, verlässt der feine Herr ohne ein weiteres Wort den kahlen Raum. Er blickt sich auch nicht noch einmal um. Lässt sich von dem Beamten so unprätentiös, wie er gekommen ist, herausgeleiten. So bleibt offen, ob er Almuts geflüstertes «Danke» überhaupt vernommen hat.

38.

Montag 29.3.1965
Nottuln

Vom Schrecken in der eigenen Familie – Ein Brief aus der Haft

JVA. Justizvollzugsanstalt Bielefeld-Senne prangt auf dem Brief, der an diesem Donnerstag im Haus der Eheleute Schäffner eintrifft. «Karl-Josef, für Dich», signalisiert die Frau ihrem Mann, der ihr auf der Treppe vom ersten Stock entgegenkommt. «Danke, Roswitha.» Zurück in seinem Arbeitszimmer öffnet er den in billiges braunes Papier gehüllten Brief. Das ist zwar hässlich, aber so neutral, dass eventuell neugierige Nachbarn nicht mitbekommen, von woher er kommt. Von seinem Zimmer betreibt der Mann seine Pharma-Geschäfte, wenn er nicht im Büro sein kann.

Das Datum des Briefes ist der 22. März 1965. Ein Hinweis darauf, dass er wahrscheinlich mindestens eine Stelle innerhalb der JVA passiert hat, die sich mit dem Studium des Schreibens Zeit gelassen hat.

Der Mann nimmt an seinem Schreibtisch Platz und liest. Liest einen Brief, den er so nie in seinem Leben erwartet hätte. Vor allem nicht von diesem Absender. Von seiner Tochter. Von Almut.

Herrn Karl-Josef Schäffner
Pharmazeutika-Großhändler
Chef Zwangsarbeiterplanung Stalag 326
Stukenbrock 1941–1945
Nottuln

Lieber Vater!

Dass ich Dir aus dem Gefängnis schreibe, ist nach der Entwicklung der letzten Wochen sicherlich keine Überraschung mehr. Die eigentliche Überraschung ist, dass ich Dir überhaupt schreibe. Zumal in dieser Situation. Mach Dir aber bitte um mich keine Sorgen. Du hast dies nie wirklich getan. Warum sollte es sich dann ändern?

Mir geht es auch unter den jetzigen Umständen gut. Ich stehe zu der Tat, die mir und meinen Freunden vorgeworfen wird. Nach Jahren der Beklemmung, der Angst und des Totschweigens fühle ich mich wie von einer Last befreit.

Diese «Last» habe ich seit Jahren instinktiv gespürt. Zuletzt aber ganz konkret erfahren, als ich Deine Verstrickung in das System der Nazis entdeckt habe, menschlich und wirtschaftlich. Damals wie heute. Ich wurde erwachsen und war bereit, von Dir zu hören, was Dich bei diesen für mich unerklärlichen Vergehen angetrieben hat.

Ich will ja die Tatsache gar nicht leugnen, dass wir als Familie gut gelebt haben. Daraus hätte aber nicht dieses Geheimnis gemacht werden müssen, mit dem Du Dich umgeben hast. Du hast mich – vermutlich auch Deine Frau, unsere Mutter – eben nie ernst genommen. So wie Du mich auch nie geliebt hast.

Als ich zufällig auf Grund Deiner Sorglosigkeit im Umgang mit den persönlichen Dingen Deine Zugehörigkeit zu dieser Gruppe Schreiadler in Erfahrung gebracht habe, war für mich eine ulti-

mative Linie überschritten. Dass große Teile Deiner Generation – Richter und Ankläger im Staatsdienst, Hochschullehrer und Studiendirektoren, Pfarrer, Mediziner und Pharmazeuten – vertuscht, verharmlost und verschwiegen haben, ist schon eine bittere Erkenntnis. Dass ich dies in der eigenen Familie erleben muss, ist aber absolut unerträglich.

Ist es zu tolerieren, dass NS-Täter und Günstlinge des Systems straffrei bleiben, sich wechselseitig decken und Profite zuschanzen, während sie gleichzeitig die Opfer um ihre Entschädigung betrügen?

Aus all diesem ist mein und unser Entschluss entstanden zu handeln. Du magst es als kurios empfinden, dass Du ungewollt unsere Tatvorbereitung erleichtert hast. Aus Deinen akribischen Kalendereintragungen ließ sich detailliert auf das Treffen Deiner ‚Schreiadler'-Gruppe am Abend des 17. Februar schließen. Auf den genauen Zeitpunkt und den Ort. Und auf die Teilnahme Deines ‚Weggefährten', wie ich ihn aus Höflichkeit nennen will, Rudolf K. Von da an, wie Du verstehen wirst, ließ sich konkret planen.

Ich weiß nicht, ob Du die Wut verstehen kannst, die einige in unserer noch jungen Generation gegenüber denen verspüren, die Verantwortung tragen. Die handeln müssten, aber genau dies nicht tun. Und die sie antreibt, etwas zu tun, was nicht mehr aufzuschieben ist. Wie sie unseren Kommilitonen Reinhard Strecker antreibt, um Dir wenigstens einen Namen zu nennen, der schon seit Jahren mit Gleichgesinnten Widerstand gegen die ungesühnte Nazi-Justiz leistet.

Letztlich ist es aber auch nicht wichtig, ob Du verstehst. Wichtig ist allein das Zeichen, das wir gesetzt haben. Ob wir und unser moralisches Tun in einer neuen Öffentlichkeit verstanden werden, wird die Zukunft erweisen.

Bitte lass auch die Mama diesen Brief lesen und bewahre ihn dann auf. Oder lass besser sie ihn aufbewahren. Vielleicht werden einmal kommende Generationen von Söhnen und Töchtern sich dafür interessieren, wie die Kinder der Täter gedacht und gefühlt haben. Und ob sie gehandelt haben. Wenigstens sie.

Deine Tochter Almut

P. S. Richte der Mama liebe Grüße aus. Sie soll sich nicht grämen. Es ist sehr viel Gutes in dem, was geschieht. Und ... behandle sie gut.

39.

Mittwoch, 30.6.1965
Aachen

Ein Toter auf dem Seziertisch und zwei gekreuzte Seerosenblätter

Wie eine Skulptur liegt der Körper da. Ausgestreckt auf dem mit Kunststoffauflage gepolsterten Edelstahl. Dem für die Forensik gebauten Spezialtisch der Gerichtsmedizin Aachen. Ein nahezu unmerkliches Vibrieren der Luftabsaugung erfüllt den Raum. Sie wird mit einem Elektromotor betrieben. Das grüne Abdecktuch verhüllt den unteren Teil einer Männerleiche, vom Nabel bis zu den Füßen. Der Mann dürfte Mitte 60 sein. Am entblößten Teil des Körpers, oben an seinem Kopf, unter der Stirn, ist etwas Ungewöhnliches zu sehen. Eine Binde aus weißem Tuch mit vertrockneten Blutflecken verdeckt beide Augen. Ein brutales Bild. Nichts von der Seeräuberromantik eines *Captain Cook*. Nichts von Weltumseglern mit Augenklappe.

Über den großen Zeh am rechten Fuß ist das eingeschweißte Kärtchen mit den Daten zur Identität der Leiche gestreift. Eine Nummer: *131/A/1965*. Dazu Datum und Fundort: *28.6.65 Aachen*. Ein Name fehlt. Ein häufiges Phänomen, wenn die Polizei noch Zeit braucht, um zu ermitteln, wer da Opfer einer Gewalttat geworden ist.

Schnell und geschickt geht Eva-Maria Menkenhaus mit ihrem Handwerkszeug um. Zange, Kürette, Nadelhalter. Lokalisiert und dokumentiert die Verletzungen der Leiche, die mutmaßlich von einem Stichwerkzeug stammen. Entnimmt Gewebeproben. Setzt chemische Stoffe zur Bindung von Körperflüssigkeiten ein, die in kleinen Glasflaschen mit Etiketten landen. Diktiert erste Passagen des Abschlussberichts für die Staatsanwaltschaft in ihre Stenorette. Das Protokoll soll heute noch fertig werden.

Erst seit wenigen Monaten ist die Medizinerin mit dem Fachgebiet Pathologie nach erfolgreich absolvierter Probezeit in der Aachener Gerichtsmedizin selbständig im Einsatz. Sie ist die erste Frau in diesem Metier in Nordrhein-Westfalen. Und, mit Anfang 30, auch die jüngste Gerichtsmedizinerin im ganzen Land. Ihr Weg nach dem Abitur 1954 am Ratsgymnasium Wiedenbrück führt steil nach oben. «Unsere Eva-Maria», witzeln einige ihrer Ko-Abiturientinnen, «zieht es einfach zu den Toten.» Wirklich erheiternd ist das nicht. Aber der Respekt, der da mitschwingt, unüberhörbar.

Bundesweit wird Aachen gemeinhin unterschätzt. Es gehört zu den vielen mittelgroßen deutschen Städten, die häufig mit ihrer Vergangenheit in Verbindung gebracht werden. Hier mit dem Dom und seinem Oktogon, in dem der Thron von Kaiser Karl dem Großen steht. Mit dem Historischen Rathaus. Mit dem Kaiserbad samt Kaiserquelle.

Die Chronik der Stadt ist ein Füllhorn prominenter Namen. Im Frühsommer 1746 hält sich Staatskanzler Wenzel Anton Kaunitz im Auftrag Maria Theresias in der Stadt auf. Gequält von Kriegswirren und gesundheitlichen Problemen. Erneut im Frühjahr 1748. Nach dem Ende des Österreichischen Erbfolgekriegs, in dem Habsburg auf Schlesien und Teile Italiens verzichten muss, finden in Aachen die Friedensverhandlungen statt.

Menkenhaus, die Gerichtsmedizinerin mit den großen Ambitionen, ist genauer als viele andere über Kaunitz, den Staatskanzler der Maria Theresia, informiert. Sie stammt aus einer Rietberger Arztfamilie mit fünf Kindern. Die *Allgemeine Deutsche Biographie*, ein bibliophiles Erstdruckjuwel von 1882, liegt über Jahre in Stapeln von Fachbüchern auf dem häuslichen Schreibtisch ihres Vaters. Eines an der Stadtgeschichte interessierten Mediziners. Aufgeschlagen darin der Abschnitt über Fürst Kaunitz. Verfasst von dem Wiener Historiker Alfred Ritter von Arneth. Von ihm stammt auch eine zehn Bände umfassende Geschichte Maria Theresias. Immer wieder hat Eva-Maria in dem Kaunitz-Kapitel gelesen.

Aachen ist eine Stadt des Fortschritts. Die Rheinisch-Westfälische Technische Hochschule ist ein Zentrum der Innovationen. Studiengänge für Medizin sind aktuell in Planung. So bekommt die Festanstellung von Eva-Maria Menkenhaus als Gerichtsmedizinerin etwas Exemplarisches. Und sogar eine Perspektive.

Ohne Hast, aber bestimmt arbeiten sich die Hände der Forensikerin am Oberkörper des Toten hoch. Tasten die klaffende Wunde im linken Unterarm ab. Wahrscheinlich entstanden durch einen Stich, der von einer Rippe abgerutscht ist. Dann weiter zur *Axilla*. Der Achselhöhlung zwischen Schulter und Brustwand. Als das Skalpell mit einem leichten Schaben an der Haut der Höhlung entlangfährt, trifft es in einer Fläche von wenigen Zentimetern auf eine Struktur aus Linien. Eine Art Bild. Oder auch Zeichen.

Ein Muster aus Linien, die jemand – wahrscheinlich der Täter – gezielt in die Haut geritzt hat. Muster, die sich leicht von den dunkelrot gefärbten Hämatomen abheben.

Menkenhaus stutzt. Schaut. Stutzt erneut. «Mit ein wenig Phantasie», wagt sie sich gedanklich grübelnd vor, «lässt sich in diesen Linien eine Abbildung von etwas Bestimmtem erkennen. Vielleicht von gekreuzten Blättern.» Sie legt das Skalpell zur Seite, schaut auf die blutfleckige Binde vor dem linken Auge, als wolle sie mit dem Toten Kontakt aufnehmen. *Versteck Dich nicht hinter Deinem Schweigen! Sprich mit mir! Verrat mir Dein Geheimnis!*

Vor ihren Augen, schönen braunen Augen mit leicht grüner Iris, taucht eine Vorstellung dessen auf, was sie gesehen hat. Mehrfach. Eine Imagination, die sie nicht abschütteln kann. *Die Abbildung von gekreuzten Blättern! Vielleicht von gekreuzten Seerosenblättern?*

Die Gerichtsmedizinerin greift zum Telefon. Atmet tief durch, wohl um sich besser konzentrieren zu können. Wählt eilig eine Nummer. «Den Staatsanwalt bitte. Stellen Sie mich gleich durch. Es geht um einen akuten Befund in meinem aktuellen Fall.»

Zu ihrer Überraschung wird das Gespräch nicht weitergeleitet. «Der Staatsanwalt spricht mit einem LKA-Beamten. Einem Schulze-Kappen. Bitte bleiben Sie am Apparat.»

Schließlich – nach einer scheinbar endlosen Pause – ein leichtes Knacken in der Leitung. Der Kontakt ist hergestellt. «Herr Staatsanwalt. Ich habe eine Spur. Nicht irgendeine. Der unbekannte Tote – Sie wissen, der vor zwei Tagen erstochen in unserer Stadt aufgefunden wurde – ist wohl kein Einzelfall. Nicht ein Opfer irgendeines beliebigen Raubüberfalls oder dergleichen. Da ist viel, viel mehr.»

Und weiter in das Schweigen ihres Gegenübers hinein, das aufmerksam zuhört: «Das Ganze erinnert mich an die Fälle in Wiedenbrück und Wien vor einigen Monaten, die ich aus der Zeitung kenne. Die ja bis heute nicht ganz abgeschlossen sind. Da tut sich ein Abgrund auf ...»

«... Ich unterbreche Sie, Frau Kollegin, wenn ich Sie so ansprechen darf, wirklich ungern. Sie liegen ganz und gar nicht falsch. Das, was Sie mir gleich berichten werden, reiht sich in etwas Größeres ein. Es betrifft unser Land, womöglich weitere Länder, die auch in den Strudel des Nationalsozialismus geraten sind.»

Nach einem energischen Räuspern spricht der Staatsanwalt weiter. «Was wir in Aachen gerade erleben, ist ein Glied in einer ganzen Kette von Verbrechen, die sich aus der dunkelsten Epoche unserer Geschichte erklären.» Dann erhebt er seine Stimme um eine Spur, als wolle er einer empfundenen Dramatik Ausdruck verleihen. «Ja, es ist unheimlich und schrecklich. Aber wir in unseren Berufen können da nicht wegschauen.»

«Wir», wird die männliche Stimme am Telefon nachdrücklich, «werden Zeugen einer ganzen Mordserie. Was wir kennen, ist wahrscheinlich der Anfang. Was wir aber nicht kennen, ist das Ende.»

Impressum

Ralf Siepmann
BLUTWAPPEN. Die Toten an Ems und Donau

ISBN 978-3-9820157-9-8
Verlag M. Borner, Gütersloh 2024
www.ostwestfaelisch.de
service@ostwestfaelisch.de

Gestaltung: Eckard Kleßmann, Gütersloh

Korrektorat: Andrea Hensler, Verl
www.richtigistwichtig.com

Distribution: Runge Verlagsauslieferung, Steinhagen